憂国の文学者たちに

60年安保・全共闘論集

yoshimoto takaaki
吉本隆明

講談社文芸文庫

目次

死の国の世代へ——闘争開始宣言—— 七
憂国の文学者たちに 九
戦後世代の政治思想 一五
擬制の終焉 三九
現代学生論——精神の闇屋の特権を—— 七一
反安保闘争の悪煽動について 七九
思想的弁護論——六・一五事件公判について—— 九三
収拾の論理 一四六

思想の基準をめぐって――いくつかの本質的な問題―― 一六八
「SECT6」について 二〇七
権力について――ある孤独な反綱領―― 二二四
七〇年代のアメリカまで――さまよう不可視の「ビアフラ共和国」―― 二四五
革命と戦争について 二六〇
解説 鹿島茂 二八一
年譜 高橋忠義 二九六
著書目録 高橋忠義 三一八

憂国の文学者たちに

60年安保・全共闘論集

死の国の世代へ

——闘争開始宣言——

どんな遠くの気配からも暁はやってきた
まだ眼をさまさない人よりもはやく
孤独なあおじろい「未来」にあいさつする
約束ににた瞬間がある

世界はいつもそのようにわたしにやってきたか
よろこびは汚辱のかたちで　悪寒をおぼえ吐きだす澱のように
希望はよれよれの雲　足げにされてはみだした綿のように
けれどわたしのメモワール　わたしのたたかい
それは十年の歳月をたえてやってきた

わたしの同志ににたわたしの憎悪をはげますように

こころが温もったときたたかわねばならぬ
こころが冷えたとき遇いにゆかねばならぬ
十年の廃墟を搾ってたてられたビルディングの街をすてて
まだ戦禍と死者の匂いのただよう死の国のメトロポールへ
暁ごとに雲母のようにひかる硝子戸を拭いている死の国の街へ

戦禍によってひき離され　戦禍によって死なかったもののうち
わたしがきみたちに知らせる傷口がなにを意味するか
平和のしたでも血がながされ
死者はいまも声なき声をあげて消える
かつてたれからも保護されずに生きてきたきみたちとわたしが
ちがった暁　ちがった空に　約束してはならぬ

憂国の文学者たちに

わたしたちは、現在、戦前よりもはるかにふくれあがった独占社会に生活している。このような社会、いいかえれば高度のブルジョワ社会では、文学者は、あらゆるものにたいして否定的意志をつらぬくことなしには、存在理由をもちえない。したがって、わたしはひとりの文学者として、安保改訂に反対し、抵抗する。

文学芸術は、もともと、文学者の個別的なモチーフによって創造され、個別的なモチーフによってひとびとに享受されるかぎり、現実社会にたいして何の用もなさない仕事にしかすぎない。文学者はこの意味で社会的に無用の長物である。ところで、資本主義社会にあっては、文学や文学者は、このような無用の長物としてしか存在できないのである。それは、独占支配が人々のほんとうの心と生活の利害を個別的にきりはなしてしまっているからだ。ひとりの文学者としてのわたしは、社会的に無用の長物であることによってのみ意味をもち、無用の長物であるがゆえに、あらゆるものを否定することによってしか、存在の理由がないのである。

文学者としてのわたしが、安保改訂に反対し、抵抗するのは、けっして、他の憂国の文学者のように、安保改訂が民族の従属や、日本人の拘束のシンボルであると考えるからではない。このような憂国の文学者を、わたしは現在の日本社会の段階で錯誤者としかよびえないのを残念におもう。わたしは、ただ、安保改訂が、独占支配のシンボルであるとかんがえるから、恒久的に反対するのである。

しかし、ひとりの人民・大衆・市民としてのわたしはただすべてのものを否定するがゆえに安保改訂に抵抗するといっただけではすまされないだろう。わたしたちが現在生きている独占社会の特徴は、いちめんにおいては人間のほんとうのこころや生活の利害が、ばらばらに切りはなされていて、疎外が極端にひどくなっている社会であるが、いちめんからみれば、個人の独立性が相対的にではあるが存在できる社会である。この個人の独立性という主張は、どこまでもおしすすめてゆくと、個人の独立性と矛盾するような国家社会の法制は、これに従属するひつようがないという主張に帰着する。わたしたちが、安保改訂に反対する統一戦線を広くふかくしようとするならば、このような観点を基礎にするよりほかにかんがえられない。

わたしが、あえて、こういう発言をするのは、戦争世代にぞくするからである。戦争世代は、民族的な、あるいは国家的な幻想共同体の利益のまえには、個人は絶対的に服従しなければならないという神話に、もっとも、ひどくたぶらかされ、呪縛をうけてきた世代である。わたしたち、戦争世代の戦後社会でのたたかいは、いかにして国家とか民族とかいうものを体制化しようとする思考の幻想性を打ち破るか、という点に集中された。そのために、戦争責任論、天皇制体験などを検討し、いわば特殊的な体験の意味を自己批判することによって、それ自体の幻想性をあきらかにしようとしてきたのである。

いま、わたしたちが刻苦してやってきた仕事が実をむすぼうとしているとき、多くの文学者たちは、ふたたび、わたしたちの仕事を無にしようとしているような気がする。

「世界が明るくなってきたのに日本は民族的な重苦しい、破滅につながった道へ引きずりこまれそうになっているのです。」（小田切秀雄）

「ところが政治的な拘束、それに基く文化の拘束が行われるうちに日本中の政治的なひいては肉体的な、生き生きしたものがだんだん失われていって、みんなしなびてしまうんじゃないかと思う。」（大江健三郎）

「砂川も立川も内灘も、そのほか全国各地の日本人対アメリカ人、日本人対日本人のさまざまな流血事件というものは安保条約がひき起したんだといってもいいすぎじゃないと思います。」（開高健）

「ここでも〈「未来の会」のこと〉やはり反対声明を決議しました。これは私たちが、太平洋戦争に入る前に日独伊防共協定が出されるのを見て来ているその体験を共通にしているところから出されたものです。」（野間宏）

「戦争をやりたい人間、戦争になるともうかる人間、今すぐ戦争にならなくても、その準備だけですでにもうかる人間、戦争に向かって国がはっきり歩み始めると、せっせと金がもうかってしようがない人間、こういう人間は、安保条約改定にみな賛成しています。しかし私たち文学者は、戦争ではもうかりません。」（中野重治）

「そうでなくても、絶えず一方に鉄砲を向けている。それが自分の方に飛ぶんじゃないと安心しているけれども、そういう構えをつづければ、先方も、こちらに鉄砲をむけるほかかない。そういう結果をさそい出すのが、今度の安保条約の本質なのです。やぶ蛇とはまさにこのことです。」（中島健蔵）

「文士、小説家という者が、こういうことについて一体何をゴタゴタ言うかという疑問を持つ方があると思うのですが、しかし、それは直接にわれわれの感情生活をむしばみ、われわれの道徳生活をむしばむ、そういうものをもっているから、その地点に立って、小説を書いている人間が、それがわれわれ日本人の精神生活の基本に関係してくるという点、その点から考えたことを申し上げたかった次第です。」（堀田善衛）

これらは、『新日本文学』12月号「文学者は発言する（安保条約改訂反対）」のなかからの引用である。この部分的には真でないことはないが、まるで子供のようなことを云っている文学者のなかに、ほんとうの意味での戦争世代、幻滅の世代がいないということは喜ばしいことである。ここには、共通の呪縛がある。日本人・民族・法制だけを抽出して、わたしたちの社会的な疎外をすべて、それに集中しようとする非論理。こういう子供のような非論理で、安保改訂には無関心であるが、現実認識では大人である大衆を動かすことができるはずがない。

わたしたちの未来が暗く、現在生活は不安定となり、感情生活や道徳生活がむしばまれ、混乱しているのは、これらの文学者の見解に反して、直接安保条約のせいではなく、独占資本支配の社会情況のためである。そのような独占支配の国家意志のひとつとして安保改訂は行われようとしているのだ。だから、戦争で、戦争世代と同様に痛めつけられた大衆は、これらの文学者の日本人の従属とか民族の危機とかいう発言には動かされなくても、また、安保問題に《現象的には》無関心であっても、個人の生活権や人権を侵すような国家の法律などは、わが身の利害にかかわる段になったら、絶対に従わないという点は、胆に銘じて知っているはずだ。わたしたちが、人々にむかって呼び醒まし組織しなければならないのは、あの戦争の惨禍から大衆が身に刻んだこの体験である。啓蒙しなければばならないのは、むしろ、ノド元すぎれば熱さを忘れている、これら憂国の文学者たちである。

戦後世代の政治思想

――テントの中でも月見はできる
雨がふったらぬれればいいさ（雪山讃歌）

1

現在、わたしたちは、おおきく膨んだ国家独占社会で、くらげのように浮きつ沈みつしながら生きている。足はアスファルトや土をふみしめているが、思想はアトム化してめまぐるしい社会現象を追うため、人間はついに社会現象そのもののようにしか存在できない。この新しい社会体験はわたしたちの周囲が、戦前よりもはるかに膨大にふくれあがって視えるところからきている。そこでは、鋭い社会的な不安定感が、形にそう影のように飽和感とむすびついている。

しかし、あるものは、いや、戦前にくらべれば、十分に高度になった社会様式のなかで平和な日々を享受しているというかもしれない。これもまた、当然なことである。波立った海でも、水面下数十米で、すでにおだやかな世界に到達できるのだ。わたしが危機とよぶとき、だれかが平和とよび、わたしが時代閉塞とよぶとき、だれかが希望のもてる未来とよぶとしても、異議をとなえることはできない。そこには、現実理解の共通点がないからである。わたしたちの政治思想や文学思想を、混乱と分裂におとしいれている原因はここにある。まず、わたしたちは、水面上にとびだして、現在、政治的に、思想的に、あるいは文学的に、生活的に直面しているあらゆる困難が、独占支配から派生したものであることを確認したうえで、おもむろに水面下の世界に下降してみなければならない。

水面下の世界では、老いた父母のように必然的な社会様式ものこっていれば、ドライな太陽族のような社会様式も根づいている。零細生産が、ひびわれた手で組まれているかとおもえば、小市民的な雰囲気の中小生産のようなものもある。どのひとつも、きわめて高度化した独占社会にとって必要でないかぎり存在できない。水面上にとびあがれば、一括して国家独占社会とみえる世界も、水面下に下降してみればこれらのすべての様式にゆきあたる。わたしたちの社会構成と生産様式上のからみあいは、複雑をきわめていて、どこにも典型がみつからないのである。

しかし、ここから社会総体のヴィジョンを組み立てえないならば、独占支配を眼のあたりにみながら、混乱と分裂と錯誤をくりかえすほか、何もなしえないのである。もともと、混乱も分裂も錯誤も、それが必然であるかぎり、認められなければならないが、現在のような政治思想の老衰を、放置できる度量はだれももちあわせてはいないのである。最近、わたしたちは、安保条約改訂の反対運動で、進歩的な文学者、思想家たちのもっとも安易な合唱をきいている。いずれ三文指揮者がいるのだろうが、そこでは、安保改訂を、国家独占が社会体制を維持し、発展させるために打つ政治的な布石のひとつであり、独占支配を永続化させようとする試みであるという理解はまれである。したがって、基本的人権や生活権と背反するような国家意志には従う必要はないというブルジョア民主主義的な認識をもとに統一戦線がくまれるのではなく、もっぱら、条約だけをぬきだしてきて、民族の自立か従属か、戦争か平和かの問題が、安保改訂反対の基礎にすえられている。

たとえば、民主主義文学運動の主体である新日本文学会は「日本民族の完全な自立と世界平和の確立をたたかいとるために」安保改訂反対の宣言を発している。丸山真男、佐々木基一、野間宏、杉浦明平、石母田正などの「未来」同人は、米・ソが平和外交にむかい、前途に希望を感じさせる世界情勢のなかで、スエーデン、オーストリア、アラブ連合、インド、インドネシアをつらねる中立地帯が拡大しているとき、軍事的双務条約の匂いのする条約改訂をすすめることは、日本を意図せざる戦争にまきこむ危険を冒すものであるという反対理由を声明している（『世界』五九年十二月号「日米安全保障条約改定問題に関する声明」)。また、中島健蔵、竹内好、堀田善衛、江藤淳、開高健などの第一回《安保批判の会》は、世界は戦争回避と軍縮に向いつつあるとき、中国を仮想敵とみなすような条約改訂には反対であり、われわれはいかなる国をも仮想敵とせず日本の独立を念願するものだ、という申し合わせを発表している(同右「安保改定についての申し合せ」)。

いったい、世界情勢にたいするこういう素人政見のような判断と、現に、じぶんが文学者や思想家として体験し、実感し、そこから想像力の源泉をうけとっている社会的な現実の問題を、どうむすびつければこういう見解をみちびきだすことができるのか。文学者や思想家ならば、現在、ラジオ、テレビ、週刊誌、新聞、雑誌、映画などによって社会的コミュニケイションを拡大され、きわめて容易に社会総体の動きに参加できる情況でありながら、思想をうみ、文学をうみだすために、欠くことのできない主体意識が、稀薄になり不安定になっていることを実感できないはずがない。また、こういう稀薄感や不安感と、拡大したコミュニケイション・ルートにはさまれた矛盾が、現に若く鋭敏な文学者たちを、焦躁やヒステリックな叫喚にかりたてていることも周知の事実である。

思想も文学も創造的でありえなくしているわたしたちの社会にたいする血肉化された認識は、すべての思考の拠点である。なぜ、文学者や思想家たちは、身辺に実感される社会の情況にたいする認識から出発して、安保改訂がほんとうは何をいみするかを洞察する過程を、ねばりづよくたどらないで、国際政局に一憂一喜する素人政治家、政治ファンの表情にかわってしまうのだろうか。文学思想や政治思想が、思想として社会の土壌に根づかず、また社会の総体にたいするヴィジョンをもうみだしえないで、ただ、現象的に政治情勢に反応するだけにとどまるとき、ほんとうの意味で思想の危機ははじまっているのだ。

戦争中、わたしたちは、生産力と社会の構成と政治支配とのみっせつなつながりを、いきいきととらえることができなかった思想家や文学者たちが、民族の自衛や日本人の独立をスローガンにして侵略戦争の提灯をもったことを知っている。（その一部は、現在、安保改訂を日本人の独立か従属か、戦争か平和かの問題におきかえている思想家や文学者と同一である。）その錯誤は、いま、ふたたび繰返されようとしている。

戦前派の思想家や文学者たちは、かつて太平洋戦争は、侵略戦であり、そこでとなえられた民族の自衛や日本の独立のスローガンは悪であったが、いま、平和と中立と民族の独立をスローガンにして安保改訂を阻止するのは善であると主張するかもしれない。しかし、それは、悪をうらがえした無反省無責任な善でしかない。錯誤にみちた政治的な善意は、無智な悪よりもいっそう悪であるというのは、政治思想をつらぬく鉄則である。これら戦前派の文学者、思想家たちの政治思想のどこに、戦後十数年を営々としてきずきあげてきた思想的な努力のあとがあるのか。ただ、うわべだけの政治情勢にひきずられ、三文指揮者のタクトのふりかたによって、そのときどきに誤った方向へ駈けだしては、落胆した表情で引きかえす往復運動を、なんべんも繰返してきたにすぎないのである。

わたしがおそれるのは、戦前派の思想家や文学者たちが、反体制的な運動という名分に甘えて、無責任に復活させている民族の独立とか日本人の中立とかいう題目が、社会の構成や政治支配との有機的なつながりから、まったくきりはなされ、この傾向が、太平洋戦争をまったくしらぬ戦後世代の若い文学者や思想家たちをとらえはじめているという事実である。いや、むしろ、過去の戦争からきりはなされ、くらげのように現在の独占社会にもまれて苛立っている若い世代の思想家や文学者たちの方向のない焦躁感のなかに、戦前派の無責任な思想は、鏡を見出しているというべきかもしれない。ここに、わたしたち戦争世代が、社会構成と政治支配の本質を追究し、現在の社会を総体のヴィジョンにおいてとらえる作業をつづけねばならない理由がある。わたしは、かならずしも適任ではないが、手あかにまみれた政治思想の伝授形式を破壊するのは、幻滅の世代に課せられた任務のひとつである。

2

若い世代の代表的な文学者のひとり石原慎太郎は、現在の社会情況をつぎのように受感している。

今日の状況に、ある鋭敏な人間だけが感じる不安定、或いは不満（他の殆どはすでにそれへ半ば飼い馴らされてしまった。今日、危機意識などと言う言葉がいかに大袈裟で空々しい実感でしか人の耳に響かないか。でありながら本質的な危機は殆ど無際限に増大しつつある）は、われわれのいわゆる伝統的行動範型と新しい状況との喰いちがいによると言える。である限り文明の遅滞の表明は当然、新しい行動範型への模索、そのエネルギーの絶望的な流出となって現れる。その不満、不安が革命や社会改革と結びつかぬ限り、我々は周囲に加速度的に増加する犯罪或いはノイローゼにその姿を見るだろう。今日の状況は正しくその後者である。

この遅滞を脱けていくために、この状況に於ける復権を遂げるために、我々はこの状況に於いて人間を主体者たらしめる新しい行動範型を捜さなくてはならない。（『三田文学』五九年十月号「刺し殺せ！」）

石原は、ここで、若い世代の文学者たちをとらえている不安や不満を、独占支配そのものが強いている人間的な矛盾とかんがえるよりも、社会構成のもんだいとしてかんがえている。伝統的な固定化した行動範型に足をとられているため、新しくふくれあがった社会情況に適応する行動がみつからないことに、苛立ちの原因をみている。石原の理解は、日本の近代主義的な思想家や文学者たちが、いままでに展開している見解とあまりちがったものではない。従来から近代主義者や政治上のブルジョア革命論者は、わたしたちの社会構成や生産様式や生活様式にある伝統的なものを、高度の独占社会の日本的な特質として理解はしなかった。高度な独占資本主義が生きのびてゆくためには、日本では、こういう沢庵石のような特殊な土台石がひつようなのだとはかんがえずに、石原のように、新しい社会状況は、はじめから伝統的なものと対立するものだとかんがえてきた。したがって、その主要な政治的な、または、思想的な指針は、なにはともあれ伝統的な行動範型や社会様式を一掃することによってすべての問題は解消するものであるとしてきたのである。

ここに、日本的モダニストたちの文学的な、思想的な、また政治的な倒錯があった。じっさいは、高度な独占近代そのものを解消させることなしには、わたしたちの社会の伝統的な行動範型は解消しはしないのである。枯れくちた枝をきりとれば、樹木全体が蘇生するとかんがえるのは、モダニストの特徴であり、そこにいくらかの真がないわけではないが、枯れくちた枝は、そもそも樹全体の質にもとづいているのだ。

石原慎太郎の思想を、いわゆるモダニストと区別しているのは、伝統的行動範型というばあいの《伝統的》という概念のなかに、日本的な特殊な土台石や、枯れくちた枝ばかりでなく、既成の文明概念のすべてを含めようとしている点である。かれは、意志的に手ぶらになったまま、まったく一筋縄でいかない社会構成をもち、あらゆる歴史上の類型からはみだす要素をもった現代の日本の社会にたちむかおうとかんがえる。よるべきものは、

「彼一個人の、粗野でも生々しい、肉体主義的な、宇宙的な価値判断で、いや価値判断とまでいかなくとも、その情念で行動するような人間」しかありえないのは当然である。石原の理想とする人間は、現在の苛酷な独占状況のなかでいったいどんな行動ができるのか。かれが既成の文明概念をすべて否定しているかぎり、現在びまんしているうわべの平和を思想的に享楽することに甘んじることができない。ふくれあがったコミュニケイション・ルートはただ苛立ちの原因でしかない。しかも頼るべきものは肉感的な行動と判断だけである。かれの行動が、独占支配そのものをおびやかす方向にむかわないかぎり、たえず苛立ちを自家生産するために、他者と断ちきれた衝動的な状態に自分をかりたてる行動にむかわざるをえない。

　巷に言う太陽族？　平気で人殺しをする青年たちは小説を書かない。残念な話だ。私だって平気で他人を刺したり殺したりしたいものだ。そこまでいけない。そのコンプレクスがおどおどいったり来たり妙にストイックな小説を書き上げさすのだ。平気で人殺しをやってのける、無統制な殺意、あの厚顔な放埒を仕事に持ち込みたいものである。（『三田文学』前出）

これは、石原の創作信条であると同時に、思想の宣言でもある。石原の錯誤は、はじめに、現在、正当に受感している稀薄感と、そこから脱出したいとかんがえる焦躁感の原因を、独占支配とその社会構成にもとめないで、新しい社会情況と固定した行動様式とのギャップにもとめたときはじまっている。わたしたちの独占支配とそのしたにある複雑な社会の構成と様式の総体に対応するような、さくそうした思想的ヴィジョンをつくりあげるかわりに、石原は肉感主義的な思想と行動の様式にまで退化するほかにみちがなかった。この文学思想を、政治的に転換すれば、「個性への復権を」(『中央公論』九月号)や「怒れる若者たち」(『文学界』五九年十月号)で表明したように独占権力によって殺意を行使したいという願望となってあらわれる。

石原の思想は、ここまできたとき、けっして石原が自負するように新しいものではない。戦争中、日本の社会ファシストたち(それ自体は、絶対主義体制下で、天皇制の独占資本構成の側面を象徴する稀少価値をもっていた)によって手あかによごされた思想の再版にしかすぎない。ただ、戦争中は農本主義ファシストにおしまくられて、おどおどとあらわれた思想が、戦後社会のブルジョア化にともなって公然とあらわれているだけである。石原の思想は、戦前派の文学者や思想家と対比してみると鮮やかな異質さをしめしているようにみえる。それは、類型を拒絶している。たとえば、現在、民族の独立や日本人の中立を提唱している思想家や文学者たちは、まったく、石原と対称的におもわれる。しかし、このちがいはよく注意すれば、独占支配にたいする思想退化の形式的なちがいであって、思想退化という一点で差別することは困難である。ここに戦前派と戦後派の断層と回帰とが象徴されているとみなければならない。石原は、共同社会の掟や習慣などはあくまでも個人の意志的な行動や発想のまえには無力なものであり、無拘束なものであるとかんがえる点で、戦後日本の社会の高度化を象徴するラジカル・リベラリズムとしての資格を獲得している。しかし、社会構成と政治権力とのみっせつな関係に着目していないため、独占権力のもとで個人と共同社会との価値転倒ができるという幻想にゆきついてしまっている。

3

たとえば石原慎太郎は社会ファシズム的であり、大江健三郎はリベラルな進歩主義者であるというような、外観的な区別は無意味であろう。石原には、ラジカル・リベラリズムの実感主義が強固に根をはっているし、大江健三郎にも、退化した民族主義、国家主義的な発想が強く支配している。大江の政治思想をうかがうのにもっとも適しているのは、「現実の停滞と文学」(『三田文学』前出)であるが、そこで大江は、現在の日本の政治的な停滞をつぎのように理解している。

われわれはまた断固として日本の再軍備に抗議する。しかしわれわれは、軍事的にまったくの真空地帯である日本を、それが憲法の規定するところであることがあきらかであるにかかわらず、今やリアリスティクに思いうかべることさえできない。われわれは再軍備反対の声をたかくあげながら、自分の胸にわだかまる一つの暗い陥没に気づかずにはいられない。

一九六〇年に社会党が政権をえたとしても、自衛隊の解体は決しておこなわれはしない。現に、自衛隊の完全な消滅のあと、日本はたとえば朝鮮との外交問題をいかにして乗りきるかについて自信のある回答を発することのできる思想家が進歩的な陣営にいるかどうかはきわめてうたがわしい。かれらは保守政権を非難しつづけながら、実は現状維持のムードに安堵をもとめているのであり、自分たちがあらためて政治の遂行者として日本の軍備の問題を検討する必要にせまられることがあるなどとは思ってもみないのだ。かれらの思想を支える土台は保守政権の固定化というコンクリートをぎっしりとうちこんだ地面の上に乗っているのである。

現代日本の政治の場における進歩的な勢力の力の限界をわれわれはあまりにもよく知っており、日本をめぐる諸外国の圧力についても充分に知っている。日本の社会主義化はすでに日本人の手のなかにある問題でなく、外国人の手のなかにある。この絶望的な情勢判断はコミュニストたちにむかってもあえてくりかえされなければならない。

大江の政治思想では、戦前派の進歩的な思想家や文学者との癒着がいちじるしい。ここでは、独占社会でのあらゆる社会的問題が、まったく考慮のほかにおかれている。ただ、大江の見解を独自にしているのは、社会党の政権を樹立して、軍備を解体し、軍事協定を解消せしめるというヴィジョンを実感をもってえがいていることである。しかし、大江は、日本は従属国であり、すべての元兇は米国にあるため、日本の解放は、ソ連圏の力なしにはおこなわれないという他力本願的な無責任論理、今日、前衛的な諸政党からふりまかれている謬見を無条件にうけいれているため、その反映として、軍事的な真空地帯になった日本はどうなるか、というような《暗い陥没》を感じてしまっている。世界はべつにソ連圏と米国圏からできているのではなく支配者と非支配者とからできているという見地は、ほとんど実感の外におかれている。

石原慎太郎にしろ大江健三郎にしろ、文学者としての社会にたいする感覚的な認識をはなれて、政治思想の領域にはいりこもうとするとき、奇妙に戦前派の思想家、文学者との癒着をしめすのは、なぜだろうか。皮肉をきかしていえば、それは、過去を忘れてしまった世代と、過去が絵巻物としてしか存在しない世代だからである。戦前派は、戦争中、傍観者または転向者的な協力者として、戦争から思想形成の血肉となる体験をくみとらずに過ごしてしまった。このような世代にとっては、戦争期は忘れはてたい悪夢にしかすぎない。かれらは、戦後十数年、いわば混乱した戦後社会のなかで、戦争の悪夢を忘れるような刺激に惑溺してきた。戦後社会が、飽和した独占段階に整備されたとき、かれらは、この社会そのものに対立すべき何らの思想もうみえなかったため、ついに国家独占そのものの問題を、日本人の民族の独立か従属か、戦争か平和かという問題としてしか提起することができないのである。これこそ、歴史の皮肉であり、わたしたち戦争世代の戦争責任論や天皇制体験の検討を、ただ、すぎさったものを掘りかえしている時代おくれとしてしか理解できなかったものたちが、当然うけとるべき思想的ちょうばつである。

これにたいし、石原や大江の政治思想があざやかに啓示しているのは、敗戦をさかいにした時代的な断層と、その断層にゆらいする形式をかえた回帰の問題である。戦争世代は、敗戦を契機にして日本の近代社会の本質を批判的に解明する作業を強いられた。これは、よそ眼からみれば大なり小なり倫理的な衣裳をストイックに被っているようにしかみえない。しかし、石原慎太郎などがひとつの典型としてしめしているのは、このような倫理的な衣裳をひつようとしない姿勢である。戦後社会は、強制的な制約感を石原などにあたえていない。石原が、「戦後を、この混乱と停滞を誰よりも享受したのは、われわれなのだ。何故ならわれわれにはその以前は殆どなかったのだから」（『三田文学』前出）というとき、象徴的な意味をもっている。戦後の混乱と停滞を体験したのは、生き残ったすべてであるが、戦争世代は《その以前》を意識のなかの断層としてもち、自己を方向づけるさいにたえず検討すべき対象としてもっている。しかし、石原などにとって《その以前》は戦争絵巻物としてしか存在しない。しかも、この絵巻物は、敗戦が日本の近代史の最大の事件だったという理由によって、遠い博物館の陳列室のように隔てられている。

じつは、戦前・戦中の時代が、絵巻物として、しかも遠い障壁によってへだてられた博物館の陳列室としてかすんでみえるという特質は、若い世代の政治思想を共通づける最大の指標である。ここに若い世代の未熟さだけをみつけようとするのは無意味であって、じつは、戦争・敗戦の体験がいかにおおきな意味を日本の社会にもたらしたか、かれらが身をもって象徴しているとみるべきであろう。皮肉なことに、若い世代の政治思想こそ、敗戦が日本の近代史を前期と後期とにわかつ重要な段落であることを象徴しているのである。

これにくわえて、第二の問題が重複する。かれらは、戦前・戦中と段落のちがった戦後に自己形成をとげながら、思想的には戦前派の乳をのんで育ったのである。戦前派が、戦後社会のなかでしめした思想的な混乱や政治的な錯誤や停滞にひきまわされ、しらずしらずのうちにその恩典によくしながら自己形成をとげたのである。いわば、戦争世代が異和感と陥没感にたえながらひそかに思想の自己批判を実践していた戦後十数年のあいだに、かれらは、戦前派との断層と癒着の理由をふたつながら身につけていたのである。

4

この間、戦前派とも戦争世代ともちがった独自の思想形成をとげえたのは、もっとも苛酷に戦後政治の混乱と錯誤にひきまわされた戦後世代の政治家たちだけであった。かれらは、石原慎太郎や大江健三郎など若い世代の文学者、芸術家たちが、戦前も戦中も体験しなかった過去として必要としないばあいにも、独自にそれを検討しなければならなかった。なぜならば、過去と現在の社会にたいする科学的なヴィジョンなしには、あらゆる政治的行動はなりたたないからである。石原慎太郎、大江健三郎など《怒れる若者たち》が、ほとんど例外なく、自己形成と芸術的行動において、戦争・戦前への洞察をはじめから放棄し、放棄することを世代的な特権と化しているのにたいし、若い世代の政治家たちは、これをつかみとろうとしてひとつの独自な見解をたてている。むしろ、大江や石原のような同世代の文学者たちと逆に、戦前・戦争期と戦後期とを意識的に接続する努力をしている。たとえば「共産主義者同盟綱領草案」（『共産主義』4号）は、太平洋戦争期から戦後期にかけての社会的ヴィジョンをつぎのように分析している。

また、極東における市場分割の死闘は、やがて日米帝国主義者の公然たる軍事的対立をまねいた。戦時経済の要請は、巨大な重化学工業の発展を促した。これらの部門への進出は、厖大な固定資本の調達にこたえる大規模な資金の集中を必要とし、財閥の封鎖性を桎梏たらしめずにはおかなかった。株式公募、信用体系に対する国家統制、国家資金の撒布等の手段により、日本帝国主義は、国家独占資本主義へと推転した。

これらの努力にもかかわらず、最大の資本家的富を集積したアメリカ帝国主義者の力量の前に、日本帝国主義者はついに屈服せざるをえなかった。

しかし、第二次大戦によって壊滅的な打げきをこうむった日本資本主義は、おそいかかるプロレタリアートの攻勢を、いくつかの譲歩によってきりぬけることに成功した。

彼らは農民に土地を解放し、小農として若干の保ごを与えることによって、プロレタリアートの闘争をきりはなし、天皇制権力を背景にひっこめ、人民にブルジョア民主主義的権利を与えることによって、自己の政治的威信をつなぎとめようとした。

このような方向は、第二次大戦での仇敵日本の弱体化を狙うアメリカ帝国主義者の意図とも一致した。

しかし、敗戦、占領という事実は、日本ブルジョアジーにいくつかの後退をよぎなくさせたとはいえ、日本資本主義の合法則的発展を無視したアメリカ帝国主義の専横なふるまいや、「全一的支配」を結果しはしなかった。むしろアメリカ帝国主義者の占領政策は、「民主化」の偽装のもとに、日本資本主義の合法則的発展を劇的に促進した。財閥の解体は、国家独占資本主義の発展が、財閥の封鎖的性格を、解消せしめる方向に進むことをはやめ、徹底化した。復金再融資、見返り資金特別会計等の国家による資金の援助は、戦争経済によって推転を必然とされていた国家独占資本主義の機構を保有せしめようとする意図からでたものに他ならなかった。

この独自な分析のうち、とくに、注目すべき点はふたつあるとおもわれる。そのひとつは、太平洋戦争期における上からの至上権による、株式公募、信用体系に対する国家統制、国家資金の撒布等の手段が、国家独占資本主義への転化をかえってうながした、という見解である。他のひとつは、敗戦・占領という事実によっても、日本資本主義の合法則的な発展を無視したアメリカの《全一的な支配》は、不可能であったという見解である。わたしなどがいだいている太平洋戦争期から戦後期にかけての社会的ヴィジョンは、これとはすこしちがっている。第一に、太平洋戦争期は、天皇制下における独占資本主義の高度化と、封建的な諸要素の緊張がつよまってゆく潜在的な過程であり、敗戦・占領は、天皇制権力の消滅、独占資本主義の機能破壊から回復への過程、農業における封建的関係の消滅の過程、独占資本の権力掌握の過程である。いいかえれば、太平洋戦争期は、三二テーゼが規定する権力構成がしだいに構造をかえていった過程であり、敗戦・占領は、ブルジョア的な変革がしだいに完成する過程である。わたしは、べつに社会経済学者ではないから、この見解に政治的な箔をつけようとはおもわないが、なお若い世代の政治家たちの見解は、思想的に検討すべき問題をのこしている。かれらは、三二テーゼを評価し、二七、三二テーゼを不毛とかんがえ、「帝国主義戦争の決定的前夜に絶対主義『天皇制打倒』と二段階革命論のドグマによって、いうに足るほどのプロレタリアートの闘争を組織することができなかった日本のマルクス主義的前衛は第二次大戦中の決定的な瞬間を無為にすごすしかなかった」（『共産主義』4号「綱領討議を組織するに当って」）とかいているように、戦前・戦争期・戦後期を連続した一本の直線のように、一貫して独占資本の高度化、国家権力化の過程としてとらえている。たとえてみれば、石原慎太郎や大江健三郎など同世代の文学者が、戦前・戦争期を巨大な隔膜のむこうにある過去とかんがえて芸術的な行動のらち外においているのと、ちょうどうらはらに、戦前・戦争期・戦後を直線的なアスファルト路で切開しているのににている。

わたしなどの過去のヴィジョンは、これらとはちがっている。すくなくとも、わたしは、日本のマルクス主義的前衛が第二次大戦中の決定的な瞬間を無為にすごすしかなかったとはかんがえず、無為から協力への二段階の転換をへてきたと評価し、その原因を独占資本的な要素と封建的な諸要素との複雑な関係を、天皇制の絶対主義的な性格が規制したため、社会構成を水面下の世界で総体的なヴィジョンにおいて把握しきれなかったものだとかんがえてきた。三二テーゼの機械論のせいよりも、さくそうした日本の社会構成のなかで、それを適用するだけのヴィジョンをもちえなかったためだとかんがえてきたのである。だから、帝国主義戦争の決定的前夜に、絶対主義「天皇制打倒」と二段階革命論（社会主義革命への強行的転化の傾向を持つブルジョア民主主義革命——註）のかわりに、三一テーゼをもってきたとしても、なにほどの相違があったとはかんがえることができないのである。

ここには、戦前・戦中・戦後をつらぬく日本の社会にたいするヴィジョンの相違があるとともに、よりおおく戦争世代と若い世代との体験の断層があるとかんがえられる。わたしに戦争体験がなかったら革命はなによりも政治権力の問題であるとでもいってすましていただろうが、残念なことに政治権力と社会構成とを有機的につなげるヴィジョンなしには、あらゆる行動が成立するとはかんがえられないのである。わたしのような戦争世代が、じぶんの戦争期体験を割高にみつもりすぎているのか、または、若い世代が天皇制の消滅した戦後に自己形成をとげたため、戦前・戦中の天皇制の社会構成におよぼすおおきな圧力を割安にみつもりすぎているかのいずれかである。なぜならば、現在の社会状況にたいするヴィジョンについて、わたしは、若い世代の政治家の見解にそれほど異論をもたないのである。たとえば、若い世代の政治理論家のひとり、姫岡玲治は、現在の日本の独占資本の国家権力化の段階を分析しながら、つぎのようにかいている。

金融独占資本は、その過剰人口を農業その他の中小企業に形成し、保有し、それを一方では労働力の給水源として利用しながら、他方では、独占価格による独占利潤の取得のための収奪の対象としても利用するのである。したがって、金融独占資本のもとでは、農業その他の中小企業の残存と再形成とは、機構的に必然とされるのであって、金融独占資本の基礎に手をふれずには、これらの旧社会の残存物を一掃することはできないのである。このように金融独占資本が旧社会を徹底的に分解することによって純粋な資本主義社会の実現にすすむという傾向を、逆転することになったのは、まさに資本主義が特殊歴史的社会たることを示すといってもよいであろう。（『共産主義』3号「民主主義的言辞による資本主義への忠勤」）

わたしのとぼしい知見では、共感すべき提言のようにおもわれる。わたしは、いままで、日本の近代主義的な思想家たちが、前近代的な社会様式、思想様式とかんがえているものが、高度の近代的な社会様式、思想様式と対立ばかりするのではなく、それは現代の日本の社会様式、思想様式の総体の構造として理解すべきではなかろうか、という疑いを二、三かいてきた。近代主義的な思想家が封建的な様式、または、伝統的な様式として反近代とかんがえているものは、高度の独占社会のいわば必然的な属性であって、文明開化を単純に西欧近代にむすびつけ、前近代的な、または伝統的な様式を未開化にむすびつけるのは不当である、と、おもわれたのである。姫岡のこころみている分析は、これを思想的にほんやくすれば、前近代的な様式は、むしろ高度の国家独占状況の必須の成立条件とみなしているようにおもわれる。このようにして、若い世代の政治家は、広汎に資本主義以前の関係をのこしたまま帝国主義国となる後進資本主義国においても、もはやプロレタリア革命以外に、いかなる社会的矛盾の解決もありえないという結論に到達するのである。

このような現状分析からは、現在の政治状況にたいする独自な見解がみちびかれる。たとえば、安保改訂の交渉は、日本の独占体制がその発展の過程で、米国独占体制につきつけた独立化の要求によってはじめられたもので、その妥協点は、双方の独占資本の冷静な利害の均衡にもとめらるべきもので、この安保改訂によって日本の《従属が深まった》などという見解は一片のドグマにすぎぬとされる。安保条約の問題を、日本資本主義発展の内在的論理と市場争奪戦における国際ブルジョアジイ間の協定として理解し、労働運動の日常的なたたかいとむすびつけて説明するのでなくて、《わが国》の従属か独立か、戦争か平和かの問題とむすびつけるような傾向を、疑問の余地なくしりぞけている。

かれらには、政治権力と社会構成と生産様式とを直線でむすびつける傾向がみつけられるにもかかわらず、ただ国家意志だけをぬきだしてきて、「安保条約改悪のもくろみをはらむアメリカ＝岸体制」などを強調している連中よりも、はるかに正当な現状把握があるといわなければならない。注目すべきは、こういう若い世代の政治家の社会ヴィジョンの根底には、国家的な規制力や民族的な封鎖性をとかれ、高度化した戦後の独占社会のなかで、ばらばらにきりはなされた個的な意志によって自己形成をとげたものだけにみられる社会把握の方法があることである。かれらにとって社会構成だけが主要な思想形成のカギであり、国家とか国家意志などが精神的な規制力としてその思想形成のなかに傷を刻みこんではいないのだ。ここにはわたしたち幻滅の世代と若い世代とを結びつける唯一の通路があるとしなければならない。

おそらく、わたしたち戦争世代は、国家的な制約、民族的な幻想などを、もっとも、はげしく打ち破られた世代にぞくする。敗戦の当初など、国家とか民族とか日本人などということばは、きいただけでも傷がしみだすのを感じた。いまでも、抵抗なしには、このようなことばをつかいえない。こういう破産を根づよく解明しようとするとき、どうしても戦争責任や天皇制体験の解明にむかわざるをえなかった。いいかえれば、もっとも特殊的な、民族的な体験の解明に固執せざるをえなかったのである。もっとも幻滅したものにむかって、解明の矛先きをむけようとする傾向は、わたしたち戦争世代にある程度共通した思考方式であるということができる。わたしたちが戦争体験や天皇体験に固執するとき、それは、過ぎさった時代の一区劃に固執しているのではなく、民族的な特殊的な社会様式や思想様式を、もっとも密度のおおきい場所で解明しようとするものにほかならず、その原動力をなしているものは、民族的な特殊的な制約に思考を限定させようとするあらゆる傾向にたいする徹底的な否定にほかならないといえる。

わたしが、戦争・戦前の文学思想や政治思想の追究からもっとも学んだところは、あらゆる政治的な課題は、社会の総体的なヴィジョンとの有機的なつながりにおいて考察しなければ解き得ないという問題である。ここにわたしたちの挫折の蓄積がある。わたしなどが、戦前・戦中・戦後をむすぶ社会的なヴィジョンを異にし、その解明の方法を異にしながらも、戦後世代と癒着しうる可能性を見出しうるとすれば、この世界を、民族的な国家的な区わけによってみるのではなく、構成的にみることができるという点で、若い世代の政治家の思想とだけであろう。

擬制の終焉

――しっ、静かに！　葬式の行列が君の側をとおってゆく。
君の双の膝こぞうを地面に向って傾けよ、そして野辺おくりの歌を歌いはじめよ。
（ロートレアモン『マルドロールの歌』第五の歌）――

安保闘争は、戦後史に転機をえがくものであった。戦後一五年間、戦中のたいはいと転向をいんぺいして、あたかも戦中もたたかい、戦後もたたかいつづけてきたかのようにつじつまをあわせてきた戦前派の指導する擬制前衛たちが、十数万の労働者・学生・市民の眼の前で、ついにみずからたたかいえないこと、みずからたたかいを方向づける能力のないことを、完膚なきまでにあきらかにしたのである。長い年月のあいだ白痴や無能力者と雑婚はしたが、誇りたかい家系意識だけはもっていた前衛貴族の破産は、すでに戦争責任論の過程で理論的にはあきらかにされていた。しかし、かくも無惨にそれが実証されることは、だれも予想していなかったのである。もちろん、かれらとても、低姿勢の弁、たたかわざるの弁を、民族・民主革命の展望とむすびつけたり、国民的共同戦線論で飾ったりすることはできるかもしれない。労働者組織のほとんどたたかい得ない現状や独占資本の安定の強さを引きあいにだして擁護することもできるかもしれない。最後にたたかうものが、よくたたかうのだ、というように。しかし、ここにこそかれらのおもな錯誤がよこたわっている。かれらの盲点は、戦後支配権力の構成的な変化にみあった人民の意識上の変化が、ブルジョア民主主義の徹底的な滲透と対応している事実に眼をおおっている点にある。ここでは、戦後いくたびも繰返されてきたように、あやまってたたかえば自滅し、たたかわなければ後衛に転落し、じっとしていれば独占体制内の擬制的な安定によって腐蝕し、変質してしまうことが、まったく理解されがたくなっている。たたかわなければ墓場にへそくりを握りしめてゆくことにほかならないのを、戦前の総くずれの記憶がかえっておおいかくしているのである。

六月一五日夜、国会と首相官邸の周辺は、ふたつのデモ隊の渦にまかれていた。ひとつの渦は全学連主流派と、それを支援する無名の労働者・市民たちで、その尖端は国会南門の構内で警官隊と激突していた。その後尾は国会前の路上にあふれていた。そして、頭をわられ、押しつぶされ、負傷した学生たちは、つぎつぎに後方へはこびだされて、救急車がかわるがわるやってきては、それをつれていった。

他のひとつの渦は、この渦とちょうどT字形に国会と首相官邸のあいだの路をながれて、坂を下っていった。そして、ちょうどT字形の交点のところで、腕に日本共産党の腕章をまいた男たちがピケを張り、この渦が国会南門構内で尖端を激突させている第一の渦に合流することを阻害していた。そこで、T字形の交点の路上には真空が生まれた。その一方では、つい眼と鼻のさきで流血の衝突がおこり、負傷者は続出し、他方では、労働者・市民・文化組織の整然たる行列が流れてゆき、その境では日本共産党員が、ふたつの渦が合流するのをさまたげている情景があった。そのとき、わたしたちは今日のたたかいが国会にあること、指導部をのりこえて国会周辺に坐りこむことを流れてゆくデモ隊に訴えながら、このピケ隊と小衝突を演じていた。安保過程をかんがえようとすると、この夜の情景が、象徴的な意味をおびて蘇ってくるのを感ずる。

安保闘争のなかで、もっとも奇妙な役割を演じたのは日共であろう。なまじ前衛などと名のってきたために市民のなかに埋没することもできず、さりとて全運動の先頭にたつこともできないために、旧家の意地悪婆のように大衆行動の真中に割ってはいり、あらゆる創意と自発性に水をかけてまわった。安保のなかで日共といえば、指導部とは独立に活動した少数の優れた人たちの顔を除けば、このときピケを張っていた腕章の男たちと、大衆の渦のなかで『アカハタ』を売りあるいていた男と、宣伝カーの上でニヤニヤしながらデモ隊にむかって御苦労さんなどと挨拶していた男しかおもいださない。もちろん、宣伝カーのうえからニヤニヤしながら挨拶している中央委員は愚劣である。ひとびとのたたかいの渦のなかで、『アカハタ』を売っている男も、アンパンを売っている男よりも愚劣である。大衆のたたかいへの参加を阻害しているピケ隊の男たちも愚劣である。安保闘争が創意あるたたかいとして盛りあがるためには、これらの愚劣な役者たちが消滅することがぜひとも必要であった。

しかし、なぜかくまでに、かれらは運動の阻害者として登場しなければならなかったのだろうか。おそらく、その理由はふたつある。ひとつは、かれらにとって思想的敵対物である共同・革共同全国委主導下の学生運動が、安保闘争のなかで実践的な主導力をはっきりしたことが、旧家意識だけはあっても、たたかいを主導できない前衛貴族に憎悪をいだかせたことである。もうひとつは、安保条約そのものの本質にたいする見解のちがい、そこからくる戦略戦術のちがいが、デモ隊の渦をふたつに分割して、けっして合流させまいとする行為にかりたてざるをえなかったことである。

おおよそ、政治理論を原理とする組織は、どんな組織でも、じぶんたちだけが真理のちかくにあり、その他は真理のとおくにあるとかんがえ、実践的にそれをたしかめようとする。これはあながち前衛ばかりではなく、市民主義者たちの組織でもかわりはないのだ。安保闘争の過程で、いつも大衆運動のあいだに割って入り、ついには反米愛国という気狂いじみた排外主義の方向へ、大衆をひきずってゆこうとした日共の態度は、それ自体として敵対物であるが、けっして倫理的な悪と解すべきではない。かれらもまた、じぶんの政治的理論を真理として売りにだし、買わないものをたたき出したかったのだ。真理の競り売りがこういう奇妙な形で実現することを防ぐためには、これらの組織をけっして強大ならしめないことにするほかないのである。合同反対派を粛清してスターリニズムをうみ、スペイン人民戦線を割って崩壊させ、ハンガリア事件をひきおこした政治のダイナミズムは、安保闘争のさ中で、国会の周辺でおなじように再現された。小規模ではあっても、このダイナミズムのなかで、ある者は死に、あるものは傷つき、官憲の手にとらえられ、死に目を体験してたたかい、その一方で、たたかいを阻害し、利敵行為とののしった組織がいたのである。これを倫理的次元で非難してもびくともしない根性くらいは、かれらとてももっているはずだ。彼らを前衛とよばないためには、ただ、苛酷にしずかに、根深く、永続的に対立し、ついにこれに追いつき、追いこし、かれらが真理として売りにだしたものを止揚するたたかいをつづけるほかはないのである。さいごに誰がわらうかは、たたかいの時がきめるだけだ。

さて、ここでひとりの喜劇役者を登場させて、擬制前衛の性格にメスを入れる緒口をつくろう。安保闘争の激動をおえた時期をえらんで、日共トリアッティ主義者の芸術的支柱である花田清輝は、「現代史の時代区分」（『中央公論』九月号）という文章をかき、安保闘争に言及している。すなわち、「わたしは、一九六〇年の安保反対闘争を、断じて一九一八年の米騒動のようなものだと考えるものではないが――しかし、それが、ほとんどナショナリズムの立場からなされているということに――したがって、それと中国革命との関連が明瞭にとらえられていないということに、わたしなりの不満を感じた」と。

この政治的芸術屋が、徹頭徹尾くだらないのは、はじめは、安保闘争の主導勢力に、匿名批判をかりて水をさし、さいごまで、大衆が流血によってあがなった運動を傍観しながら、その傍観を特権と化して安保闘争敗北の過程にメスを入れるという器量ある芸術家の立場を固守しえないで、安保のたたかいを評価するような擬態をしめし、古くさい革命家気取りをすてきれない点にあるのだ。ソヴィエト革命と中国革命を転機にして世界史の時代区分をもうけなければならないという花田の思いつきなどは、安保の大衆行動の渦のなかで、アンパンを売ったらもうかるのではないか、と思いついたアンパン屋とおなじ程度のものにすぎないが、わたしがここでとりあげたのは、花田のナショナリズムとインタナショナリズムの理解が、日共イデオローグの転倒した思考法をよく象徴しており、そのるいは安保闘争の敗北の要因にまでつながっていると、かんがえるからにほかならない。

もちろん、花田などがかんがえているコミンターン式のインタナショナリズムと、それにともなう一国革命——ソヴィエト革命・中国革命の評価は、ソヴィエト一国社会主義擁護論の所産と思考法であり、本来的にはナショナリズムの変態にほかならない。ここにナショナリズムとインタナショナリズムについての日共的理解を、まったく転倒すべき契機が存している。わたしたちが、インタナショナリズムというばあい、ソヴィエトや中国の一国革命の影響などによって、時代を区分することではありえない。国家権力によって疎外された人民による国家権力の廃滅と、それによる権力の人民への移行——そして国家の死滅の方向に指向されるものをさして、インタナショナリズムと呼ぶのである。一国社会主義指導部の成立を世界史の指標とするのではなく、それぞれの国家権力のもとでの個々の人民主体への権力の移行の方向をさしてインタナショナリズムというほかには、幻想のなかにしか、インタナショナリズムは設定できない。

「世界史の動向を決定したロシヤ革命や中国革命に比較すれば、そもそも日本の敗戦など、とるにたりない一些事にすぎないではないか」というに至って、花田のコミンターン式思考法は、その正体をあきらかにしている。もちろん、インタナショナルな観点からすれば、日本の敗戦による日本国家権力の変貌と、その下での日本人民の運命の変貌にくらべれば、ロシア革命や中国革命などは、とるにたりない一些事にすぎないのである。そもそも、花田のような古くさいスターリニストには、こういう見解は、ほとんど理解できないにちがいない。花田の思考は頭のなかに世界史などという架空のものをでっちあげて、各時代はその時代の神をもつなどとうそぶいているランケ流の俗物史観ににているが、それぞれの国家権力のもとでの個々の人民のたたかいの動向の総和以外に、世界史の動向とか、革命のインタナショナリズムなどは存在しないことは、いうまでもないのである。

花田にくらべれば、花田によってナショナリストと批判されている竹内好のほうが、戦中・戦後のにがい体験をふまえて、はるかにすぐれたインタナショナリズムへの理解を披瀝している。安保闘争にふれながら、竹内好はこういっている。

第三の点は、この問題に国際関係を絡ませてはならない、ということです。敵は国際関係を絡まそうとしてアメリカの大統領をもってきてその力を借りて無理押ししようとしている。われわれが、例えば他の外国、ソヴィエトとか中国とかいうものの手を借りてこようとするならば、非常に不幸な状態が起きます。日本が戦争の口火を切るような危険が起りかねない。われわれは絶対にそれをやってはならない。あくまでも日本民族の、自分だけの力を頼もうではありませんか。どこの外国の手も借りない、またこれは借りることはできません。外国の手を借りたのでは、いたずらに危険を起すだけであります。敵が外国の力を借りようともわれわれは借りない。国民の力だけでこれをやろうではありませんか。(「戦いのための四つの条件」)

日本民族とか国民とかいうコトバにひっかかれば、ここにナショナリストの像をみちびきだせるかもしれないが、むしろ反対に、国家権力とのたたかいは、そのもとでの人民の主体によるものであるというインタナショナリズムの萌芽があきらかにされている。

これに反して、安保闘争で阻害者としてあらわれた日共指導部は、花田とおなじようにコミンターン式窓口主義者にほかならなかった。かれらは、毛沢東の「革命の性格は民族的・民主主義的革命」をまるのみにして、安保闘争を反米愛国の闘争に仕立てあげたのである。わたしは、ここで、毛のいう民族的・民主主義的革命があやまりである所以をとりたてて論じようとはおもわない。とりあげたいのは、ナショナルなものとインタナショナルなものとの転倒された図式である。

いま、ひとりの中国共産党の指導者が、日本の安保闘争について規定し、革命の戦略について言及している図がある。それとうらはらに、この毛の規定を金科玉条のように固守し、それに反するものは利敵行為であるとののしる日共の指導者がいる。この図式をさしてナショナリズムの典型というのだ。もしも、われわれは日本の人民の国家権力にたいするたたかいを、いついかなる場合にも支持し援助するとだけいうソ連や中共の指導者がおり、それとうらはらに、日本の国家権力にたいする条約闘争は、日本の人民の力でやってゆくのだという日本の政治指導部があったとすれば、その図式をインタナショナリズムと呼ぶのである。ここにおいて、日共は、花田のような狡猾な理論的阻害者とおなじように、安保闘争の実践的な阻害者としてあらわれざるをえなかったのである。

一五日夜、その尖端を国会南門の構内において、国会をとりかこんだ渦は、あきらかにあたらしいインタナショナリズムの渦であった。それはなによりもたたかいの主体を人民としてのじぶん自身と、その連帯としての大衆のなかにおき、それを疎外している国家権力の国家意志（安保条約）にたいしてたたかうインタナショナリズムの姿勢につらぬかれていた。首相官邸のまえをとおり坂の下へながれてゆく渦は、社会主義国家圏という奇妙なハンチュウをもうけ、そのようごのためには弱小人民の国家権力にたいするたたかいを勝手に規定し、また人民の利益と無関係にそれを金科玉条として固執する変態的なナショナリズムの亡霊を背負ったものたちに嚮導《きょうどう》されていた。それはコミンターン式の窓口革命主義の崩壊する最後のすがたを象徴するものにほかならなかった。かれらはいかなるたたかいにおいても、たたかいを阻止し、ひたすら大衆が自分たちの指導をこえてたたかわないことを望み、ひたすらたたかいの現場から遠ざかろうとする姿勢につらぬかれていたのである。

わたしたちは、このふたつの渦がけっして合流しえなかったことの意味をあらゆる方向から検討することができる。いまこれを、指導部の方針の問題としてみれば、未熟ながらも労働者人民のインタナショナリズムをめざし、プロレタリア革命の過程を潜在的にひめながら国家権力の国家意志（安保条約）を廃絶しようとするたたかいの渦と、一方は、反米・愛国・民族独立・民主をめざそうとするものの渦であった。第二の渦が第一の渦に合流するためには、眼にみえない神話の柵、窓口革命の柵、インテリゲンチャの劣等感の柵、人民の自己権力への覚醒の柵をこえることが必要であった。少数の自覚的なものたちにとってのこの柵は、すでに戦前・戦中・戦後の擬制的なもの一切への検討と批判の過程において超えられ、廃棄されていた。しかし、すべてのものにとってそれは自明の理になりえなかったのである。花田清輝は「『慷慨談』の流行」（『中央公論』四月号）のなかでかいている。

　勝海舟は、当時、長崎にいたイギリス公使に託して、難なくロシヤの軍艦を追い払ってもらった。そして「外交家の秘訣は、彼を以て彼を制するということにある」といった。現在、大砲だか、核兵器だか知らないが、アメリカからの武器の献納を拒絶したいとおもっている平和主義者たちは、イデオロギーの如何を問わず、ただちにソ連に依頼して、危機をきりぬけるべきではなかろうか。蟷螂の竜車に向うような抵抗だけが抵抗ではない。

　この種のオポチュニスト、ふるびた窓口主義者は、反米愛国の側の渦に身を投ずることなしには、安保闘争のなかでいかなる役割を演ずることもなかったことは、はっきりさせておく必要がある。国家権力にたいする大衆のたたかいは、いつも蟷螂が竜車にむかうようにみえるものであり、これをさけて一国社会主義権力に依存しようとするものの末路がどのようなものであるかは、あえてハンガリア共産党指導部の例をひくまでもないことである。オポチュニストはたたかいの後で、まるで死屍にあつまる蛆のように紙のうえで大衆のたたかいをなぞる。花田清輝やそのエピゴーネンの芸術家たちが、安保闘争をどのようになぞろうともわたしたちは依然として健在であることをあきらかにしておかなければならない。六月一〇日のハガチー・デモこそ、花田清輝的なトリアッティ主義者がブルジョア排外主義に転落して演じたトラヂ・コメディであった。

さて、わたしたちは、六月一五日夜のふたつのデモ隊の渦を、その構造において微細に検討してみなければならぬ。

一五日夜、国会南通用門から警官隊の抵抗を排除して構内にはいり、抗議集会をひらいた学生・先進的市民・労働者・知識人の指導的役割をはたしたのは、共産主義者同盟、および革命的共産主義者同盟全国委員会であった。そしてこれらは、共同戦線をはりながら、安保闘争の全過程で、全運動の頂きをはしりつづけてきた。ここ数年来、日共にかわる前衛をめざして進歩的知識人・ジャーナリスト・日共文化人などが目をとおしたこともないような粗末な研究誌によって、政治理論をつみかさね、実践的につとめてきたこれらの組織の実力度をかたることなしに、安保闘争をかたることはできまい。

戦後資本主義が拡大安定期にはいった五五年前後から、日共および日共周辺の知識人・芸術家たちは、ひたすらマス・コミを謳歌し、これを合理化する理論をつくり、平和的共存をたいはいてきにうけとめて、ソ連や中共に依存してまてば革命でもやってくるかのように痴呆状態を呈した。かれらが、平和と民主主義・歌と踊りとミュージカル・視聴覚文化と活字文化などという阿呆の題目をとなえていたとき、戦後世代は、マス・コミ圏外でもっとも主要な政治理論上の業蹟を達成しつつあった。

　これらの潜在的な過程は、すでに安保闘争において、どれが何をなし、またはなさないか、をあらかじめはっきりと予見させるにたりるものであった。たたかいにおいては、だれもじぶんが日常に掘りつづけてきた穴に似せて穴をほるほかはないのである。共同・革共同全国委などが、まがりなりにも全運動を主導しえたのにたいし、日共が正統派づらをして運動を分断し、あらゆる合作を阻止する以外のなんの役割もはたしえなかったのは当然であった。ジャーナリズム左翼として公認されていることにいい気になってきた日共派が、がく然として眼をさましたときには、すでに理論的にも実践的にものりこえられていたのである。かくして第一回戦はおわった。日共派は、少数の独立活動家をのぞいて、反米愛国派と市民民主主義派とに解体しながら安保行動のうずのなかに没し、あるいは阻害者としてあらわれるほかなかった。ここでもっとも滑稽なのは、はじめに、安保闘争の主導的勢力に水をかけながら、運動がおわり、これらが一定の成果をおさめたとみるや、おれたちはきみたち学生運動を支持してたのだなどとおべんちゃらを呈し、じつは、無名の無党派学生および市民大衆がじぶんの足と手でもってあがなった運動の成果をわが田にひき入れて、過去もそうであったように現在もまた「バスに乗り」はじめたものたちである。わたしは、共同にしろ革共同全国委にしろ、安保闘争を無名の学生大衆の行動過程において考察せず、自らの指導性について手前味噌な自惚れをならべたてるとき絶望をかんじないではおられない。かれらもまた、ロシア革命や中国革命を、レーニンやトロツキーや毛沢東において考察し、たおれた無数の大衆の成果について考察できない官僚主義者に転落するみちをゆくのであろうか？　なんべんも強調しなければならないが、いかなる前期段階でも、一定の政治理論と行動方針を大衆のなかに与える指導者よりも、ひとりの肉体としてたたかう無知の大衆のほうが重要なのであり、また重たいのである。ここでは、やむをえない場合、必然的に指導者は自分の責任をかたるのであり、みずからの指導性を手前味噌に誇張するとき、官僚主義がうまれるほかないことは、あらゆる前期段階の歴史があきらかにしている。

安保闘争を主導した共産主義者同盟政治局は、「共産主義者は安保闘争から何を学ぶべきか」（『戦旗』昭和三五年七月五日）において安保闘争を総括した。

共同政治局の見解によれば、戦後の復興をとげて世界資本主義の競争にのぞむために、日本の資本主義はふたつの課題をになっていた。ひとつは国際的な威信を確立することであり、もうひとつは大規模な合理化によって経済競争力をうるために、安定した政治支配をうちたてることであった。日米新時代のスローガンによって作られた岸政権はこの課題をはたすために、安保改訂を中心的な政策として強行せざるをえなかった。

安保闘争のもりあがりは、支配権力の安保にかけたふたつの課題を挫折させ、岸政権は全人民の憎しみをうけて退陣し、アイク訪日の中止によって国際的汚辱をあびなければならなかった。このような意味で、安保闘争は支配階級にたいする労働者階級の「政治的勝利」であった。しかし、安保闘争は、戦後のすべての大衆闘争とおなじように、素手でたたかわされ「資本家的秩序の枠内での示威運動」というプチ・ブルジョアの御託宣を戴かされた。

このような前提にたって、共同政治局はつぎのようにかいている。

もし、全学連の革命的街頭行動に引きつづいて、広はんなプチブルの政治的昂揚中で、労働者階級が、六月四日の「ゼネスト」を、資本家階級の秩序を、その根幹部で、わずか一カ所でも破壊せしめる革命的ストライキを敢行しえていたら、それ以後の闘いは根本的に変っていたであろう。

五・一九以降の事実は、正に日本のプロレタリアートこそ世界プロレタリアートの最前列にあって、プロレタリア革命を遂行しうる戦闘力の保持者であることを立証した。

それは資本主義の危機がより成熟した段階にあっては、革命的街頭デモから全国的暴動へ、さらに武装反乱からその勝利へ前進しうることを示している。

共同とともに安保闘争を主導した革共同全国委は、これにたいしてつぎのような骨子か

ら批判をくわえた。（武井健人編著『安保闘争』現代思潮社）

第一に、安保闘争は条約のための闘争であって、展望のいかんにかかわらず、ただちに独占資本との階級的対決ではありえない。

第二に、労働者階級の立ちあがる基盤のないところで政治的街頭行動の高揚によって革命はありえない。

第三に、〈虚偽の前衛〉（日共）の支配下にある労働者階級を直ちにたちあがらせることはできない。

第四に、したがって、安保闘争後の課題は、反スターリニズム・プロレタリア党のための闘争である。

さて、ここに安保過程を主導したふたつの組織のあいだのおおざっぱな対立点がある。問題はどこにあるのか。わたしたちは、安保闘争のなかでしばしば矛盾をかんじなければならなかったことをしっている。それは、どんなはげしい街路デモを展開しても、最大限に見積って岸政権を安保自然成立以前にたおして解散にみちびきうるという政治的効果がかんがえられるだけであるにもかかわらず、はげしい街頭行動なしには、それすら不可能だというディレンマであった。そこには革命的な情勢はすこしもなかったし、日本資本主義はかなり安定した経済的基盤にたって成功裏に政策を実施していたため、市民・労働者は秩序消滅のためにたちあがる主体的な姿勢をもっていなかったのである。しかし、それは革共同全国委の見解のように、安保がただちに独占資本との階級的対立でありえなかったがためではない。安保新条約は独占権力の国家意志として改訂されようとし、それは経済構成として日本独占資本の利害に関していることはいうまでもないことである。安保闘争それ自体は、独占資本との階級的な対決をふくむものとしてはじめて存在したのである。このような情勢のもとで、全学連のはげしい街頭行動につづいて、市民と労働者のほう起があったとしても、それは政権の打倒、そして最大限にみつもっても一揆的な一時的政権奪取であり、すこしも革命ではありえなかったのである。いうまでもなく政権の打倒・政権の奪取と、権力の人民への移行とは似ても似つかぬものである。ただたんに政権が自民党から社・共にうつることは、革命でも何でもなく政権の交替にしかすぎない。たしかに、革共同全国委のいうように、労働者階級がたちあがる客観的な基礎のないところでは革命はありえないにちがいない。しかしこのことは、全学連のはげしい街頭行動につづいて、労働者・市民が主観的にたちあがらないことを意味するものではないし、たちあがることが不毛であることを意味しはしない。主観的に労働者階級がたちあがったとしても、革命ではありえないというにすぎない。

革共同全国委が共同をブランキズムとし、市民主義の運動をプチブル運動として、頭のなかに馬糞のようにつめこんだマルクス・エンゲルス・レーニンの言葉の切れっぱしを手前味噌にならべたてて、原則的に否定するとき、かれらは資本主義が安定した基盤をもち、労働者階級がたちあがる客観的基盤のない時期――いいかえれば前期段階における政治闘争の必然的な過程を理解していないのだ。プチブル急進主義と民主主義運動しか運動を主導できない段階が、ある意味では必然的過程として存在することを理解できないとき、その原則マルクス主義は、「マルクス主義」主義に転化し、まさに今日、日共がたどっている動脈硬化症状にまでおちこまざるをえないのである。革共同全国委が反スターリニズム（これはいい）プロレタリア党のための闘争、いいかえれば労働者階級のなかに大規模な影響を与えうる前衛の創設に安保闘争の総括を集約するとき、そして、「小ブルジョア組織」が「運動のプロレタリア的性格を超え」る段階が、安保闘争においても、今後おこりうる政治闘争においても必然的に存在したし、また存在することを洞察しえないとき「組織的・思想的な独立を断乎として守りつつ」ついに硬化した官僚リゴリズムに転化せざるをえないのである。だれも認めもしないのに、伝統四〇年などというつまらぬことを自慢にする組織などは、ひとつあればたくさんなのだ。

なお、わたしたちはこれからかなりの長期にわたって急進インテリゲンチャ運動の優位な情況のもとで政治闘争を体験することはうたがいない。そのためにこそ、たんに労働者階級に組織的な基盤をもった前衛党の創設のためのたたかいによって、万事解決し、あとは経済的危機さえ招来すれば、という安っぽいかんがえかたを転倒しなければならないのだ。

インテリゲンチャの急進化の現象は、いうまでもなく現存する支配構成が、そのもとでの大衆にあたえている疎外感覚をはかるバロメーターにほかならない。このバロメーターの読み方をしらずに、前衛づらをしたいやつは、どうもうまれてくる時期をあやまったらしい。おそらく、わたしたちが今後体験するのは、いくたびもくりかえされるインテリゲンチャ運動の解体、再編の過程であり、そしてこの過程は、家系だけをたよりにした前衛貴族や小ぢんまりと硬化したい前衛志願者をゆさぶればゆさぶるほど、また波濤のなかにのみつくせばのみつくすほどよいといわねばならない。

安保闘争のなかでもっとも貴重だったのはいかなる既成の指導部をものりこえてしまい、いかなる指導部をも波濤のなかに埋めてしまうような学生と大衆の自然成長的な大衆行動の渦であった。もちろん、これらは旗じるしとしては、あるいは共同や革共同全国委のもとに、あるいは社・共や国民共闘会議または市民主義イデオローグのもとに大衆行動に参加した。しかし、かれらがこれらの旗じるしにすこぶる満足してあるいている人形だとかんがえたとしたら、お目出たいといわなければならない。イデオローグは、真理の競売を大衆行動によってたしかめようとする。大衆はさまざまなイデオロギイの萌芽を、萌芽のまま行動によって語る。安保闘争の過程でおこったさまざまな悲喜劇は、すべて、指導的イデオローグと大衆とをはっきり区別してとりあげなければならないことをおしえた。

革共同全国委は六・四の労働者運動の政治ストについてこうかいている。

だが、若き革命的労働者のこの果敢な闘争は、プロレタリア階級闘争の全局面を打開するには、いまだ弱く、若き革命的労働者の闘いは、六・四ストを闘いとるに精一杯だった。公認指導部は、六・四ストの大勢が動かし難くなるとみるや、このストライキ闘争の巨大な爆発を押えるために必死の策動を行った。その策動の一つ一つが、田町電車区・品川電車区・下十条電車区・尾久機関区・全逓中郵においてなされた。公認指導部は、ストを闘う労働者と学生運動との革命的交流が、公認指導部の枠をハミでた闘争に発展することを恐れてあらゆる卑劣な手段に訴えてもその交歓を断ったのである。

六月四日未明、全日本の眼は、国鉄労働者の闘いにそそがれていた。だが、電車が動き、社会がブルジョア的理性を完全に取りもどしたとき、闘争に立ち上った国鉄労働者も支援の労働者、学生もなにごとが起きたかを理解した。つまり何も期待していたことは起きなかった。

さよう、期待したものはなにもおこらなかった。いや、わたしたちは国鉄労働組合指導部・全学連指導部・進歩的文化人・国民共闘会議指導部のそれぞれが演じた一場の茶番劇をさえみたのであった。それは、全安保闘争の茶番の縮図でもあった。六月四日、未明、品川駅ホームで、国鉄労組指導部は、すわりこみの学生・労働者・市民の構内広場集会の要請をこばみ、本日のストは国鉄内部（何が内部で、何が外部か！）のもんだいであり、われわれは規定通り（革共同全国委曰く―精一杯の）の時限ストをやるから退去してもらいたいなどという逆立ちした発言をおこない、しまいにはもう三日もねていないから帰してほしいなどという泣きごとさえならべた。これにほろりとなった鶴見俊輔・藤田省三らは仲介にはいって、とにかく話し合いを、ということで全学連指導部を説得した。全学連指導部もまたここで、運動の主体性をたもつことができず、そのためらいを学者・文化人の仲介にゆだねた。さよう、闘争の現場に着流しでやってきた是々非々主義のイデオローグに局面をゆだねたのである。

　国鉄労働者がすわりこみの学生・労働者・インテリゲンチャを追いだすためにスクラムを組んでおしかけるという情報がつたえられるにおよんで、この夜、品川駅構内にすわりこんでいた学生大衆と労働者・知識人は安保闘争の労働者的な性格について最後につないだ一筋の糸がきられるのをかんじた。これは、学者・文化人の仲介を渡りに舟とかんがえたかもしれぬ国鉄労組指導部と全学連指導部のあずかりしらぬことであった。まして、プチブル急進主義者の外部からの（なにが外部で、なにが内部か）焦燥としかそれを評価できない前衛官僚志願者のあずかりしらぬ問題であった。かれらは、大衆行動における大衆の意識構造を理解しえないで、ただ労働者大衆をイデオロギイ的、組織的員数とかんがえて運動を総括したのである。

わたしたちはこの局面で、現在日本の労働者運動が、フレームだけあって、なか味は変質しつくしているというかねてからの構造分析を現実にはっきりと確認しないわけにはいかなかった。すでに数次にわたる国会周辺の街路デモにおいてただお座なりに請願し、すばやく現場を遠ざかるという労働者運動の性格とあいまって、運動の絶望的な局面をはっきりと知ったのである。この夜の性格は、そのまま安保闘争のうらぶれた命脈と、内実は崩壊の状態にある労働者運動の実体を象徴するものであった。

こっけいなのは、国民共闘会議指導部であった。かれらは各グループから説得隊をだして構内の学生・労働者・画家・インテリゲンチャをひき出そうとこころみたのである。かれらの論理は、いかにたたかうか、ではなく、いかにたたかいの名分をとるか、であり、戦後一五年、いつもたたかいの名分だけを擬制的に獲得して進歩陣営を名のり、その実は運動そのものを空洞に変化させてきたのである。

喜劇は成立した。事後に品川駅事件を俎上にのせて構内にすわりこんだ学生・労働者・市民にたいして筆誅をくわえた竹内好・日高六郎や、『アカハタ』に奇妙なルポルタージュをかいた西野辰吉のような観客をもふくめて。むろん、喜劇の主役は、安保闘争の主導的な勢力とカッコ付きの未来をになう「プロレタリアート」である。そして、絶望と疲労のうちにこの夜はあけたのである。

安保闘争であきらかになった労働者運動の実体は、けっして革命的労働者が既成指導部とたたかいながらはじめての政治ストを獲得したというような物神的なものではない。革命的労働者をいかに獲得しようとも、革命的という概念が、戦後の拡大安定期にはいった独占資本社会のなかでどのような実体構造と見あっているか、そこでの労働者意識の変化はどのようなものとなっているかの把握と見あわないかぎり、どうすることもできないことを、安保過程はおしえるものであった。まことに、労働者にいたる道はちかくてとおい。わたしたちは、安保闘争がまずインテリゲンチャの急進的または漸進的な運動によって主導されたことをはっきりと認め、このインテリゲンチャ運動の構造を媒介するみちをたどらなければならない。

全学連の学生運動を急進的インテリゲンチャ運動の典型とすれば、漸進的なインテリゲンチャ運動は、市民・民主主義イデオローグのもとに主導された。そして、この漸進的なインテリゲンチャの運動は、当然のことではあるが五・一九の安保単独採決以後に急速にせりあがってきたものであった。議会主義の原則をまもれ、民主主義をまもれ、という旗じるしのもとに安保条約の絶滅を目標とするものから、平和と民主主義をまもれ、戦争反対にいたるまで、その潮流は多様にわたった。そのなかで、もっとも主導的な役割をになったのは、丸山真男学派・竹内好学派・久野収・鶴見俊輔など「思想の科学」研究会の主流であった。

竹内好は「戦いのための四つの条件」（『思想の科学』一九六〇年七月号）で、五・一九以後の事態をつぎのように「民主か独裁か」というかたちでとらえた。

第一にこの戦いは、民主主義か独裁かという非常に簡単明瞭な対決の戦いであるということであります。権力の独裁化は進んでいるのです。ファシズムが日毎に成長しております。これにたいして私たちの民主主義がいつどこでこの独裁の進みを止めて、芽を摘みとるかという戦いであります。この場合にこういうイデオロギカルな明解な戦いの形を忘れないように、絶えず忘れないように戦陣を組んでいかなくてはならない。そこでこの独裁を倒し民主主義を私たち自身の手で再建するという目標に外のものを絡ませないようにしたいと思います。なるほど安保の問題からこの問題が出て参りました。しかし論理の順序から申しますと、まず何を措いても民主主義を再建しなければなりません。安保の問題はその後に延せばよいのです。

ここでは、ほとんど了解をこえることが語られている。岸政権による安保単独採決からとつぜん独裁という概念がとびだす。そして、これに対立する概念として民主主義がとびだす。ブルジョアジイは独裁のために議会民主主義をひつようとするということは、採決が紳士的におこなわれようが暴漢的におこなわれようが、それとは無関係であるという最小限度の常識がここでは奇妙な混乱をしめした。竹内好はここで独裁という概念と民主という概念に実体をつけずにひきまわしている。独裁とは人民の意志を無視して公的な決定をおこなうものであり、民主とは人民がみずからの自主性で公的な権利をおこなうことであるという概念は、普遍概念としてすべてから超越させられた。そこには、現在この時点で独裁とは具体的にどのような実体としてあらわれ、民主とはどのような実体としてあらわれるかという問題はぬけおちたのである。しかし、ある意味では、たとえば「民族の独立」と竹内好がいうばあい「独立」というのは、戦後の日本が、人民の自主的な自覚によって再建されず他律的なものとして与えられたものだという認識にうらうちされていたように、「民主」というコトバに、国家権力にたいして日本の大衆が自己権力の自覚をもっていない状態からの脱出の意味をふくませたことはあきらかである。戦後、国民文学論で、竹内が「独立」ということばで国家的自主性の状態をかんがえたように、安保過程における「民主」で国家権力にたいする人民の自立性の問題をかんがえたのである。

そこで、すべての進歩的文化人は、竹内好のアッピールにそれぞれ勝手な実体をつけることになった。日共トリアッティ主義者は、平和と民主主義をまもれというスローガンのうしろに、ひそかに民主的社会主義革命の進行を夢みた。ブルジョア民主主義革命論者は、草の根までの民主主義を構想した。市民主義者は、国家権力とは無関係な職業人としての市民的エトスに着目し、市民会議の構想をふくらませた。これらの思想家たちは、五・一九以後の事態のなかで、学者・研究者・文化人をはじめとする専門家・市民の大衆行動の盛りあがりのなかに、市民意識またはブルジョア民主の自覚が内発的に滲透する過程を夢見たのである。そのためには、五・一九の岸政権の暴挙を、独裁専断のシンボルとかんがえる必要があった。

わたしは、これら市民・民主主義の思想家たちが、はじめて政党コムプレックスから自立して独りあるきの大衆行動にむかったことを評価せざるをえない。かれらの民主主義（現実的にはブルジョア民主）の滲透運動は、そのまま民主主義（ブルジョア民主）の死滅運動にほかならないのである。わたしたちはいつもみずからの自立性においてみずからの思想を死滅にまで追いつめるより外ないのである。ここでもまた、かれらのかかげる旗じるしは、真理の競売り市場で「市民の皆さん、いっしょに歩きましょう」という形でかかげられたのである。

市民民主主義の運動を、戦後史のなかに側面から位置づけたのは丸山真男であった。丸山真男は「八・一五と五・一九」（『中央公論』八月号）のなかで、五・一九以後の市民民主主義運動の高揚を、戦後一五年間のあいだに、外からの「民主化」政策―その産物としての上からの日本国憲法が、支配層によって厄介視されるようになったまさに同じ過程の間に社会的意識として人民のなかに沈澱し、内発性と自発性の原理的根拠になったものとみた。

丸山真男によれば、戦争期の天皇制下に統一的に組織化されていた「臣民」としての大衆は、戦後、「民」としての大衆に環流し、これはふたつの方向に分岐した。ひとつの方向は、「私」化する方向で、個的な権利、私的な利害の優先の原理を体得する方向へ流れてゆき、一方はアクティヴな革新運動に流れたが、これはエトスとして多分に滅私奉公・公益優先的な意識を残存しているとかんがえている。丸山真男によれば、この第一の方向の「民」は、政治的無関心のほうへ流れてゆき、支配者による第二の方向の「封じ込め」に間接的に力をかすことになった。安保闘争は、まさに、このふたつの人「民」の間に、人間関係でも、行動様式でも、望ましい相互交通の拡大される一歩をふみだしたものだと評価された。

このような、丸山真男の見解は、進歩的啓蒙主義・擬制民主主義の典型的な思考法をしめし、現在、日共の頂点から流れ出してくる一般的な潮流をたくみに象徴している。

戦後一五年は、たしかにブルジョア民主を大衆のなかに成熟させる過程であった。敗戦の闇市的混乱と自然権的灰墟のなかから、全体社会よりも部分社会の利害を重しとし、部分社会よりも「私」的利害の方を重しとする意識は必然的に根づいていった。ことに、戦前・戦中の思想的体験から自由であった戦後世代において、この過程は戦後資本主義の成熟と見あって肉化される基盤をもった。丸山はこの私的利害を優先する意識を、政治無関心派として否定的評価をあたえているが、じつはまったく逆であり、これが戦後「民主」（ブルジョア民主）の基底をなしているのである。この基底に良き徴候をみとめるほかに、大戦争後の日本の社会にみとめるべき進歩は存在しはしない。ここでは、組織にたいする物神感覚もなければ、国家権力にたいする集中意識もない。まして、安保闘争のなかに「市民主義」などという怪しげな旗じるしをかかげて参加し、真理の競売り市場に自己主張することもなく、私的生活の基底から安保を主導する全学連派を支持する声なき声の部分をなしたのである。かりに、市民民主主義・国民共闘会議・全学連派の旗じるしのもとに参加しても、かれらをつきうごかしたのはスローガンではなく、戦後一五年の間に拡大膨脹した独占秩序からの疎外感にほかならなかった。この声なき声は、戦争期に一人の兵士として戦争を体験し、あるいは庶民として戦争の苦労を体験した年長の世代の、全学連は生ぬるいという声なき声と合して安保闘争をささえる基底をなしたのである。

また、これら社会の利害よりも「私」的利害を優先する自立意識は、革命的政治理論と合致してあらわれたとき、既成の前衛神話を相対化し、組織官僚主義など見むきもしない全学連の独自な行動をうみ、まず、戦前派だったら自分でこしらえた弾圧の幻想におびえてかんがえもおよばないような機動性を発揮した。戦前派が、全学連派を暴走とよんだとき、天皇制権力からいためつけられたときの傷がうずくのを覚えたのだが、全学連派は、すくなくとも幻想された弾圧恐怖からあたうかぎり自由であった。ここに、戦後社会の進展度と権力構造の変化と大衆の意識構造の変化にたいする戦前派と戦争世代以後の理解の断層があらわれたのである。

このような「私」的利害の優先原理の滲透を、わたしは真性の「民主」（ブルジョア民主）とし、丸山真男のいう「民主」を擬制「民主」であるとかんがえざるをえない。いわば、それは、擬制前衛思想のピラミッドから流れくだったところに生まれる擬制進歩主義の変態にほかならなかった。

じじつ、丸山真男や竹内好のいう市民民主主義の運動は、社・共と国民共闘会議の指導下に合流し、これらの指導から自由に奔放に自立することができなかった。かれらは、擬制の指導ピラミッドから流れおちる滴の一つとして、市民主義の旗じるしを大衆行動のなかで競り売りし、社・共や国民共闘会議の転向ファシズム的組織感覚から自由であった学生・労働者・インテリゲンチャの運動を非難さえしたのである。かれらが、この指導部から自由にふるまいえたのは、安保過程の終熄する数日まえにすぎなかった。さよう、何よりも自由であり他の自由をもさまたげないはずの市民民主主義者たちが！

これらの思想家たちは、おそらく決定的に「独裁」を誤解したように「民主」をも誤解していた。「実務の中の思想」の会の「ビルの内側から」（『思想の科学』七月号）というレポートはそれを明らかにしている。一サラリーマンはこうかいている。

五月二〇日の朝、私は新聞をみてがく然とした。興奮状態のまま満員電車に揺られ、話し相手を求めて会社にかけ込んだ。ところが二〇日の朝はもちろんのこと、現在に至るまで、私の職場では夕ダの一言も今回の政府の暴挙は話題にならなかったのである。私自身からも話はきり出さず、全くいつもとかわらぬ日常業務に浸った。会社の机に向うとやはり暴挙のことなど口にせず、ゆっくりとペンを走らせるのが一番自然に思えてくるのだ。一言でいえば、企業体のもつ一種特有のムードに押されてしまったということだ。

レポートの筆者はこの手記に触れて、ビルの内と外とは、あまりにも異なった秩序と雰囲気に分れており、われわれはその両側を往復しながら、われわれ自身の位置のとり方にとまどいを感じねばならなかった、と告白している。

このレポートは、ビルの内側の動かない部分を遅れた部分とし、安保行動に参加した部分を進んだ部分とし、前者を傍観者とみることの不当性を指摘している点で、市民・民主主義のどの思想家の擬制をもこえている。しかしこのような実感的な「民主」を身につけながら、ビルの内側が現実の日本の経済を担った実務のプログラムが進行している場所であり、責任をとる場所であるというように、じぶんを資本家的福祉思想のなかに封じこめてしまっているのである。このレポートの筆者は実感的な私的優先感が、擬制の「民主」

に傾いているちょうどそれだけ、じぶんの生活の生産を資本家的な公益優先のなかにのめりこませているのだ。

おそらく、安保過程での市民・庶民の行動性は、市民・民主主義思想家の啓蒙主義とちがっていたばかりか、むしろまったく無縁でさえあった。漠然とした何もかも面白くないというムードから、物質的な生活が膨脹し、生活の水準は相対的には上向しはしたけれど絶対的には窮乏化がすすんで、たえず感覚的に増大してくる負担を感じながら、五五年以後の拡大安定化した社会を生きてきた実感にいたる多様のなかでかれらは、安保過程で、はじめて自己の疎外感を流出させる機会をつかんだのである。すくなくとも、労働者運動にあっては、戦後何回か体験した大規模な大衆行動の機会も、市民または庶民にとって戦後はじめてつかまれた機会であった。かれらは市民主義または国民共闘会議の旗じるしの下にあっても、思いだしていたのは戦争の記憶だったかもしれず、また焼け出されてほうりだされた敗戦時の無権力状態の記憶かもしれなかった。すくなくとも国民共闘会議や、市民主義のイデオローグにはない破壊力が、これらの市民や庶民のなかになかったと考えるのはイデオロギイ的盲目にしかすぎない。

安保闘争は奇妙なたたかいであった。戦後一五年目に擬制はそこで終焉した。それにもかかわらず、真制は前衛運動から市民思想、労働者運動のなかにまだ未成熟なままでたたかわれた。いま、わたしたちは、はげしい過渡期、はげしい混乱期、はげしい対立期にあしをふみこんでいる。そして情況は奇妙にみえる。終焉した擬制は、まるで無傷ででもあるかのように膨脹し、未来についてバラ色にかたっている。いや、バラ色にしか語りえなくなっている。安保過程を無傷でとおることによって、じっさいはすでに死滅し、死滅しているがゆえに、バラ色にしかかたりえないのだ。情況のしずかなしかし確実な転退に対応することができるか否かは、いつに真制の前衛、インテリゲンチャ、労働者、市民の運動の成長度にかかっている。

現代学生論
——精神の闇屋の特権を——

昨年の安保闘争では、学生たちとジグザグデモで「運動」（からだを動かすこと）したり、坐り込みでごろ寝したりして、精神衛生的にじつに愉快であった。わたしの肉体がまだまんざら衰えていないことを発見したのも、ひとつの収穫であった。やつはプチブル・ブランキストだとか、トロツキストだとかいうレッテルなぞは糞くらえである。

また、わたしは、学生運動と思想的な共同戦線をはって力をかたむけてパルタイを攻撃した文章をかいた。このほうは、あまり愉快な思い出はない。わたしがささやかな支援をした共産主義者同盟と無党派の学生新感覚派は、思想的にも組織的にも安保闘争敗北の打撃をうけて分裂し四散してしまった。そして、陰湿な政治屋たちの組織に、安保闘争後の局面をゆだねることになった。裏切りやペテンも体験したが、この種の体験はあとになるほど胸くそがわるくなるものである。もっとも、共産主義者同盟の書記長であった島成郎君のように、爽やかな後味をのこした人物も稀にはいた。

こんなことをいうと、おまえはたかが安保ぐらいで頭にきた政治の素人だ、などという政治的屑がいるかもしれないが、屑はなにをやっても屑だし、爽やかな人物は何をやっても爽やかだということは、知っておいたほうがいいと思う。

わたしは、よくよく食うに困らないかぎり教師にはなるまいとおもっている。だから、おまえは学生が好きか、ときかれてもこたえようがない。また、おまえは学生にとくに関心をもち、期待するか、ときかれても、なかなか複雑で一口にはこたえられない。昨年のいささかの悪縁と、じぶんの過去の体験が、この種のもんだいに口をひらく唯一の機縁である。

じぶんの過去の体験にてらしても、学生というのはまだ人間になっていない美質と弱点をもった存在であるとおもう。自己を発見できない不安や苛立ちで目茶苦茶であった学生のじぶんが思い出されてくる。そして、その後の学生時代には予想もしてなかったさまざまの生活や体験がまざまざと浮んでくる。これが一時にどっとやってくると名状しがたい気持になる。

わたしが、学生生活の最後の年をおくったのは、敗戦直後であった。そのとき「春の枯葉」という戯曲を上演することになり、許可をもらうため太宰治をたずねたことがある。自殺の一年ばかり前だったとおもうが、そのとき、こんな問答をやったのをおぼえている。

「学校はおもしろいかね。」

「ちっともおもしろくありません。」

「そうだろう、文学だってちっともおもしろくねえからな。だいいち、誰も苦しんじゃいねえじゃねえか。そんなことは作品を、二、三行よめばわかるんだ。おれが君達だったら闇屋をやるな。ほかに打ちこんでやることはないものな。」

「太宰さんにも重かった時期がありましたか？　どうすれば軽くなれますか？」

「いまでも重いよ。きみ、男性の本質は何んだかわかるかね。」

「わかりません。」

「マザーシップだよ。優しさだよ。きみ、その無精ヒゲを剃れよ。」

わたしは、いま、学生に無精ヒゲを剃れといいきるだけの度胸はない。その当時は、敗戦の混乱で社会はたぎり立ち、わたしのこころは暗かった。いまは、社会は息ぐるしいほどの秩序をもち、わたしのこころはおなじように暗い。当時の闇屋に相当する商売は、いまの社会にはないのである。わたしは、太宰治にならって、精神の闇屋になれ、それ以外に打ちこんでやるものはない、とでもいうべきだろうか。

闇屋というのは非合法であった。正常のルートでなくてもかまわないから品物を仕入れてきて、これを販りつけて金をもうける。途中でポリスに押えられたら、仕入れてきた品物は没収され、説諭か罰金を食うことになる。

現在の社会には有難い平和と民主主義が支配し（そうにちがいない）、これを守り行ない、破壊しようとする勢力に反対し……ということは認めても認めなくてもどちらでもいいが、精神の闇屋たる資格はじつにこういう有難い社会に存在する革命派とか進歩派とか保守派とか右翼とかいうのが、いずれも一皮むけばまやかしではないかと疑うこころをもつことである。いいかえれば、革命派や革命党になるまえに、かならず革命的であることである。

太宰治は、革命的な文学者であった。かれは、革命的と革命派とのちがいをつぎのように解明した。

「徒党」といふものは、はたから見ると、所謂「友情」によってつながり、十把一からげ、と言つては悪いが、応援団の拍手のごとく、まことに小気味よく歩調だか口調だかそろつてゐるやうだが、じつは、最も憎悪してゐるものは、その同じ「徒党」の中に居る人間なのである。かへつて、内心、頼りにしてゐる人間は、自分の「徒党」の敵手の中に居るものである。（「徒党について」）

しかし、我が国の革命派は、みずからはプチブル以前、革命的以前の学生のうちから、はやくもあれはトロツキズムだとか、ブランキズムだとか、解党主義だとかいう死語をふりまわすことをおぼえてしまう。それは、政治意識の墓場であり、そうなったらけっして革命的でありえなくなるのである。

ところで、精神の闇屋も、運わるく精神のポリス（官僚）につかまると、仕入れた非合法の物品を没しゅうされ、平あやまりにあやまらされることがある。昨年、いささか悪縁をつないだ学生運動の幹部諸君は、かかる官僚主義者に詫びを入れて、闇の仕入品を没収されたときく。それはたんなる事故にすぎまいから、恥っさらしだとはいうまい。ねがわくば、こんど再生するときは、闇屋の精神を、自立したインテリゲンチャ運動として我が国の思想的な風土に土着させてもらいたいものだ。

昨年の安保闘争における学生運動は、基本的に正しかった。かれらの指導者が、たんなるイデオロギストではなく、思想家だったら、ブランキズムだから駄目だとか、トロツキズムだからだめだとかいう愚論を排除して、インテリゲンチャ運動として自立し、目的意識的に醇化するみちをとれたはずだ。おそらく、わたしたちは日本の政治思想運動史にはじめての本格的なインテリゲンチャ運動の出現をみられたにちがいないのである。そして、それは本格的な労働者運動に道をひらく必要な道であった。だが、つまらぬ官僚主義者の大義名分をつきつけられて崩壊にむかった。

けっきょく、学生運動は、いっさいの政党支配をたたき出して、インテリゲンチャ運動として自立するほかはないし、また、ほんとうの前衛党をつくりたかったら学生運動なぞに色目をつかったり、前衛志願者のプールをもとめたりしても仕方がないのだが、こんなことをはたからいくらいっても、マルクス・リバイバルで恍惚となっている反対派学生や、日共革新派の尖兵をもって自認する学生は、寝言くらいにしかおもわないのである。わたしも、また場ちがいを好まないから、このへんで判断をとめることを択ぶ。

学生は宙吊りにされたインテリゲンチャである。ある日、ぶつんと綱をたち切られる。綱をたちきるものは何であってもよい。かれはどこへおちてゆくのか？ ある者は、株式会社機構の末端の事務椅子や計器の前に。あるものは精神の合法性のほかになにもゆるされない革新的なまたは保守的ジャーナリズムのデスクに。あるものは、現状維持のほか何も欲しない労働運動の書記の椅子に。そして少数のものは、「くり返しによって、おどかしによって、仮面をかぶったおどしによって、断言のもつ軽蔑的な力によって、一挙にあらゆる論争の上に席を占め」たがる政治的屑のあつまる集団へ。

しかし、現状ではたとえどこにおちても、生きてゆくことは依然として困難であることにかわりない。だから精神の闇屋にとっては、おちてゆく場所を択ぶことも、択ばないこともおなじようにみえるはずだ。どこへいってもこの世は明るい地獄だということを熟知しているから。ただ、学生はいわば普遍的な存在だが、いったん綱をたちきられておちてしまうと、おちた場所の特殊性をとおしてしか普遍がみられなくなることは疑いない。やがて、いやでもじぶんがただの生活人であることをおもい知らねばならない。だからこそ、普遍的な視野の幻想は、はやく醒めない方がよいのである。そして、醒めないうちに、醒めたものにはけっしてできない知識や思想や運動を蓄積したほうがいいとおもう。

おそらく、いまの学生生活は、十五年まえの学生生活にくらべて、はるかに宙吊りの程度が低くなっているだろう。社会でおこった事件は、たとえどこでおこっても手易く学生生活を貫通してゆくし、風俗も慣習もそのまま流通しているにちがいない。その間の事情は教師でないわたしにはよく判断できない。ただ、精神に関与するほかはないが、精神的にみれば、いまの学生は、十五年まえの学生よりもはるかに辛いにちがいない。十五年まえも、つまらぬ連中が雨が降る日は天気が悪いというようなつまらぬ言論を行使して、どうにもやりきれなかったことはいまとおなじだったが、社会の無秩序は底ぬけの廃頽もゆるしたし、どんな可能性もうけいれるようにみえた。

いまは、現象的にみれば、前途はすべて計量できるようにさえみえる。二十歳の学生は、十年後に三十歳になり、そのとき失墜した天使であることは、たとえかれが何を撰択しても、まずまちがいはない。しかも、地獄におちてやろうと思って眼をつぶってとびおりても、地獄へとどくまえに拡散した瞳孔をひらかざるをえないのである。

現在の膨脹した、そしてどこにもぬけみちのない社会で、精神の闇屋にはどのような途がのこされるのか。闇屋に闇屋の特権がないとすれば、この世の革新派の末端に合法的にしがみついて資本主義の構造を改良する商売をはじめるよりほかないはずであろう。だが、特権がないとはおもわない。精神の闇屋は、かれが一介の生活人にすぎなくても、精神は砂漠のなかで、この社会の革新派や保守派的な秩序の外で語ることができるのである。そこで語ることは、労働者階級の本質と対話することである。そして、現実の労働ボスや官僚と対話することではない。

戦後、ただ一人の革命的（革命派的ではない）文学者太宰治は「かくめい」について自殺の年にこうかいた。

　じぶんで、したことは、そのやうに、はつきり言はなければ、かくめいも何も、おこなはれません。じぶんで、さうしても、他のおこなひをしたく思つて、にんげんは、かうしなければならぬ、などとおつしやつてゐるうちは、にんげんの底からの革命が、いつまでも、できないのです。

反安保闘争の悪煽動について

1

歴史のなかでは、諸個人は、ときとして思いがけない役割を荷うものである。ことに現代では、すべての諸階級は、その脳髄のいくぶんかを「浮きドック」のような支配のメカニズムのなかに突込んでいる。そこで奇妙なことがおこる。

この支配のメカニズムを握るものが、ひとたび、コミュニケーションのルートに、ひとつの「情報」をのせるやいなや、すくなくともその脳髄の部分では、被支配者の末端にいたるまで、この「情報」を「総体」のように感ずることを強いられるのである。

しかし、いぜんとして、わたしたちは、具体的な生活社会のなかに存在し、具体的な現実の運動のなかに実在している。そこでは、どんな神秘的な問題もありえないし、怪談も存在しないのだ。具体的なものは、合理的であり、合理的なものは、具体的なものである。そこには推理作家を満足させるような「事件のカギ」もなければ、スパイ談義を好む「政治趣味」の文学者を満足させるような事実も介在しえないのである。

マス・コミュニケーションの世界は、いうまでもなく像(イメージ)の記述の世界である。そこでは、像は像を喚び、ひとりでに酵母のようにふくれ上る。そして、現実とかかわりなく膨れあがるという、この像の本質そのものが、現在の膨大な支配ルートのもとでは、諸階級の脳髄を根こそぎ、そのなかに巻き込むのである。

膨れあがった像の記述の世界で、攪乱され、正体をうしなった脳髄を冷し、幻覚を打ちくだく方法は、ただひとつしかない。像そのものを、現実性に還元することである。具体的な実在の問題に、生活社会の出来ごとに還元することである。

2

二月二十六日夜、TBSラジオは「ゆがんだ青春—全学連闘士のその後」と題して、安保闘争時における全学連幹部であった、唐牛健太郎、東原吉伸、篠原浩一郎らが、元日共党員でいまは反共右翼である田中清玄の企業に就職していること、および、安保闘争時に田中清玄から闘争資金を引き出していた、という「事実」をもとにして、田中清玄その他を登場させた「録音構成」を放送した。

この「録音構成」をもとにしてエロ新聞なみのひわいな中傷記事と、「全学連」によって主導された安保闘争全体にたいする誹謗の政治的アジテーションをもって、日本共産党機関紙『アカハタ』は連日、政治的カンパニアを組織している。これに伴奏するように、「知識人」が、例によって、例のごとくつまらぬ感想をのべてこの誹謗に加わった。

発端で、TBSラジオ放送の「録音構成」を、政治的に利用したのが日共であったのか、あるいは日共が、マス・コミの猿芝居にのせられた猿であったのかは、なにも興味ある問題ではない。かれらが、像の記述の世界に、脳髄を収奪され、その収奪をつかさどるものが、資本制社会では、資本制そのものであるという理解さえあれば、十分であると思う。現在では、日共は資本制と同列に位する存在であり、日共機関紙『アカハタ』は、エロ新聞と同列にならんだ存在になってしまっているという「情況」そのものの本質を、理解すればたりるのである。

3

さて、マス・コミと日共の伴奏する泰山の鳴動は、わたしたちの手に、なにをのこしたのだろうか？

第一に、安保闘争時における全学連の幹部の若干が、いま、田中清玄の企業で働いていること、第二に、安保闘争時において田中清玄から闘争資金として「数百万円」（週刊誌の記載による）を引きだしたこと、などが「事実」として残ったのである。像の記述の世界に奪われた脳髄をひやして、現実性に還元したとき、何と問題自体が下らぬものではないか。そこには、神秘のひとかけらも、また、まともな思想者が、とりあげるに価する契機のひとかけらもふくまれていない。

日共機関紙『アカハタ』や、「札つき」（榊の言葉だ）の日共イデオローグ榊利夫や、スターリニズム哲学者・芝田進午らは、このお粗末な、事実から、驚くべき虚像をひきだしている。田中清玄は、武装共産党時代の中央委員長であり、「転向」して反共右翼となった人物だから、これから闘争資金をひきだし、現にそこに就職しているものたちを幹部にふくめた全学連によって主導された安保闘争の運動は、スパイ・挑発者・トロツキストの策謀によってなされたもので、まったくペテンであり、日共の反米愛国闘争と「お焼香デモ」のほうが、やはりただしかったというのである。

日高六郎は（『週刊朝日』三月二十二日号）、「唐牛君ら」が田中清玄から金をもらったことも、問題だが、「田中氏」が金を出した理由がさらに問題で、政治的陰謀だから、その動機・目的は厳しく追及する必要があるという要旨を語っている。

清水幾太郎は（同右）、知識人も含めた世間から、敵視された学生が、座標軸を失って孤独を感じ右翼へでもとびこむ者が出るような破滅的な状況のなかで、むしろまじめな人の方が多かったのは、不思議だし、ありがたいことだと思う、という旨の談話をのべている。

大江健三郎は（『サンデー毎日』三月二十四日号）、ボクは左右を問わず政治運動の指導者には疑問をもっています、と述べる。

山下肇は（同右）、戦後の学生運動の一つの汚点で、基盤の弱さが露呈されたものだ、という。

田口富久治は、「不幸な主役の背理」（三月十八日『週刊読書人』）で、安保闘争で全学連幹部が、田中清玄に「結び」ついたのは、反ソ・反中共・反日共という思想的基盤と、「足」がないため闘争資金を外にもとめざるをえない物質的基礎とが、原因であり、目的のためには手段をえらばぬ全学連幹部のマキャベリズムがあったからだ、という見解をかいている。

いずれも、まともな「知識人」や「政治運動家」や「市民」や「労働者」ならば「首をかしげ」たくなるような見解だとおもう。

4

わたしたちは、まず、「事実」の核心を、安保闘争時と三年の歳月を経た現在の総体のなかにさしもどさなければならない。(「全学連」幹部であったとき、唐牛健太郎らは、田中清玄の「企業」に就職していなかった。「就職」している三年後の現在、かれらは「全学連幹部」ではなく、一個の市民、または人民である。)

わたしのささやかな体験に照らしても、わずか二、三百人の中小企業で、十日間のストライキを組もうとすれば、闘争の責任者は数百万円の資金の目あてがなければ闘争にはふみきれないものである。全安保闘争を主導的にたたかった学生、知識人、労働者、市民の動員数と日数をいま、詳らかにすることができないが、それで必要とされた資金の総体のなかで、田中清玄から、かれらが引きだしたという金は、(数百万円というのが事実だとしても)小指のさきほどの部分にすぎないことは、常識さえあれば、だれにでも理解できるはずである。

田口富久治は、政治学者として政治資金について一個の見解を披瀝したいならば、まず、このことを前提としなければ、虚構の論議になるとおもう。そのうえで、田口が関心をもつ「日本社会党」やそれに反対するのは危険であるという「日本共産党」の政治資金の実体について、学問的探求を試み、すくなくともそこから、何を学者として感得しうるか試みてみるべきではなかろうか。小才のきいた結論などを学者としてひき出すべきではないのである。

部分を拡大して総体の問題にすりかえ、部分的誤謬を拡大して総体を無化する方法はあらゆる政治的、思想的な悪煽動の発端である。

マス・コミと日共機関紙をはじめ、これに唱和するすべての「知識人」たちは、一様に、田中清玄から全学連がひき出した、小指のさきほどの闘争資金のみを拡大して、ここに攻撃と論議を集中している。もちろん、日共機関紙のばあいは、学生運動を自己の影響下におこうとする明瞭な目的意識をもった悪煽動で、それなりに攻撃の動機は明白である。しかし日高六郎から田口富久治にいたる「知識人」の発言は、おそらく、別の根拠にもとづいている。それは何であろうか。

5

かれら、古典的「進歩」主義者は、田中清玄↓武装共産党の指導者↓転向↓反共右翼↓悪玉↓恐怖（陰謀）というように、理解の矢を結びつける、いやしがたい心的な傷痕と、古典性を刻印されている。それから逃れることはできないのである。

田中清玄の閲歴や「転向」の実体については、「思想の科学」の「転向」研究によるほか、つまびらかにしない。

今回の反安保闘争の一連のカンパニヤに登場したかぎりについていえば、その言動・挙措は、ただ、お人好しの下らぬ人物にしかすぎないとおもう。ハシタ金を全学連にカンパし、それを契機に、接触の機会をもった安保闘争時の全学連の若干部分の幹部に、昔の自慢話をしてきかせ、かれらの闘争ぶりに感激したあまり、街頭デモを見物に出かけ、無智な出しゃばりの口を出し、それくらいで、自己が安保闘争の主導勢力に影響を与えたかのように錯覚している、ただの好々爺の像しかそこには存在しないのである。そして三年後にかれらの若干に職をあたえたことを自慢にしている中小企業のおやじがいるだけではないか。

悪玉？　陰謀家？　恐怖？　もし、今日の田中清玄から、そんな像をみちびくとすれば、かれら進歩的「知識人」のなかに、戦争期にうけたインフェリオリティ・コンプレックスと、古典進歩主義の「理念」との結合が、ひとつの「宗教」的固定概念として存在しているからである。日本共産党と、その離脱者としての田中清玄のあいだの「私恨」などに何の意味があろうか。それらは、古典的円環、スターリニズム→アナキズム→ファシズムのなかの相互の「鏡」の対立にすぎないからである。また、古典マルクス主義の同伴者が、「右翼」にいだく伝染性の「悪玉」感や「恐怖」感などにも何の意味もない。それは、古典マルクス主義の終焉とともに、終焉するものにすぎないからである。

日本的右翼の諸形態を止揚できない、どんな左翼的思想も無効であることは、戦争責任論いらいのわたしの一貫した主張である。これを止揚できず、ほおかぶりして復元した「左翼」的思想は、おおすじのところで、スターリニズムとファシズムとの間を、ただ、くるくる円環するほかはないからである。

戦前には「転向」し、戦争中にはファシズムに移行し、戦後はまた「マルクス主義」に移行するという円環のなかで、この移行を完成したものと、しないものとの対立や「私恨」などに、何の意味があろうか。

激化した大衆闘争のなかで、ひとりの個人の、あるいは少数のグループの演じうる指導的役割は、たかがしれているとおもう。たとえどのような陰謀家を想定してみたところで田中清玄の恣意によって、安保闘争の主導的なたたかいが嚮導されたというようなことはあり得ないのである。それは、大衆闘争そのものを愚弄することであるし、そこに参加した、諸個人と諸組織を愚弄する言いがかりにすぎない。そして、何よりも組織的壊滅をかけてたたかった、全学連と共産主義者同盟の諸君に対する愚弄である。安保闘争を主導的にたたかった学生、労働者、市民知識人は、こういう愚劣なカンパニヤを許している「情況」そのものを、それぞれの場所から粉砕すべき課題を担っている。

6

わたしたちは、かつて、このような情景を体験したのではなかったか？　兵士となった青年たちと大衆とが戦闘のなかで死に、将軍たちが生き残った情景を？　現実的な生活者大衆は死に「知識」人が生き残った情景を？　また、戦後の無数の大衆運動や政治運動のなかで見たのではなかったか？　よくたたかったものは死に、たたかわないものが生き残った情景を！

安保闘争において、わたしの属していた市民、労働者、知識人の行動組織は、全学連と共闘し、重傷二、軽傷多数、タイホ一を支払った。残念ながら、終始、全学連や共産主義者同盟から自立してたたかう力量がなかった。わたしの属した行動組織は、全学連と共闘しえたおそらく唯一の市民、知識人、労働者の集団だったが、その賭け方では、全学連と共産同に一籌《いっちゅう》を輸せざるをえなかった。

かれらは、よくたたかい、権力から粉砕され、わたしたちは生き残った。わたしが生き残った将軍であったとしても、どうして兵士たちの「死」に石を投げることができよう？　わたしが、生き残った「知識」人だったとしても、どうしてよくたたかって「死んだ」行動者を非難することができよう？　これはモラリスムの心情でいうのではない。かつて、政治を文学的に文学を政治的に演ずることに組しなかったものの、行動者と「文学」者とを峻別する論理によるものである。また、かれらの組織的「死」と、三池闘争の労働者の敗退が、情況の「死」を集中的に象徴しているという客観認識によるのである。

これを「象徴」的な事件として粉砕された組織以外は、すべて「情況」の外に出たのである。そして、この「情況」の外にはじき出されたという現状認識が、安保闘争後のわたし（たち）の思想的な悪戦の根拠となったのである。粉砕されたものたちは、現に孤立のなかで裁判に付されており、あるいは巷に散った。わたしの敗戦体験と戦後体験は、かれらの後姿を像としてまざまざと描くことができる。

ところで、当時も、いまも、「情況」の外にいながら、それを自覚もしていない「知識人」たちは、マスコミと日共の共同的な謀議に和して観客席から石を投げている。かれらの存在を見て、どうしてかれらによって担われる「文化」を軽蔑しないわけにいこうか？「文化」が「文化」としての自立的な意味をもち「知識」が「知識」としての自立的な意味をもつためには、つねに、まかりまちがえば、現実的な壊滅をあがなわねばならない生活者や行動者の意味に「文化」や「知識」そのものによって、拮抗しえなければならない。観客席から降りもせずにどうして石を投げている暇があるのだ？

7

古典的な「転向」論はいかなる意味でも、現在の情況では存在しえない。戦前の古典的な概念によれば、リングの上の選手がノックアウトされたとき、それに荷担したものも舞台をしりぞかねばならなかった。また、ひとたびノックアウトされたものは、もとのコーナーから姿をあらわすことができず、究極的には、反対のコーナーから登場せざるをえないものであった。しかし、わたしたちの「戦後」の情況は、ノックアウトされた選手に荷担した観客席は、ラムネなどのみながら、現象的に「存在」し、石さえ投げることができるし、ノックアウトされた選手はいつの日かおなじコーナーから登場することができるのである。これこそが「戦後」でありその情況の本質である。唐牛健太郎らが、一個の市民、または人民的生活者として田中清玄の企業で飯を食おうと、どこで飯を食おうと、それは、諸個人の恣意の問題であり、そこには、当人が賦与しているような思想的意味も、他人が非難しているような思想的意味も、特別に存在しえない。人はだれでも、かれを一個の「生活史」としてみれば、支配によってその生活を司られている。田口富久治が、デマゴギーによって対比するように、「岸の金によって岸を倒す」ということが背理ならば、資本制社会で、その「生活史」を司られているものが、資本制社会を否定する運動をすること、思想をもつことが背理でなければならない。さしあたって、学校経営資本や国家資本に寄食して、社会主義的な言辞を弄する学者の存在も背理というべきであろう。この問題のなかには、ボタンをおして核バクダンで多数の人間を殺生するものは、「感覚」的には抵抗を和らげられるが、手斧をもって、他を殺生するときは、たとえ一人の人間を殺すばあいでも、無限の「感覚」の抵抗を強いられるはずだということとおなじ問題しか存在しないのである。

階級社会における「生活史」を、諸個人としての「生活」に還元するかぎり、一人の人間が、資本家になるとか、検事になるとか、権力者になるとかいうことは、どのような立場からも何の問題にもならないのである。このような恣意性を「強いられる」ことのなかに資本制の本質は存在しているからである。

何故に、マス・コミらは、日共らは、そして、知識人らは、それを問題にするのだ？　そこには、三年間の歳月を無視した詐術が存在しており、また、かれらは、一様に古典的転向論に左右されている。三年前に全学連の幹部だったものが、三年後に一個の市民、労働者として縁故就職した？

政治責任？　あるいは変節？　かれらは、それを問題にするのだろうか？

わたしのかんがえでは、それは間違いである。唐牛らが三年かかって、そこに何らかの思想的「変化」がおこっているとすれば、そこに安保後の「情況」の変化が、「先駆的」

に象徴されているものをみるべきなのだ。唐牛らに石を投げているものの内部に、いまだ顕在化されていない「変化」が、そのなかに先駆的に示されているのである。いいかえれば、石を投げている者は、鏡に映ったじぶんの姿に石を投げているのだ。

そして、わたしたちに、強いられている思想的、現実的課題があるとすれば、このような「情況」の変化を、いかにして止揚しうるかという困難な問題のなかにある。わたしひとりは、別物だなどと考えているものは、情況そのものが判らないのである。わからないものに情況を動かすことも、支配することもできないのは自明である。つまり「情況」外の存在である。

革共同全国委員会の機関紙『前進』(三月十一日号)は、まさに、かれらの同志そのものである唐牛・篠原を、革命運動から脱落した転向者であると指弾している。ここには、組織エゴイズムとネオスターリニスト的発想の再生する姿しかない。しかし、「情況」は、革共同全国委を第二の「日共」に成長せしめることも、唐牛らを第二の「田中清玄」に変質せしめることもありえないだろう。

わたしたちは、歴史の地殻の変化を、その程度には信じてもいいのである。

思想的弁護論

──六・一五事件公判について──

1　序論

わたしが、六・一五事件裁判の一被告のために思想的な弁護をしようとする理由は、二つある。

わたしは、この裁判の公訴の対象になっている昭和三十五年六月十五日の国会南通用門における共産主義者同盟の主導下の全学連学生と警官隊との第一次衝突に、まったく偶然の事故から参加しえなかった。もちろん時間を遅延させる事故がなかったならば当然参加していたとかんがえる。したがって、わたしは、この裁判の公訴にたいして架空の被告としての思想的連帯感をもっている。そして、わたしのかんがえによれば、わたしの被告は六・一五国会構内集会の思想をもっともよく体現している者である。

わたしが、刑法第百三十条（住居侵入）(註1)現行犯容疑として逮捕された、いわゆる昭和三十五年六月十六日午前一時過ぎにおける警官隊による第三次襲撃が、本裁判の対象から除外されているため、わたしは現在起訴対象となっていない。この意味からも架空の被告、公訴批判者としてもっとも適任な者の一人であると自ら認めてよいと信じている。

また、わたしが思想的な弁護をしようとするべつの客観的な理由は、六・一五国会構内の抗議集会が、あきらかに安保闘争のもっとも豊かな思想の集約的表現であったにもかかわらず、検察官によって提起された公訴事由が、住居侵入、公務執行妨害、傷害等およそ思想的な問題とはかかわりない次元にあることである。

これはわたしにとっても、わたしの被告にたいしても思想と行為事実とのあいだの鋭い矛盾を提起せずにはおかない。すくなくともこの法廷では、安保闘争の思想が、公権力の思想と正面から対峙しているのではなく、思想の表現としてのみ成立した行為事実が分断されて「暴力行為等処罰ニ関スル法律」、「刑法」などの条項にあてはまるか否かが争われている。

もちろんどんな豊富な思想の表現も、いったん行為事実に還元されれば、ありふれたものとならざるをえない。これは残念ながら真実である。しかし、思想がこのときうけとらねばならない矛盾や卑小感や滑稽感は思想自体にとって鋭い問題を投げかけずにはおかないのである。もしも行為者の次元にじぶんを還元してしまえば、もっともありふれた行為しかしていない人間の像がえられる。また思想者の次元にじぶんを抽象してしまえば、膨大な思想の像がえられる。そしてこのいずれも同一の人間がもちうる可能性であることはいうまでもないことである。

この裁判で安保闘争のもっとも豊かな思想がであっているこの矛盾は、たんに検察官と弁護人との法廷技術上の争点にゆだねらるべきでなく、あきらかにまた思想が介入することによってはじめて解きうる本質をもっている。これは、わたしにとって、思想的な弁護を行わせる重要な動機になっている。

おなじ問題は、六・一五裁判以前に、おなじような公訴事由によって起訴された全学連の指導部によって気付かれていた。「十一・二七事件、羽田事件、四・二六事件」担当の裁判官横川敏雄、緒方誠哉、吉丸真は、その「判決文」のなかで、この問題に触れて、つぎのようにのべている。

被告人等は、最終陳述で、ほとんど異口同音に、「われわれは安保改定を阻止することが正しいことであると確信し、安保改定を推進しようとする政府と政治的に真正面から対決したのである。われわれは、この政治的信念及び行動が誤っているということで裁かれるのであるならば幾らでも闘う自信がある。しかし、われわれは、建造物侵入とか、威力業務妨害とか、公務執行妨害とかいう意外な罪名で起訴された。これは、政府が全学連という最も強力な反対勢力を倒すために、その権力を濫用した陰媒であるとしか思われない。われわれは、この裁判によって何ら裁かれているものでないような気がする。」との旨述べている。しかし、思想、言論の自由が認められている憲法のもとでは、政治的思想や信念自体の是非を裁くことができない反面、どういう政治的思想や信念の持主であろうとも、その行為が法にふれる場合には、法に照して責任を問わなければならない。これらのけじめがはっきりつけられることによって、初めて思想、言論の自由も、これらを基本とする民主主義も守られるといえるのである。（「被告人および弁護人の主張に対する判断―一般」の四）

裁判官によるこの「判決文」が、現在の秩序内進歩派の主張とよく一致することがわかるだろう。ここには、現在の法の担当者がしめしうる見解の自由さの極限が示されているといって過言ではない。

しかし、この裁判官は、現在の進歩派とおなじように、すべての思想的な表現は、なぜ法的国家の本質と正面から対峙することができず、運用法規の次元でのみ法と接触し、その圏内でのみ対峙するに至るのか？　という問題になにも本質的に答えていない。これを具体的にいいなおせば、現在の憲法＝法的国家が、その第一条に「主権の存する日本国民」を明記し、第十五条が「公務員を選定し、及びこれを罷免することは、国民固有の権利である。すべての公務員は、全体の奉仕者であつて、一部の奉仕者ではない。」と明記しているにもかかわらず、運用法規の次元まで下ってくると、「一部の奉仕者」というところに逆倒して適用されるに至るか？　という法の本質にかかわる問題について何も答えていないということである。

この憲法＝法的国家と運用法規との間は、どのような過程によって逆倒するにいたるか？　こういう問題に関与しうるのは思想の力だけである。そしてこの問題は、あらゆる思想は現実性に還元されるとき、どこで矛盾と逆倒に当面するか？　という問いと同義である。そして、わたしのかんがえでは、この逆倒の契機、その屈折点を確定するものは、現在の社会の幻想性の一般的な水準と現実性の水準との切点にほかならない。

わが国の大衆の多くの部分は、その幻想性の水準において現行の憲法＝法国家の水準にさえおくれている。またわが国の一部の知識人の幻想の水準は、現行の憲法＝法国家の水準に達している。そしてこの一部の知識人は慣用の言葉で「進歩的知識人」とよばれている。そしてまた極く少数の知識人が現行の憲法＝法国家を棄揚しうる幻想性の水準をもっている。しかし、わたしのかんがえでは、大衆の大部分が現行の憲法＝法国家の幻想性に達しないということは、かならずしもその欠陥ではないのである。「進歩的知識人」によれば、これらの大衆は未熟な啓蒙すべき存在であり、憲法感覚とやらを身につけねばならず、憲法＝法国家を守らねばならないとされるのである。

しかし、わたしは、大衆の大部分が現行の憲法＝法国家の幻想性に達しないということは、そのまま美点に転化しうるものであり、「進歩的知識人」を棄揚する契機を手にもっていることも意味しているとかんがえる。

わが国におけるこの社会の現実性と幻想性との切点の乱れこそは、じつは、憲法＝法国家と、そのもとにある具体的な運用法規との矛盾をはかるべき本質的な尺度である。

当日、すべての進歩勢力は、六・一五国会構内抗議集会に集約された安保闘争の思想を非難し、これに背をむけて流れ去った。しかし、嗤われたのはかれらの貧弱な思想である。かれらは、どんな豊かな思想も現実性に還元するときは、ありふれた行為事実の断片によってしか表現されないという思想の本質にたいする無智をさらけだしたのである。

現在、かれらが「ベトナム問題」を素材にして観客をあつめ、思想と精神の「国外逃亡」をくわだて、何らの本質的な寄与ももちえない理念の喜劇を演じているとき、わたしとわたしの被告とは、思想の本質的契機によって観客のない法廷に立ち、思想が本来、空虚としかみえない現実性の内にのみ存在し、そこで表現されるものであることを、立証しようとしているのである。

わたしとわたしの被告が立っている場所こそが現在の世界のもっとも困難な課題が存在する場所であり、世界のあらゆる困難な場所におけるたたかいと本質的に連関する場所であるということは、この弁護論の前提であり、また当然の帰結である。昭和三十五年六月十五日当日においても（現在においても）わたしたちは政治的「主題」が他動的にあたえられれば、観客をあつめる公活動には事欠かないといった諸勢力と無縁な思想的な立脚点にたっていたので（あり、いるので）ある。

（註1）　刑法第百三十条（住居侵入）
故ナク人ノ住居又ハ人ノ看守スル邸宅、建造物若クハ艦船ニ侵入シ又ハ要求ヲ受ケテ其場所ヨリ退去セサル者ハ三年以下ノ懲役又ハ五十円以下ノ罰金ニ処ス

2　六・一五事件の背景について

この裁判が、六月十五日夕刻の国会南通用門における第一次及び第二次衝突に限定されているため、検察官と弁護人の争論は、この第一次及び第二次国会構内突入の動機付けを前提としておこなわれている。わたしはこの動機付けの前提において検察官と弁護人の論述をまったく納得しない。

東京地方検察庁検事松本正平は「冒頭陳述書」において、第一次国会構内集会の前提をなしている共産主義者同盟および全学連の情況判断と意企についてつぎのように述べて

いる。

全日本学生自治会総連合（以下全学連と略記）およびその中心となっている共産主義者同盟は、日米安全保障条約改定に反対し、数次にわたり、はげしいデモを行なってきたが、昨年六月十日の所謂「ハガチー事件」以後当面の情勢について次のような判断を下した。すなわち五月二十日以降、労働者階級の安保改定反対闘争は、一段ともり上りを示し、情勢は有利となっていたが、六月十日の「ハガチー事件」以後、情勢に変化が生じた。

アイゼンハウアーの訪日をめぐって、共産党は、その訪日阻止をめざす反米闘争に重点を向け、自民党は内実はいぜんとして高姿勢を崩さないが、表面は対米親善を看板にして、議決休会等をちらつかせ、この間にあって、社会党、総評は動揺をきたし、安保闘争について危機が生じようとしているとの判断である。

このような情勢判断から、彼らは、六月十五日労働者の第二次ゼネスト当日に、強力な国会デモを行ない、これによって前述の沈滞した空気を打破することを計画し、これを傘下の各大学自治会を通じて、学生によびかけた。（「第一、本件に至るまでの経緯」の「二、全学連、共産同等の動向」の（一））

おなじ問題について、弁護人（統一グループ）倉田哲治、坂本福子、相磯まつ江、岡村勲、鳥生忠佑、松尾翼、儀同保、内田剛弘は「冒頭陳述書」中でつぎのようにのべている。

国民の中には議会主義の墓場と化した空虚な国会を本来の国民の民主的最高機関として復活するために、憲法第十二条、第九十七条(註2)がみとめる遵法としての抵抗権の行使として国会構内で集会を開くことこそなさなければならないという意欲が澎湃として台頭した。国民の先頭にたってたたかってきた青年、学生のすべての心の中にわれわれこそ国会構内集会をもって岸内閣を打倒し、国会を国民のものにしようという熱っぽい決意が自然に育っていった。（「第五、安保改定阻止、岸内閣打倒の学生運動の展開」の「四、六・一前夜」の項）

この日の統一行動は、アイク訪日に対する政治休戦態勢の空気を一掃する最後の機会と考え、この行動の重要性を強調した全学連（主流派）傘下の学生は同日午後二時頃より漸次国会正門前に集会し始め、二時三十分頃には約四千人が集った。国会正門は十三台のトラックが並置され、バリケードを作ってあり、その内側には大森大隊が配置されてあった。（「第六、六月十五日当日の行動」の「一、全学連の行動」の項）

（註2）（イ）憲法第十二条（自由、権利の保持と公共の福祉）

この憲法が国民に保障する自由及び権利は、国民の不断の努力によつて、これを保持しなければならない。又、国民は、これを濫用してはならないのであつて、常に公共の福祉のためにこれを利用する責任を負ふ。

（ロ）憲法第九十七条（基本的人権の本質）

この憲法が日本国民に保障する基本的人権は、人類の多年にわたる自由獲得の努力の成果であつて、これらの権利は、過去幾多の試錬に堪へ、現在及び将来の国民に対し、侵すことのできない永久の権利として信託されたものである。

1　検察官の論述に対する批判

検察官の前記の論述は、東京大学教養学部集会の内容そのほかの断片的な証拠を裏付けとして行われている。弁護人も引用の後半において、ほぼこれとおなじ見解を述べていることがわかる。

しかしこれらの見解はいずれも思想の表現としての行為事実を、強いてこの裁判の対象に還元し、縮小せしめたもので、もっとも主要であるべき思想的動機付けを欠落し、とうてい首肯し難いものである。

この思想的な動機付けの欠落がこの裁判における検察官と統一グループ弁護人の争点を、六・一五国会構内集会の主意とまったく異ったところへ誘導し、たんに被告だけではなく、心あるものにとっても事実に反する意味付けを行わせるまでにいたっている。

わたしは法廷技術上の問題に関与しないが、六・一五国会構内集会の主意を法廷技術の具に供する態度を認めえないのである。

第一に、六月十日、日本共産党の反米愛国路線によって主導された「ハガチー事件」と、六月十五日に共産主義者同盟、全学連によって主導された「六・一五国会構内デモ」とは、思想的動機において無関係なものであった。

このことは第二次国会構内集会に参加したわたしの体験と主観によっても断言することができる。六月十五日当日において、共産主義者同盟の主導下における全学連の国会第一次衝突の最中に、負傷者が救急車によって運びさられていく国会南門側方の道路を行進中の国民共闘会議主宰のデモ隊が、国会構内集会へ参加しようとする意志を、ピケラインによってもっとも強力に阻止したのは、「ハガチー・デモ」を主導した日本共産党であることは、わたしがこれを目撃し、またこの阻止ラインと衝突したものの一人として証言することができる。

また、当時も現在もかわらないわたしの基本的なかんがえでは、改訂安保条約は、日本国家＝憲法の対米従属の表現ではなくて、戦後日本資本主義の安定膨脹と強化に伴い、米国と対等の位置を占めようとする日本国家資本主義の米国との相対的な連衡の意志を象徴する法的な表現であった。改訂安保条約の第二条（経済的協力の促進）における「締約国は、その国際経済政策におけるくい違いを除くことに努め、また、両国の間の経済的協力を促進する」という表現、第三条（自衛力の維持発展）における「憲法上の規定に従うことを条件として」という表現、第五条（共同防衛）における「自国の憲法上の規定及び手続に従って」という表現、第八条（批准）の「各自の憲法上の手続に従って」という表現、等はこのことを明示しているといえる。それゆえ、昭和三十五年六月十五日に最大の表現を見出した一連の行動は、岸政権によって保持されている憲法＝法国家を本質的に対象とする思想の表現であり、これを媒介とせずしてはどのようなたたかいも維持されないという理念にもとづいていた。

「ハガチー・デモ」に最大の象徴を見出される日本共産党の思想は、このとき改訂安保条約を対米従属の表現とみる無媒介な反米愛国路線にもとづいており、おなじように市民民主主義者によってとられた一連の行動は、憲法＝法国家の範囲内において、その自由な正当な履行を政府に求める請願をモットーとする思想にささえられていたのである。それゆえ、検察官の陳述するような、共産主義者同盟主導下の全学連、及び市民労働者が「ハガチー事件」によって沈滞した運動を盛り上げるために、六・一五国会強力デモを企図したというようなことは、思想的に明確な他党派との相違と断絶からしてありえないのである。六・一五国会構内集会の参加者は、安保条約改訂反対運動の当初から独自な思想的判断のもとに、独自な表現をとげて六・一五国会構内集会にいたったのである。

わたしは、当時「ハガチー・デモ」を排外主義的な愚行とかんがえていた。この愚行は、日本共産党＝中国共産党の安保闘争の理念にたいする本質的な誤謬にもとづき行われたのである。安保闘争の思想をたんなる反米愛国主義によって埋葬し、大衆をその方向に誘導しようとするものであり、すでに理念として六・一五国会構内抗議集会と相容れる余地はなかったのである。

検察官が「冒頭陳述書」および「論告要旨」においてとっている全学連が「ハガチー事件」以後安保闘争の停滞を打破しようとして六・一五国会デモを強力に行う必要があったという動機づけが、誤りであることは、たんにわたしの主観ではなく、おおくの公刊された記述によって証明することができる。

この問題は、一見するとこの裁判の公訴事由と検察官および統一グループ弁護人の争点にたいしてさして重要性をもたないとかんがえられるかもしれない。しかし、たんに思想的な重要性ばかりでなく、この裁判の公訴事由に対して本質的な関連をもっているのである。たんに検察官の公訴事由にたいして不服であるばかりでなく、統一グループ弁護人の弁護事由にたいして不服であるというわたしおよびわたしの被告の立場は、ここから発祥している。

市民民主主義派の安保闘争を主導した思想家竹内好は、その著書『不服従の遺産』（筑摩書房刊・昭和三十六年七月十五日発行）のなかで、六・一五国会構内集会について次のように述べている。

六月十五日の、全学連主流派の方針――国会の構内へ入つて、あそこで抗議集会をするという、これは事前に方針が出ていたということですが、あれは非常にまずいと思う。何のためにそういうことをやるのか、のみ込めないのであります。これは明らかにエラーだと思うのですが、相手にはそれを上回るエラーがあつた。過大な恐怖感から、警察をまつたくの暴力化した使い方をしたために、逆にこちらが有利な態勢にその後なつたと考えられます。（同書「五・一九前後の大衆運動をどう見るか」二〇九頁）

市民民主主義派の指導者は、何のために六月十五日、国会構内で抗議集会をもつかという思想をまったく理解できなかったのである。市民民主主義派の指導者が、六・一五国会構内抗議集会に集約された思想をまったく理解できず、たんなる暴発やエラーとしてしか理解できなかったということは、市民民主主義の多数の大衆が、それを理解できなかったということを直ちに意味するものではない。しかし、ここに六・一五の思想が如何に他党派から理解されなかったかいかに隔絶した思想であったかを物語る資料があるとかんがえることは不当ではない。

ラジカルな労働問題研究家として全学連の行動に親近性をもっていた斎藤一郎はその著書『安保闘争史』（三一書房刊・一九六二年三月十五日発行）の中で、次のようにかいている。

乱闘がつづいているとき、ひとりの女子学生は旗をふって「いま学生がたくさん殺されています。労働者のみなさんもいっしょにたたかってください」と泣きながらうったえた。しかし労働者のデモ隊はそれにこたえず、あらぬ方向に行進していって、学生を見ごろしにした。日本の労働者は、この日、世界の解放闘争史上、かつてない汚れた一ページを自分の手でかいたのである。社会党（日本共産党の誤り―註）の腕章をまいた連中は「整然たるデモを」といって、労働者と学生が合流するのを阻止した。また、共産党員はトロツキストの挑発にのるなといって、デモを銀座にながした。全学連反主流派は国会正門前にすわりこんでいる傷ついた学生たちにむかって「トロツキストたちは国民会議の統制にしたがわず、挑発的な国会構内突入をやった」と悪罵しながらとおりすぎていった。（同書二五〇頁）

この記述は、六・一五国会構内集会の思想が、日本共産党、国民会議の思想と如何に無縁であるかを証左するための資料となっている。六・一五国会構内集会の参加者は、警備警察官の阻止権力に直面するとともに、安保闘争の全党派の阻止強力に直面していたのである。統一グループ弁護人は検察官とともに六・一五の思想に虚像を与えようとしており、また滑稽なことに国会構内抗議集会を一人の不明な挑発者の挑発というおおよそ大衆闘争の実質を知らぬ理由に帰着させようとさえしている。騒然とした大衆行動の情況下では、少数の潜入者が存在したり、挑発したりすることがあっても、それは何の動因ともなりえないのである。検察官の公訴事由に対抗するために、ついに六・一五集会の思想を愚弄し、そこに参加した学生、市民、労働者の一人一人をおとしめるまでに至っている統一グループ弁護人の論証は強く非難さるべきである。

穏健な市民民主主義の立場で、「若い日本の会」の主宰者の一人であった文芸批評家江藤淳は、その著書『日附のある文章』(筑摩書房刊・昭和三十五年十月二十五日発行)で、六・一五事件に触れて次のように書きとめている。

十五―十六日に、右翼に挑発されたという直情径行の学生たちが、激情にかられて国会構内に乱入したのはいかにも非常識であろう。そうしないで、非常識きわまる岸内閣とその支持者の横暴をこらえているのは私の常識である。しかし、今は、私の常識の内で、彼ら学生が行動に示したと同じ火が燃えている。そうでないということは、私の文学者としての眼が許さない。だが私は大人だから耐えている。それを社会的には子どもである学生たちは耐え切れなかったというだけの違いである。

いったい、権力の行う武装された暴力を「正義」といい、素手で警棒の乱打にあっている社会的な未成年の激情を「暴力」というのであろうか？　当夜、テレビを見ながら、私はこの疑念を禁じえなかった。ラジオ関東は午前二時過ぎまで混乱の実況を中継していたが、警官隊はアナウンサーをなぐり、マイクをひったくろうとして、その怒号は生々しく私の耳を打った。警官の非常識と、感情を抑えながら眼に映じたところを正確に伝えようとしているアナウンサーの常識との対照は感動的であった。

（同書「政治と常識　六・一五デモがあたえたもの」四四―四五頁）

ここでも六・一五国会構内集会の思想的な意味は理解されておらず、全学連を「社会的には子どもである学生たち」とよぶことによって、それがたんに激情にかられた行動であるかのように見做している。たとえ政治の本質について不案内であり、また不案内であることが決して恥ずべきことでもない文芸批評家の常識的な感想であるとしても、ひとつの大衆行動は単なる直情や激情にうごかされるのではなく、はっきりした思想にもとづいて表現されることを理解していない点で致命的な文章である。しかし、穏健な知識人がいかに六・一五集会の思想を理解しなかったかの一資料であることは疑うべくもない。

六・一五国会構内集会の思想が、どのような文化的な情況にかこまれ、またどのように口にあらわさない無言の大衆の共感にささえられていたかを知ることは重要であるとかんがえる。

当時、日本共産党の中央委員であった作家中野重治はその著書『活字以前の世界』(筑摩書房刊・昭和三十七年二月二十八日発行)のなかでその前年十一月二十七日の国会デモにふれてつぎのように述べている。

国会「乱入」などというが、どこにそんなことがあったのか、またあり得たのか。半びらきの門をおしあけてはいつたから、それで「乱入」だとでもいうのだろうか。しかし国会の門は八文字に開いているべきであつた。だれがあれを国民の前に閉すことができたか。しかし閉したものがあり、また誘惑的にこれを半びらきにしたものがあつた。手のこんだ、腹に一物あるゴロツキが確かにそこにいたと見なければなるまい。むろん私たちは、手のこんだ、腹に一物あるゴロツキの手に乗るのが正義の士の道だとは思わない。ただ「乱入」はない。「乱入」はゴロツキが言いがかりとしてふりまわした。(同書「ゴロツキはごめんである。」一九四頁)

これは、十一・二七事件に関連してかかれているが、たんに政治家として、政治行動の動因について無智であるばかりでなく、共産主義者同盟及び全学連に主導された国会構内デモがどのような思想の集約的な表現としておこなわれたものであるかをまったく理解せず、本来開かれて大衆の前にあるべき国会の門がとざされバリケードをはられていたため、「誘惑的」にこれを強力におし開こうとしたもので、いわば挑発に乗った行動であるかのように暗示しようとしている。玄人ぶった政治的無能者の言葉と感覚が滲みでており、凡そ思想というものの本質と、その表現としての政治的行動がどのようなものであるかを知らぬ空疎な言葉で行為事実が捉えられている。

また、市民民主主義派の主導的な思想家であった日高六郎編『一九六〇年五月一九日』(岩波書店刊・一九六〇年十月二十日発行)は、六・一五事件についてつぎのように書いている。

条約の成立期限を深夜にひかえる一八日まで、予定された大規模な統一行動は一五日をおいてほかにはなかった。したがって、問題を真剣に見つめようとした活動家たちの眼には、一五日は一種の極限の時点とうつったこともやむを得ない。それは、大統領の警備のさいにはすべての不祥事に警察の責任が追及されると信じていた警察官においても同様だったろう。こうして、対峙する双方が、みずからを極限状況におくという異常な緊張が、国会まえに現出した。学生の集団を包むことなく流れ去った十万余のデモの流れは、学生の孤立感をたかめ、それゆえに逆に彼らの使命感をいちずなものとせずにはいなかった。(同書「Ⅵ 六・一五と七社共同宣言」二〇三頁)

六・一五国会構内集会の参加者が孤立感のゆえにいちずに使命感を表現しようとした、というこの見解は、同情に似て、実は参加者の思想を幼稚なものであるかのように解しているにすぎない。

いずれにせよ、以上、当時にあって、安保闘争について触れたもっとも主要な著書は、一様に六・一五国会構内集会の行動が、日本共産党、日本社会党、国民会議、市民民主主義の思想と無縁であり、それらの批判の包囲のもとにあって独自におこなわれたものであることを証左する記述をおこなっている。

検察官は、安保条約改訂の阻止のための運動を単色にみようとしているために、断片的な証拠によって「ハガチー事件」と「六・一五事件」とを関連あるもののようにとらえようとしている。思想の表現としての政治的行動は、行為事実としてみれば、たしかに大衆の示威行動がどの方向に向ったか、どのコースに流れていったか、何に関与したか、というような小さな相違としてしかあらわれない。しかしその行動をみちびく思想的な原理は、ほとんど了解を絶するほどかけはなれているものである。本件の公訴事由を、たんに「暴力行為等処罰ニ関スル法律」と「刑法」の条文にまで分解させようとするときは、たんに六・一五国会構内集会に参加したもの、主導したもの、条文の罰則に触れる行為をしたものは誰で、これに参加しなかったもの、別の行動に参加したものは誰であるといったような、もっとも基本的な意味で身体をどう動かしたかという次元に還元されてしまう。しかし、思想の表現としての行為は、その思想がたどる過程をつうじて表現されたものとして、ある行為事実を理解しなければ、全く了解することができないものである。検察官は法の適用において事実主義に立っているが、事実が包括している本質的過程が法の適用にとって基本的なものであることを理解しようとしていない。

この裁判の公訴事実の範囲内では、検察官の「六・一五」行動の動機付けの誤謬を指摘することは法的に何らの実効性をもたないようにみえるかもしれない。しかし、現行の憲法＝法的国家が、いったん法の幻想的本質をはなれて、運用法規の次元にまで下降して振舞おうとするや否や、いかに倒錯したものとなって行為事実に適用されるものであるか、という認識は一貫して検察官に欠けている。

このような検察官の認識の不備は、憲法第十五条(註3)に反する違法行為として検察官にはね反ってくるのである。

わたしは統一グループ弁護人のように六・一五国会構内抗議集会が、全国民の総意を象徴するものであったというような虚構を述べようとはおもわない。しかし、その参加者が憲法第十五条の規定の範囲内では、国民の一部であることは疑うべくもないのであり、国民の一部として、警備警察官に奉仕を求める権利を有することもまた疑うべくもないのである。

（註3）憲法第十五条
公務員を選定し、及びこれを罷免することは、国民固有の権利である。
すべて公務員は、全体の奉仕者であつて、一部の奉仕者ではない。

2 統一グループ公判における弁護人の陳述に対する批判

さきに引用した弁護人（統一グループ）の陳述の後段は、検察官の陳述とほぼ一致するのであらためてふれない。

弁護人（統一グループ）はさきの引用の個所の前段において、六・一五国会構内集会を、憲法第十二条、第九十七条にみとめられる遵法としての抵抗権の行使の「意欲」として動機づけようとしている。しかしこの見解は事実に反するだけでなく、六・一五国会構内集会の思想にも反している。

当時、市民民主主義派の学者、思想家たちのあいだで、抵抗権、請願権についての論議がなされたことは知っている。また、法理論学者のあいだで現行憲法の条文のもとで、抵抗権は実定法の水準で導きうるか、あるいは自然法の概念として考えられるべきかという論議のあるのを承知している。しかし、抵抗権という概念は、政治的近圏目標として、たとえ改訂安保条約反対、岸政府の打倒を目指すものであったとしても、原理的な遠圏目標として憲法＝法国家に対峙し、これを貫通しようとする思想過程の表現であった六・一五国会構内集会の思想にとってまったく無縁というべきである。事実第二次国会構内集会の参加者の一人として、わたしの念頭には抵抗権の行使という意識はなかった。参加者の多数にこの意識がなかったと信ずべき十分な根拠も考えられるのである。弁護人（統一グループ）のいう抵抗権は現行憲法＝法国家内部における「遵法」の理念の範囲内でしか想定されないものである。たとえ事実行動の次元では「遵法」であることを確信していたとしても、思想の究極の像としてたえず現行憲法＝法国家との対決の過程を模索しつつあった六・一五国会構内集会の参加者にとって、抵抗権の概念は念頭におかるべきはずがなかったのである。

わたしは、本裁判で弁護人が、検察官の公訴事由に対抗するために、不知不識のうちに市民民主主義派の概念を援用して弁護論を展開している態度を遺憾とせずにはいられない。その結果は、六・一五裁判について自らも信じえないだろう争点を提起して弁護論を展開する結果になっている。

安保闘争に参加したわたしが、たえず感じつつ反すうした問題は要約すればつぎのようなことである。

いまわたしたちが、どんな強力な大衆行動によって安保条約改訂反対の運動を展開したとしても、わたしたちの成就しうる最大限の実質的効果は、高々岸政権に代るに他の保守政権をもってし、条約改訂の批准を阻止しうるということに止まるだろう。なぜならば、すでに戦後の組織労働者運動は政治的ストライキを殆んど打ちえない状態にあることは明らかであるからである。しかし、それにもかかわらず、激しく強力な大衆行動なしには、岸政権の退陣、条約改訂の批准の阻止ですら不可能であることははっきりとしている。そしてわたしは一貫して、もっとも強力な共産主義者同盟、全学連の大衆行動を最良のものとかんがえ、その強力の尖端と共同の行動をとろうと意志してきた。

六月十五日、国会構内抗議集会に参加し、いわゆる第二次国会構内衝突を体験したとき、わたしが自分につきつけた問いは、自分はここで生命を失うかもしれない。しかしこの行動の結果がもたらすものは、最大限に見積って岸政権の退陣と条約改訂批准の阻止ということが限度であることは、全体的な情況の分析から明白である。おまえはおまえの生命をこの限界つきの政治的効果と交換しうるか？

わたしがこの問いに空しさを感じ、卑小な岸政府の退陣と改訂安保条約批准の阻止と、自分の生命をとりかえるわけにはいかないと考えたとき、少なくともわたしの主観の内部では安保闘争は敗北していたのである。もしも安保闘争の思想に現実的な構想を与えうるならば、卑小な政治的効果の背後に生々しい国家＝憲法との対決の構図を透視しえたはずであり、少なくとも少数の指導部が卑小な政治的効果に生命を賭けるだけの逆倒を成遂しえていたはずであった。そうであれば、情況は別の展開をとげていた筈である。

もちろん革新派の政治家ども、穏健主義者、市民民主主義者、政党諸派、マス・コミュニケーションの激しい批判にもかかわらず、わたしどもはその批判を架空の空疎なものとして嗤うことができた。

少なくともわたし（たち）が六・一五闘争で問われたのは、自分の生命という阻止線であり、おまえはどのような政治的実効性とならば生命を交換しうるかという自問のバリケードであった。そしてこのような自問を提起したとき安保闘争は敗北したのである。わたしたちは日本共産党、日本社会党を革命的政党とみとめないし、その指導性をもみとめないという最終の確定的な認識をこの日の闘争でつかんだ。それとともに、現在の情況で自らが真の指導性に耐ええないだろうというバリケードの前で敗北したのである。全党派と全権力による六・一五国会構内集会にたいする弾劾と弾圧は、いずれもわたしたちの敗北の本質に迫ることができない滑稽なものであった。

現在、六・一五国会構内集会に集約的に表現された安保闘争のもっとも豊かな思想を埋葬しようとする、どのような勢力の試みもそれを成功させることができない。六・一五に集約された安保闘争の思想を埋葬しうるものは、主導者、参加者の個々の自立的な力だけである。

運用法規の条項の範囲内では、六・一五国会構内闘争は弁護人のいうように「遵法」の範囲を出るものではない。しかし、その闘争の思想は、決して抵抗権の行使という意味合いをもつものではなかった。

わたしも、わたしの被告も、安保闘争以後五年にわたって断乎として全党派からの自立を固守し、それに思想的な根拠を与えようとしてきた。いかなる権力も党派もわたしたちの六・一五体験の思想を揺がすことはできなかったのである。

3　検察官の共同謀議成立論に対する反論

検察官の公訴の事由を、その「冒頭陳述書」と「論告要旨」について検討するとき、それが二つの支柱によってささえられ構成されていることがわかる。

ひとつは六・一五第一次衝突における全学連による「共同謀議」の成立論であり、他のひとつは、当日国会構内にバリケードを築き数千の警察官、機動隊を配置し、全学連の構内へのデモ行為を阻止し、これらを死傷させた行為が公務執行の適法行為であったとする主張である。公訴の事由は、この二つの支柱が否認されるとき空中楼閣に転化することは、明瞭なことである。

わたしは思想的な弁護をおこなうという独自な領域で振舞うことを主旨としており、共謀共同正犯について紛糾している諸学説に法理論的に介入する意志も準備もことさらにもっていない。また、検察官の共同謀議成立の主張の拠りどころである刑法第六十条（共同正犯）についての最高裁判例を根拠とした「意思の連絡」または、「暗黙の意思の連絡」が共謀でありうるという主張に、法理論的に反論するつもりももっていない。しかし、検察官の公訴の根拠はきわめてあいまいであり、それが成立しえないことを主張しうる別途の道も存在しうるものと信じている。

東京地検検事松本正平は、「冒頭陳述書」中で、六・一五事件の共同謀議の成立について、次のようにのべている。

ついで被告人加藤（昇）が同じようにアジ演説を行ない、更に被告人北小路がふたたび前記宣伝カー上から「国会構内の抗議集会をかちとろう、明大・中大の学友諸君に先頭を切ってもらう」と指示し、また被告人北小路、つづいて同加藤（尚）、同加藤昇らが、宣伝カー上でワッショイワッショイの掛声の音頭をとって気勢を煽り、かくして、被告人等およびデモ隊員の多数の間に、相協力して衆議院議長管理に係る南通用門有刺鉄線柵及び前記の輸送車を破壊し、警察官の制止を暴力で排除し、あるいは阻止輸送車を門外に引出し、国会議事堂構内へ侵入し、同所で抗議集会を行なうという共謀が成立した。（「第二、南通用門破壊の開始から構内侵入まで」の「一、南通用門

前集結から同門破壊までの状況」の「(二)」の項)

おなじように、検事松本正平は、弁護人の「釈明要求書」(Aとする)に答弁した「釈明書」(Bとする)において、「共謀」について見解を披瀝している。いま双方の該当個所を抄出すればつぎのようである。

A、第一の五、「他多数の学生ら」の範囲(大学名、学部、自治会名)、学生数、学生氏名を明確にされたい。

A、第一の六、「共謀」の日時、場所、関与者、内容を明らかにされたい。

B、第一の五及び六、所謂現場共謀で門扉破壊に着手する直前に成立したものである。共謀の内容は侵入の阻害となる物件を破壊除去し、警察官の阻止を暴力で排除して国会構内に侵入することである。共謀の関与者は被告人全員を含むデモ隊員数千名で、東大、明大、中大、法政大等のデモ隊が主である。

また、東京地検検察官検事矢実武男は、「論告要旨」中で、「共謀」の成立、その事実について次のように述べている。

(二)、被告人らと他の多数学生らとの間の共謀について

被告人及び弁護人らは、本件被告人らの行動に関し、被告人らの間には勿論のこと、他の学生らとの間にも共謀はなかったと主張しており、各被告人ら自身も、あたかも各個人独自の行動にすぎず、相被告人及びその他多数の学生らとの間に具体的な犯行についての協議はなく暗黙の意思の連絡すらなかった、と主張する。しかし以下に述べる各証拠に表われた具体的事実関係を総合してみると、被告人らと他の多数学生らとの間に、国会構内において、安保条約改定に関する抗議集会を開く目的をもって、右目的を達成するためにはそれを阻止するための国会側の諸設備を破壊し、警備に当っていた警察官に対し、暴行を加え、妨害を排除して構内に不法に侵入しようとの共通の意思の連絡があり、かつ、具体的な実行行為のあったことが十分に認め得るのである。

以下それらの具体的事実を述べながら、共謀の事実を認定し得る理由を明らかにする。

(1)　共謀を認定し得る被告人ら及び多数学生らの行動

(イ)　被告人ら及び多数の学生らの間には本件当日以前からすでに、本件行動に出ずべき潜在的意識があったことが認められる。何故ならば全学連傘下の各学校自治会の学生らは、六月十五日初めて安保条約改定に反対する意思を表明したものではな

く、すでにそれ以前から右のような意図を有し、しかもその意図を表現するために度々デモ行動ないし集会などを行っていたものである。それのみならず被告人及びその他の学生のうちには、かねてから国会構内における学生抗議集会を持つ必要があると考えていたという者もある。（各被告人らの公判当初の各意見陳述、被告人質問の際の各陳述、同人らの検察官に対する各供述調書の記載、下野順三郎その他弁護人側証人の各証言及び同人らの各証人尋問調書の記載）。

しかし、検察官は、このような本件行為以前の被告人ら及びその他学生らの言動を採って直ちに本件の共謀を認定しようとするものではない。しかし、被告人ら及びその他の多数学生が、かねてからこのような共通の意思を持っていたということは、すくなくとも、その目的実現のための行動につき共謀ありと認定する有力な一資料となるであろうことは疑いない。

（ロ）つぎに、すでに述べた如く、全学連においては、いわゆるハガチー事件以後の革新系の安保条約改定反対運動が低調となったと判断し、この沈滞した空気を打破しようと計画して、各大学の自治会を通じて学生らに呼びかけをしていたのである。かくの如き従来から行ってきた反対運動をもってしては所期の目的を達成し得ないものとして、あらたに強力な反対運動を展開しようということは何を意味するのであろうか。単に国会周辺などをプラカードを掲げシュプレヒコールをしながらデモンストレーションをしたり、議員の登院を阻止するためにピケを張るというようなことだけではあるまい。単にそれだけのことであるならば、とくに従来の反対運動と異なるところはないのであって全学連らの指導者が沈滞した反対運動を盛り上げて所期の目的を達成し得る強力な手段として考えたものはさらに激しい強力なものであった筈である。

（中略）

このように予定された計画に基き、その指揮に従って行動を起していることは、明らかにその場に集合した多数学生らの間に、共同の目的とその目的実現のための共通の意思があったことを明白に示すものである。もっとも以上の事実からすれば本件デモの指揮者と一部学生との間に、国会構内侵入の共謀があったとしても、その余の多数の学生らにまで、同一の結論を及ぼすことはできないかもしれない。

また右のような国会正門前のデモ隊の行動から考えると、多数学生らが、安保条約の改定に反対しそれを阻止するという意思を表現するためデモ行進をなすという共通の意思は十分に認め得るとしても、これだけで直ちに同人らまでが国会の構内に不法に侵入してまでも抗議の意思を表明しようとすることの共謀が成立したものと速断はできないであろう。したがって、検察官としても右の事実だけを捉えて被告人らと他の多数学生らとの間に本件のすべてに関する共謀があったと主張するものではない。

むしろ、以下にのべるような、被告人ら及び多数学生の衆議院南通用門付近における言動こそ、彼等の共謀を認定し得る有力にして確実な証拠と考えるのである。そしてさきにのべた諸事情はその共謀の証拠を評価するに当り欠くことのできない補強事実として考慮されねばならないと主張するのである。

（2）　意思の連絡の成立

国会の周囲をデモ行進した学生らは国会を約二周し、衆議院南通用門に体当りしながら、その付近の道路上にとどまり、同所で再び集会を持つに至ったのである。そしてその集会の中程、すなわち南通用門からやや衆議院通用門寄りに位置した宣伝カー上において、当日の学生デモの総指揮者の一人である被告人北小路が、拡声器を使用して「これから国会構内において抗議集会を行う、構内集会は我々の権利である」「国会構内の集会を目指して今日一日を闘おう」という趣旨のよびかけをなし（証人京谷茂、同佐藤英秀らの各証言及び同人らの各証人尋問調書の記載、被告人杉浦、同宮崎、同有賀らの各陳述）、続いて被告人加藤昇も同様に宣伝カーの上から拡声器を通じて「国会構内集会はわれわれの権利だ」「国会構内で大抗議集会を行って抗議しよう」と呼びかけをなしたところ、集合していた学生らは「ウワー」という喚声をあげ、拍手を送り、これに賛意を表したのである。（証人山本繁、同飯野静美、同佐藤英秀らの各証言及び同人らの各証人尋問調書の記載）。そして「構内集会はわれわれの権利だ」というシュプレヒコールを一斉に唱和し、そのあと被告人北小路が同所から「中大、明大の学友諸君は今までの闘争において立派な功績をあげた、今日の行動にも期待する」と、直接行動に出るべきことを求めたところ（証人京谷茂、同佐藤英秀、同松原文一、同飯野静美、同雨宮正雄、同井上春明、同山本繁らの各証言及び同人らの各証人尋問調書の記載）、同所付近にいた中大、明大を主とした学生多数から万雷の拍手で受け入れられたのである。（証人佐藤英秀、同松原文一の各証言及び同人らの各証人尋問調書の記載）。この結果、南通用門直前の道路上に集っていた中大、明大を主とする学生らは改めて隊伍を組み、南通用門の扉を破壊するための体制を整えたのである。（証人京谷茂、同佐藤英秀らの各証言及び同人らの各証人尋問調書の記載）。

南通用門に停止した際の指導者らの右のような発言と、これに対する多数学生らの言動こそ、すくなくともその現場において、警察官のいかなる阻止をも排除して国会構内に侵入し、同所で抗議集会を開くべき旨の意思の連絡が成立したものというべきである。

学生デモ隊員の中には、それまでは、学生デモの指導者らが国会構内への不法侵入を企図していることを窺い知らなかった者もあったであろう。しかし、右のような指導者の演説ないし指示をきき、多数の学生がこれに和して絶大な賛意を表した事実を知るに及んでは、もはやデモの指導者及びその他の学生らが警察官の阻止を排除して、不法に国会構内へ侵入しようとしていることを知ったことは疑う余地のないところである。

（中略）

したがって当時南通用門付近に集合していた学生らで、通常の理解力を持った者は、右数名の学生と同じように被告人北小路、同加藤らの呼びかけ及びこれに賛意を表した学生らの状況からして、デモの指導者らがあくまでも国会侵入を企図しているものであることを十分に知り得た筈である。しかもなおその場に止まり、かつ、その呼びかけに応じて賛意を表し、その後、後記のように国会侵入のための破壊行為や、警備警察官らに対する暴行を行ったのであるから、これらの多数の学生の間には、明確な一つの共通目的に対する意思の連絡があり、かつその目的実現のための実行行為を担当したものというべきであって、共犯としての責任を負うべきものであることはいうまでもないところである。

（中略）

もっとも、国会構内への侵入の意図を読み取り、それに同調して国会構内に侵入したからといって、建造物侵入の共謀は認められても、その余の器物損壊あるいは公務執行妨害についてまで共謀関係を及ぼし得ないといわれるかも知れない。しかし、国会構内に侵入するためには必然的に阻止用物件を排除しなければならず、また、警備警察官の阻止行為に会うであろうことは、当日現場に在った者には、何人も予測し得た事である。

それを知りながら敢えて侵入の目的を達成しようとするからには、阻止用物件や警備警察官を実力を以て排除しようとの意図を有していたものと見なければならない。その後の学生らデモ隊の阻止用物件に対する破壊行為および警察官らに対する暴行行為は、右の意図を実現したものである。また、警察官に対する暴行の犯意があれば、その結果である傷害についての認識を必要としないことはいうまでもない。

このように同じく国会構内への侵入という共通の目的を有する他の者がその目的達成のために当然ずい伴する行為に出た場合は、その事実についても共謀による責任を負担すべきは当然のことというべきであり、これをことさらに、別個のものと考え、目的と手段とに分析するようなことは事実を素直に正しく見ないもので具体的事実からことさらに遠ざかろうとするものであろう。

（中略）

そもそも、共謀というような主観的事実の認定に関しては、本件被告人らのようにほとんど黙秘権を行使する場合においては、他の客観的事実から推定して認定する以外に方法がない訳である。したがって、本件各被告人らが法廷において共謀の事実を否定したからといって直ちにそれを肯定すべきではあるまい。

本件において見られるように被告人及びその他多数学生らが一つの目的を達成するために一致した行動をとっている場合には被告人らの自供を待つまでもなく、当然彼らの間に共謀の事実を認定すべきものと確信する。

ここでも検察官の「共謀」成立論には、思想表現の共同性と、実行行為とのあいだの混同がみられるとかんがえる。国会構内集会はじぶんたちの権利だというような発言とこれにたいする応答とは、あきらかに思想表現の共同性が、そこにあったか否かという次元の問題として扱われるべきであり、警備用物件、警備警察官を排除するか否かという身体的な実行行為の次元とは別途に理解さるべきものである。そして、思想表現と身体行為とを、故意または偶然に混同することなしには、この場合刑法第六十条の共謀共同正犯は成立するはずがないのである。

本質的にいえば、政治思想「行為」は幻想の「行為」であり、身体「行為」は現実の具体的な「行為」であるということは、たんにこの論述における検察官ばかりでなく、わが進歩派、通俗的な「マルクス主義」者のあいだにも理解せられていない。この検察官の見解が本質的に提起している問題は、いうまでもなくわが進歩派の理念をうつす鏡であるという意味で重要であるとおもう。

このもっとも稠密に「共謀」の成立を立証しようとしている「論告要旨」について、項目ごとにその見解が失当であり、また否認さるべきである論拠を述べる。

A、(二)の(1)の(イ)について

検察官が、被告人らと多数の学生らの間に本件当日以前から、本件行動に出ずべき潜在的意識があったことが認められる、とのべていることは全く問題にならない。それは公訴事由と無関係である。どのような潜在的意識も刑法第六十条の条項に該当するか否かとは無関係だからである。人間は何人も生活過程の全体をとおして、四六時中ある一つの潜在的目的意識を持続するものではなく、すくなくとも所定の行為範疇内においてのみ目的は意識せられることがあるというにすぎない。六・一五第一次国会構内集会参加者といえども生活体であるという理由で、本件行動の潜在的意識を、公訴事由に該当するような形で持続的にもちうることはありうべきことではない。したがって、たとえどのような考えを被告がもっていたとしても、それが「共謀」を認定する資料とはなりえない。

B、(二)の(1)の(ロ)について

すでに述べたように「ハガチー事件」以後の革新系の安保条約改訂反対運動と六・一五国会構内集会とは思想的にも現実的にも無関係であるゆえに、それらの運動の沈滞を打破する目的で、より強力な手段を考えたという検察官の論述はまったく失当である。

C、(二)の(2)について

検察官は南通用門前における指導者の国会構内集会の呼びかけと、これにたいする参加学生の応呼の声があったことをもって、構内抗議集会を開くべき意思の連絡が成立したものと主張している。しかし、この見解は強いて六・一五第一次行動を刑法第六十条の判例に帰属させようとするためになされた付会と申すべきである。

一般的に、大衆行動の現場における即時的な指導者の呼びかけと、これに対する参列者の応呼とは、長い伝統をもった一つの慣習行為であり、いわば一つの気勢行為であって、それ自体が意思の連絡行為ではない。このような大衆行動の慣習行為を、「共謀」行為として参加者個人に対する罰条に還元することは、全く不当といわなければならない。本件において検察官はあきらかに、共産主義者同盟または全学連を公訴しておらず、参加者個人を公訴している。

各個人の「意思」は、それぞれに固有な歴史と現存性とをもって異なっている。やさしくいい直せば、各個人の「意思」はそれぞれの生い立ちの過程と、現在の生活過程によって、それぞれ異なった発現性をもっている。

それゆえ「意思」の連絡、あるいは「意思」の共同性が措定される場合を想定すれば、それは各個人によって異なっている「意思」の発現性を限定する一つの範疇の内部が考えられる場合においてのみである。いいかえれば、一般に「意思」の連絡あるいは意思の共同性は、かならずある局限された領域を呼びおこすのである。全円的な範疇のなかで（いいかえれば全生活体としての人間のあいだで）二人以上の意思が連絡したり共同したりすることは、人間相互の間では起りえないのである。

本件の場合、検察官が主張するような参加者各個人の間で「意思の連絡」が想定されうるとすれば、それは「政治」行為という範疇の内部においてのみであり、参加者各個人の意思の総体においてでないことは、あらためて申すまでもないことであろう。「政治」行為という範疇は、いうまでもなく、門扉を破壊したとか建造物に侵入したとかいう身体的な行為の範疇とは全く異なった次元に属している。いいかえれば公訴事由とは無関係な範疇に属している。それ故検察官が六・一五第一次行動の参加者が安保条約改訂阻止、岸政権の打倒について参加者個人の相互間に意思の連絡が暗黙のうちに存在したと述べるならば、それは肯定せらるべきであるかもしれない。しかし、公訴事由になっている現実の実行行為について意思の連絡があったとするのは全く根拠がないのである。

六・一五第一次行動の参加者各個人が身体行為として国会構内に入ったという行為事実の範疇では、あきらかに参加者各個人の「意思」の発現形態のみが存在し、共謀もなければ、意思の連絡も存在しえないのである。

4　暴力行為等処罰ニ関スル法律第一条（集団的常習的暴行、脅迫、毀棄）、刑法第九十五条（公務執行妨害、職務強要）、刑法第二百四条（傷害）、刑法第百三十条（住居侵入）（註4）適用についての検察官の陳述について

わたしの被告の公訴事由は上記の罰条に該当するものとされている。しかし、すでに述べたように「共謀」が成立しないことが明瞭であるかぎり、罰条のうち問題となるのは刑法第九十五条と刑法第百三十条のみである。そしてこの二つの罰条の適用が正当か否かという問題は、六・一五国会構内集会の思想をぬきにしては論じえないということができる。

当日の警備警察官の行為が正当な公務の執行であるか否か、国会構内は建造物であるか否か、という争点は、その背後に国家機関員の公務執行とはなにか、国会構内とは何か、という根本的な問題を包括している。なぜならば、六・一五国会構内集会がたんに身体行為として存在したのではなく、思想の表現としてのみ存在したからである。思想の表現としてのみ存在しえた身体行為を、身体行為自体として罰条に還元することは結果主義であり、法の適用の逆倒であるといわなければならない。この逆倒のゆえにのみ刑法第九十五

条と第百三十条の適用は不当なのであって、検察官と弁護人との罰条をめぐっての争点は、これに比べて第二次的なものであるにすぎない。

(イ) 警察官の公務執行妨害の論拠について

六・一五第一次行動が公務執行妨害であるとするための東京地検矢実武男の「論告要旨」が指摘する点は、つぎのようなものである。

国会会期中の内部警察の権は国会法第百十四条、第百十五条(註5)によって各議院の議長にある。したがって、前記のように国会警備のために派遣された警察官は原則として、議長の指揮を受けることとなる訳である。ところで当日の国会警備に関し、衆議院議長が、その指揮下の警察官に指揮した警備方針は次のとおりであった。すなわち、一、衆議院構内には一人たりとも不法侵入者がないように厳重に警戒すること、二、もし衆議院構内に不法に侵入するものがあった場合はこれを構内より退去させ、応じないものは実力をもってこれを構外に排除し、やむを得ないときは不法侵入者を逮捕すること、三、逮捕した者の処置は警視庁に引渡し、警察において処置すること、というのであった。(証人玉村四一、同小倉謙の各証言及び同人らの各証人尋問調書の記載)。このような衆議院議長の指揮の下に衆議院構内に配置されて、同構内に不法侵入を企てる者の阻止に当った警察官の行動は、正に公務の執行に従事していたものというべきである。仮りに衆議院議長から前記のような指揮を受けていなかったとしても、建造物侵入を企てている者を制止すること及び建造物侵入、器物破壊等の現行犯を阻止ないし逮捕することは、警察法及び刑事訴訟法により警察官の業務とされる行為であり公務の執行であることはいうまでもないことである。（「第三、争点に関する証拠と検察官の見解」の「一、事実関係」の「(一) 全般的事実関係」の「(7) 警察官の公務執行とこれに対する妨害」の項）

この検察官の陳述をみると、衆議院議長は、当日国会構内に入るものを排除するよう指揮しているが、排除するに際し、殴打、傷害、死殺等の行為をもって行ってもよいという指揮を与えていないことが判る。わずかにその手段を示唆するのは「実力をもって」という表現だけである。そしてこの「実力をもって」が殴打、傷害、死殺を意味しないことは、それにつづいて「やむを得ないときは不法侵入者を逮捕すること」とされていることからもあきらかである。即ち、ここで衆議院議長が警察官に与えた指揮は最大限において「逮捕すること」もやむなしというにすぎなかったことは、検察官の陳述から明瞭である。

しかし、警察官は、殴打、傷害、死者（樺美智子）を生ぜしめるまでにその実行行為をなしたことは明白であるので、あきらかにまずこの行為事実において国会法第百十四条、

第百十五条を逸脱した行為であるということができる。

昭和三十五年八月号、雑誌『自由』には、大山幸雄（仮名）による「一機動隊員の六月十五日」という手記が掲載されている。警備警察官の立場からかかれており、参加学生を警棒で殴打、傷害、致死させたと判断させられるような発言は極度に抑制しているが、それにもかかわらずそれらの行為事実を読みとることができる個所が存在している。即ち、

われわれは、国会を警備するだけできているのだ。別に学生と闘いにきたわけじゃない。しかし、治安を乱すうえに、わが身の危険を感ずるとあれば、相手を制圧しないわけにはいかない。相手が棒でなぐりかかれば、身を守るために警棒で防戦するのは当り前だ。そして、防戦するだけで手一杯なのだ。相手に打撃を与えなければ、こっちがやられるのだ。（同誌一〇一頁）

警棒をふるい、逃げる者をなぐったといわれるが、相手が〝武器〟を持っている時、相手に攻撃の意思がある時、素手で平身して説得しろというのか。学生は石で、棒でガラスで、火で攻撃しても良いが警官は防ぐことすらいけないというのか。個人的意見だが、あの事態は明らかに騒擾罪の適用をうけるべきであり、拳銃の使用も当然だったと考える。（同誌一〇二頁）

この信憑性の高い手記において第一次、第二次衝突で機動隊員は、警棒で、構内における学生を殴打し、打撃を与えたことを否定していない。事実、この衝突において参加者が傷害をうけ、女子学生（樺美智子）が死殺されたことは事実であり、それが国会法に規定する衆議院議長の指揮範囲をこえた実行行為であることは論をまたないのである。

（ロ）　警察官に対する傷害の論拠について

刑法第二百四条（傷害）を適用する根拠について「論告要旨」はつぎのようにのべている。

なお、右のように警察官の受傷が、被告人らを含む学生デモ隊の暴行によって惹起されたとしても、誰れの暴行がどの警察官を負傷させたものかが明らかでない、との主張がなされるかも知れない。

なるほど、本件においてはその点を明確ならしめる証拠はない。

しかし、警察官に対する暴行行為がつぎにのべるように被告人らと他の多数学生らとが共謀して加えたものであることの明らかな本件においては、加害行為者と受傷者

との人的関連を特定する要はないものと考える。（同前「（８）警察官に対する傷害」の項）

この検察官の見解は、まったく根拠のないものである。国会構内における身体的行為について、既述のように参加学生のあいだに共謀はまったく存在しないからである。それ故、特定の個人が特定の警察官を傷害したという立証が存在しないかぎり、刑法第二百四条の傷害が適用されないことは論をまたない。

その上に、先の機動隊員の手記が明らかにしているように、国会構内衝突における警察官の傷害は、参加学生の傷害と関連する相互行為である。警備警察官の存在なしには学生の傷害もありえなかったし、学生の存在なしには警察官の傷害もありえなかった。このような相互行為において、一方的に刑法第二百四条を適用しようとすることは、あきらかに憲法第十五条の違反であるといわなければならない。

わたしは弁護人のように警察官に傷害があったとしても、参加学生の行為は刑法第三十五条（正当行為）、刑法第三十六条（正当防衛）、刑法第三十七条（緊急避難、過剰避難）等に該当するものであると主張しようとはおもわない。何故ならば、このように主張することは一種の「法律ごっこ」であり、ますます事実の実体から遠ざかるところに六・一五第一次衝突の実相をつれていってしまうからだ。直接に身体を触れ合うところで衝突した立場を異にする集団相互のあいだに起りうることは、このような検察官と弁護人のあいだの「法律ごっこ」の範疇をこえるものである。特定の個人が特定の個人を傷害したことが指摘できないことが、この実相をよく明らかにしている。わたしは刑法第二百四条の規定する範疇をこえたところに警官隊と参加学生の傷害の根拠をみるのであって、如何なる意味でもその条文を適用することはできないと考えざるをえない。

警備警察官の警棒による傷害行為は、この場合あきらかに現存する国家権力の秩序に抗しようとするものにたいする憎悪を象徴する行為であり、参加学生の行為は遵法行為のなかで現存する国家＝法秩序が、ただ職務という理由だけで不当に擁護されようとすることに対抗する思想を表現している。

六・一五国会構内抗議集会の思想は、それ自体が国家権力でも何でもない警察官と衝突することと、それに対して傷害を加えることを目的とした行為でもなければ、衝突することを手段とした行為でもない。わたしたちの思想の表現を集約するためになされたものである。それゆえ警備警察官の多数が阻止線を構築して存在しなかったならば、何らの衝突なしに集会がもたれ、わたしたちの思想の表現は完成されたことは疑いないところである。

公訴事由のうち、刑法第二百四条（傷害）の適用は、第一に相互行為であるという理由で阻却さるべきであり、また第二に特定の個人が特定の個人を傷害する行為が存在しないにもかかわらず、相互傷害が生じたという事実が、この衝突の思想的な本質を示しているがゆえに、運用法規としての刑法の範疇と異なった次元の問題として阻却さるべきである。第一次衝突によって生じた傷害者と死者とは、刑法第二百四条に規定する傷害行為の結果ではなく、刑法の規定を超えたところで現行の憲法＝法国家を固守するものと、憲法＝法国家を否認しようとするものとの思想的な対立を表現するものであった。もしも相互が六・一五国会構内集会において受けた傷害を相対立的に公訴事由として提起するとすれば、それは刑法第二百四条をもってすべきではなく、現行の憲法＝法国家を否定するか否かという法の幻想的本質の次元の問題としてであり、それ自体が本裁判の範疇を逸脱するのである。

国会の建造物構内が公共物であり、「国有財産」であって、その管理が国会法によって、両院議長の権限にあることが規定されているため、議長の指示により、六月十五日、構内警備にあたった警察官の行為は適法であり、議長の許可なくして構内に入った全学連、共産主義者同盟の学生の行為は違法であるという検察官の主張は否定さるべきである。況んや、たとえ議長の指示がなくとも、他の管理下にある建造物に無断で侵入した全学連の行為は刑法第百三十条（住居侵入）により違法であり、これを阻止しようとした警察官の行為は適法であるという主張は否定さるべきである。

なぜならば、六・一五国会構内抗議集会は、ただ思想の表現行為としてのみ存在したのであり、参加者にとって思想の表現としてのみ重要な意味をもつことが自覚されていたからである。そうでなければ、集会が国会構内でなければならない理由が存立しえないからである。あきらかに六・一五行動は、共産党、国民共闘会議、市民民主主義者のような国会周辺の流れデモであってはならなかった。六・一五国会構内集会には、思想として憲法＝法国家と対峙する像が奥深く内蔵されていたからであり、それのみが、全安保闘争をつらぬく六・一五集会の参加者の行動を、他の諸党派と区別する特長であった。

国会の建造物構内が、国家に所属しているとすれば、現行憲法においてあきらかに主権が国民に存在することが明記されているかぎり、それは国民に帰属している。もちろん六・一五国会構内抗議集会の参加者は、国民の全体ではなく一部である。しかしこの一部も国家主権の体現者であるかぎりにおいて、国会の建造物構内を帰属せしめているものである。

国会法の規定は、たんに主権者より寄託されたものの運用権を規定するものであり、それ自体が法的な本質を包括するものではない。検察官の陳述、論告は一貫して、運用法規を絶対視し、単なる管理権限を法的な全体を含むもののように見做している。

なぜ、憲法＝法国家が主権在民を明記しているにもかかわらず、国家に所属する建造物構内が主権者に帰属しないかのように運用法規（国会法、刑法）の規定は矛盾するのであるか？　ここに検察官が法の運用において考察すべき本質的な問題が存在している。そして、おそらくここには、国家法自体の存在がはらむ基本的問題が存在しているのである。

わたしは、統一グループ公判廷における本件の弁護人たちが、不知不識のうちにおちこんでいる検察官と何ら変らぬ弁護論を否定する。六・一五国会構内集会を、法令に基づく行為、正当防衛行為、自救行為、正当行為、抵抗権の行使等々、現行憲法及び刑法のなかから、いかにも妥当しそうな条項を択びだして、検察官の公訴事由に対抗している弁護人の態度を裏がえされた検察官、いいかえれば反体制内部における秩序擁護者の常套的方法として否定する。

六・一五国会構内集会は、日本資本主義の独立構造を土台とする憲法＝法国家との対決を内に模索した思想の表現であるとともに、日本共産党を頂点とする「反体制」運動のギマンと妨害とに耐えながら、これを真底から克服し揚棄しようとする課題をも内蔵するものであった。

（八）　機動隊によるいわゆる第三次襲撃について

六月十六日、午前一時過ぎに行われた機動隊によるいわゆる第三次襲撃について、検察官は公訴を提起していない。東京地検検事松本正平の「冒頭陳述書」は次のようにデモ隊が国会周辺より「退去」したと述べているだけである。

南通用門外へ排除されたデモ隊は、午後十時半過より、南通用門より正門に通ずる道路上にデモ隊によって引出された滝野川運送株式会社所有に係る滝野川警察署借上トラック（1え二四二二号）、池袋警察署備付警備用輸送自動車（8た〇八九七号）外五台を次々と炎上せしめ、更にデモ隊は参議院第二通用門の前をデモ行進しながら国会正門に向い、同門前にて停止して気勢をあげると共に、同所に配置してあった阻止用輸送車十一台を次々に炎上せしめたりしてデモ隊は午前三時ごろまでには国会周辺より退去した。（「第五、その後のデモ隊の状況」）

これに対し、弁護人の「冒頭陳述書」は次のように述べている。

午前一時一〇分ごろ、学生の間には右翼の暴力団が襲撃するとの噂が流れていたが、そのころ、正面方向で炸裂音が再度起り、麴町警察署の催涙弾が学連の中に打ち込まれ、その直撃により負傷したり火傷を負う者が出た。学生隊は徐々に尾崎記念館の方向に後退したのであるが、この時正面から急に出て来た数百の武装警察隊が襲撃を行い、逃げ迷う者を背後から強打し、蹴り上げまたは負傷者を投げつけるなどの暴行を加え、このため多数の負傷者が続出し、特に後頭部に裂創を負った者が多かった。（「五、第三次襲撃」の（2））

少なくともこの個所に関するかぎり弁護人の陳述は正しいと証言することができる。わたしたちは、〝武装〟した警官、機動隊に追われてこのような情況のもとにぬかるみと暗黒のなかを傷害をうけ転倒しながら潰走したのである。わたしたちは、〝武器〟をもたない素手のままどうすることもならず、蹴散らされて敗走した。この時の精神と肉体との地獄絵図は、いまもわたしの脳裏に鮮やかに存在するが、ここでは敗走してわたしとともに警視庁の構内に追いつめられて逮捕された三十数名の学生（市民）（そのなかには負傷者、警棒で傷害をうけこんすいして病院に運ばれたものもある）が存在したことをそれらの名誉のために記録しておきたい。

わたしは六・一五国会構内集会において、真の指導性がこの国に存在しないという叱責を敗北のうちに自己につきつけ、この警官隊の第三次襲撃による潰走のなかから、〝武器〟なきたたかいの極限の実体を体験したのである。

架空の被告であるわたしと現実の被告であるわたしの被告は公訴事由に対して何れも無罪であるようなありふれた行為しかしていないが、六・一五体験の思想的意味について、どのような非難と孤立を支払おうとも、現在も、依然としてありあまる課題を自己につきつけ深化する行為をやめていない。

（註4）（イ）　暴力行為等処罰ニ関スル法律第一条

①団体若クハ多衆ノ威力ヲ示シ、団体若クハ多衆ヲ仮装シテ威力ヲ示シ又ハ兇器ヲ示シ若クハ数人共同シテ刑法第二百八条第一項、第二百二十二条又ハ第二百六十一条ノ罪ヲ犯シタル者ハ三年以下ノ懲役又ハ五百円以下ノ罰金ニ処ス

②常習トシテ前項ニ掲クル刑法各条ノ罪ヲ犯シタル者ノ罰亦前項ニ同シ

（ロ）　刑法第二百四条（傷害）

人ノ身体ヲ傷害シタル者ハ十年以下ノ懲役又ハ五百円以下ノ罰金若クハ科料ニ処ス

（ハ）　刑法第百三十条（住居侵入）

故ナク人ノ住居又ハ人ノ看守スル邸宅、建造物若クハ艦船ニ侵入シ又ハ要求ヲ受ケテ其場所ヨリ退去セサル者ハ三年以下ノ懲役又ハ五十円以下ノ罰金ニ処ス

（ニ）　刑法第九十五条（公務執行妨害、職務強要）

①公務員ノ職務ヲ執行スルニ当リ之ニ対シテ暴行又ハ脅迫ヲ加ヘタル者ハ三年以下ノ懲役又ハ禁錮ニ処ス

②公務員ヲシテ或処分ヲ為サシメ若クハ為サザラシムル為メ又ハ其職ヲ辞セシムル為メ暴行又ハ脅迫ヲ加ヘタル者亦同シ

（註5）（イ）　国会法第百十四条（内部警察権）

国会の会期中各議院の紀律を保持するため、内部警察の権は、この法律及び各議院の定める規則に従い、議長が、これを行う。閉会中もまた、同様とする。

（ロ）　国会法第百十五条（警察官の派出）

各議院において必要とする警察官は、議長の要求により内閣がこれを派出し、議長の指揮を受ける。

収拾の論理

私がいうのは、おそろしく「抽象的」な術語や象徴をつかいながら、「具体的」には街頭や集会ですぐ肉体的に激突するような傾向、（笑）或いは、実現可能性からいえば、いろんな時間的な幅をもっている闘争目標が、すべて資本主義社会における疎外の回復といった雄大な目標に目盛がセットされ、その結果、絶対革命主義が結果としては絶対現状維持になっちゃうような傾向ですね。なぜそういう純粋主義が受けるか、という問題です。もちろん、こういう「抽象派」あるいは「具象派」（笑）が輩出したのは、前にも論じられましたように、伝統マルクス主義ないしは前衛神話の崩壊という歴史的背景があるわけです。ただもう少し微視的に個々人を見てみると、こういうラディカルは政治的ラディカルというより、自分の精神に傷を負った心理的ラディカルが多いですね。その心の傷は、ある場合には党生活のなかでの個人的経験に根ざしているし、ある場合には戦中派の自己憎悪に発しているし、ある場合は、俺は一流大学を出て本来は大学教授（?）とか、もっと「プレスティジ」のある地位につく能力をもちながら、「しがない」「評論家」や「編集者」になっているという、自信と自己軽蔑のいりまじった心理に発している。学生の場合は、現代の、とくに大都会でマス・プロ教育を受ける環境に当然ひろがる疎外感と孤独感が下地になっているでしょう。（『現代日本の革新思想』丸山真男の発言より）

ほぼ三年ほどまえ、かけあい漫才よろしく、談笑のうちに丸山真男にこう規定された「純粋主義」の学生の末裔たちは、丸山真男の属する東大法学部の学館になだれこみ、丸山真男を研究室から追いだした。新聞の報道では、丸山真男は封鎖する学生たちの群れにむかって、再三「肉体的に激突」（?）をくりかえし、〈君たちのような暴挙はナチスも日本の軍国主義もやらなかった。わたしは君たちを憎みはしない、ただ軽蔑するだけだ〉といったことを口走った。学生たちは〈われわれはあんたのような教授を追い出すためにきたのだ〉とこたえた。

そこでこんどは、三年まえに、丸山真男によって「俺は一流大学を出て本来は大学教授（?）とか、もっと『プレスティジ』のある地位につく能力をもちながら、『しがない』『評論家』」になっているという「自信と自己軽蔑」のいりまじった心理から「純粋主義」

に走った、と失笑に価いする言葉で勘ぐられたものが、口をひらく番である。

丸山真男は「街頭」や「集会」や大学構内で、「すぐ肉体的に激突するような傾向」が、けっして「純粋主義」や「しがない」「評論家」の特性ではなく、人間の社会的な存在の仕方が、ある局面で強いられる本来的な行動様式のひとつであることを、こんどはかれ自身の行為によって、身をもって立証したのだ。しかし丸山は「肉体的に激突」した瞬間にも、しがない評論家とちがって、「大学教授」が社会的に「プレスティジ」のある地位だ、という無意識の錯覚からは、自由ではなかった。そうでなければ、たかがじぶんの研究室に、じぶんの大学の学生たちから踏みこまれたくらいで、このような暴挙はナチスも軍国主義もしなかった、などと大げさなせりふを口走れるはずがない。「しがない」「評論家」は、いつも延々とならんでいる図書館の入館者の列にはいって、調べ物をしたり、生活費をかせぐ仕事の合間をつかって研究をつづけている。まったくこういった文化的な環境の貧困と、いわれのない「プレスティジ」の差別は、戦後民主主義社会に特有な〈暴挙〉のひとつである。かりに、わたしの〈研究室〉であり〈仕事部屋〉である部屋に、学生たちが踏みこんで追い出したり、蔵書を無茶苦茶に荒らしたとすれば、わたしは、丸山とちがって〈軽蔑〉するだけではおさまりがつかず、〈憎悪〉するかもしれない。また、「肉体的に激突」するくらいではおさまらず、菜っ切り包丁のひとつもふりまわして、学生たちとわたりあうかもしれない。あるいはただ黙ってさせておくかもしれない。ただ、確実なことは、わたしが〈ナチスも日本の軍国主義もやらなかった暴挙だ〉というセリフは、決して口走らないということである。なぜならば、この問題は、どうかんがえても、〈私的〉な問題にすぎないからである。丸山はじぶんの〈研究室〉が荒らされたということが、まったく私的なことであるか、まったく公的なことであるかのいずれかであり、混同された公私の問題ではない、ということがわからなくなっている。

たしかに丸山真男のいうように、日本軍国主義は、丸山の労作『日本政治思想史研究』の執筆をさまたげなかったし、丸山が内心では戦争を嫌いながら、兵士として銃を担うこともさまたげはしなかった。しかし丸山真男は、日本軍国主義の、この見事な〈寛容さ〉からうけた負債を、どうやって戦後に思想的に返済したのか？　もしも戦後を、学問思想の自由と、言論の自由が保証される社会がふたたび蘇った平和な社会とおもいちがえて、軍隊から復員し、そのまま大学の〈研究室〉に滑り込んだとすれば、すでに現在の奇妙な公私混同の錯覚は、戦後の出発のはじめにあったというべきである。なぜならば、丸山真男はじしんが思想的に至上のものに祭りあげた戦後民主主義社会に生み落された鬼っ子の学生たちから〈ナチスも軍国主義もしなかった暴挙〉を強いられているからである。論理的な糸をたどれば、丸山の研究室を封鎖した学生たちの行動が、丸山のいうようにナチスも軍国主義もしなかった〈暴挙〉だとすれば、丸山の評価する戦後民主主義社会は、ナチスや軍国主義時代の社会よりも劣悪でなければならないはずである。そしてこの評価に虚偽がひそんでいるならば、丸山の研究室を封鎖した学生たちの行動が、〈ナチスも軍国主義もしなかった暴挙〉だという丸山の評価に虚偽がなければならない。

わたしは大学制度はどうあるべきかといった論議に、かくべつ関心があるわけではない。わたしもたしかに大学を通過したが、その体験の主調音は、いい年齢をしてあてもなく金もなく、しかも出発を禁止されてぷらぷらしているのが苦痛であるということであった。しかし、このぜいたくな苦痛を逆用することから沢山のことを学んだ。そして大学の意義はこのぜいたくな苦痛の体験にあるとしかかんがえられなかった。なぜならばそれ以後、このぜいたくな苦痛を味わうような心身の余裕は、わたしの生活からまったく消えてしまったからである。こういう大学体験からは、制度としての大学問題はみちびきようがない。大学は、青年にぜいたくな苦痛を味わわせることを目的とするといえば、わたし個人の「学校教育法第52条」は成立したのである。もともと大学は敵役《かたきやく》としてしか存在しえないし、敵役としてはじめて意義がある存在だとしかおもえない。この社会の矛盾がもっとも鋭い形で象徴されているからこそ、大学を通過することに意義があるのだ。これを解体しようという発想は、体験上わからないことはないが、これを良くしようなどという発想は、わたしにはまったくわからない。それは、わたしがアカデミズムの学者を志したことがないせいである。

大学の教授研究者にとっては、大学は学問思想研究の自由と設備が保証され、社会から

「プレスティジ」のある地位として評価されることが必要にちがいない。そして大正期のリベラル・デモクラシイの思潮のなかで、この願望はある程度実現された時期があったのである。そして十五年戦争に突入する過程で、この虫のいい幻想はかれら自身の手によって、また政治的強制によって崩壊した。学生たちは動員されるか軍隊にかり出され、教授たちは思想的にまたは行動的に軍国主義に従属した。

敗戦によって思想的な二重底の仕掛けをとり払われたかれらは、戦場から、あるいは研究室に居据わったまま、一夜にして楽天的な戦後民主主義者に変貌した。そして学問研究の自由、思想言論の自由という、すでにかれらも手をかして葬ったはずの死滅した理念で、大学を復興できるものと錯覚したのである。学問研究の自由、思想言論の自由を葬った罪責は、すべて軍国主義の必然悪になすりつけられた。このとき、大学は、そして大学の担い手である教授研究者たちは、日本軍国主義の〈寛容さ〉に二重の負債を負ったというべきである。ひとつは、すでに死滅したはずの学問研究の自由、思想言論の自由という幻想を、大学の理念として復元したことによって、もうひとつは自身の手も汚して扼殺した学問研究の自由、思想言論の自由にたいする思想的な責任を、ことごとく軍国主義になすりつけて、そしらぬ貌をきめこんだことによってである。

ここ数年来火をふきだした大学紛争の過程で、大学教授研究者たちが、ジャーナリズムと戦後社会から過剰に甘やかされて育てられた、社会常識以下の判断力しかもたない過保護な嬰児にすぎないことが暴露された。急進的な学生たちを先頭とする〈学閥支配体制を解体せよ〉・〈学問研究の専門的な分野以外のところでは、教授研究者と学生とは人間的に対等であるという原則を認めよ〉というような、それ自体きわめて感性的な要求から発して、大学制度改革の項目をつきつけられたとき、かれら大学教授研究者たちは、まったく不可解な人種の言葉を耳にしたときのように、為すすべを知らず右往左往した。かれらのうちただ一人も、大正リベラル・デモクラシイの原理が戦争期になめた苦渋な体験と、戦後二十数年のあいだ磨きをかけてきたはずの市民民主主義思想に根ざして、急進的な学生たちの前面に立ち、まさに思想原理的に対決する姿勢をしめしたものはいなかった。また学生たちから不信任をつきつけられ、〈おまえ〉呼ばわりされたとき、学生たちと人間的対等の立場に駒をすすめて、自力でこれを粉砕しようとする者もいなかった。また、〈おれはこんな頓馬な学生たちに教えるのは御免だ〉と公言して辞表をたたきつける者もなかったのである。かれらが社会に身をもって示したのは、怯懦・女々しさ・小狡さ・非常識、ようするに特権的な知識人が共有する最大の悪徳だけであった。かれらは戦争期とまったくおなじように、思想と感性との二重底を使いわけることで、ただ当面する事態を巧みにすりぬけようとする態度を公然としめした。それは戦後市民民主主義の思想が、戦争体験を忘れ、戦後二十数年をただ徒食のうちに空費しただけであることを見事に露呈した。安保条約を論じ、日韓問題を規定し、ベトナム反戦を唱和しているあいだは、どうせ他人事であるため、ただ現実認識のお粗末さを露呈しただけで、かれらの醜悪な本性はまだ覆われていた。しかしかれらが、じかに足もとから市民民主主義思想を問いつめられたとき、完膚ないまでにその思想的な根柢の脆さをさらけだしたのである。

現在、大学紛争の根柢にあるのは、戦後の大学の理念として潜在してきた市民民主主義思想のなか身の問題である。かれらは学問研究の自由、思想の自由という名目のうちにある特権を、じっさいに大学が温存してきた前近代的な学閥支配体制の解体のために行使せずに、「プレスティジ」のある地位を保守するために逆用してきたのである。総体的な社会の大衆のなかに、どんな自由も自治も存在しないときに、大学の自由や自治などが現実に存在しうるはずがない。ただ理念としてだけ自由と自治の仮象が大学構内に流通しうるにすぎない。したがって大学紛争の本質は、大学理念の担い手である教授研究者たちの市民民主主義思想が、理念と現実性のあいだに口をあけている裂けめの問題である。制度としての大学がどうあるべきかなどということは、もともとわたしの知ったことではない。わたしは現在の大学紛争のなかで、試練に立たされている市民民主主義理念が、どのように思想的な原理を貫きつつ、急進的な学生たちに押しまくられて果敢に沈没するか、あるいは急進的な学生たちをおさえきって公然と本来の面目にたちかえるかにもっとも関心をいだいた。現在、スターリン主義として世界的に展開されたロシア・マルクス主義が、思想的には問題にならない以上、市民民主主義思想の去就は全情況の象徴でありうるといえる。わたしは大学の教授研究者の挙動のうちに、市民民主主義の思想原理が確乎として貫徹される姿をどんなに願ったか知れない。それはわたしにとっていつも思想的な敵対物であり、批判と反批判の対象であったが、どんな思想も敵対する思想の媒介なしにじぶんを成熟させることはできない。もともと戦後の市民民主主義の思想が、ろくでもない戦争体験に蓋をして出発したもので、ときに応じて体制と反体制の補塡物として機能する双頭の蛇であることはわかりきっていた。しかしわが国では思想の根柢が問われるときは、体制的か反体制的かが問題なのではない。思想がその原則を現実の場面で貫徹できるだけの肉体をもっているかどうかが問題なのだ。

わずかひとりの大学知識人の挙動によってでもよいから、戦後民主主義が思想として定着した姿をみることができれば、というわたしの願望は空しかった。大学教授研究者たちがみせたのは、戦後民主主義の予想できる最悪の姿だったといっていい。かれらは急進的な学生たちのごくあたりまえの要求を、まるで異邦人の言葉のように仰天してきき、はじめは脅しによってなだめようとし、それが不可能と知ると、なし崩しに学生たちの要求をうけいれるようなポーズをとり、それが拒否されると臆面もなく機動隊のもつ武装した威圧力を導入して、事態を技術的にだけ収拾しようとしたのである。おそらく急進的な学生たちが、大学教授研究者たちに本質的につきつけたのは、学問の知的な授受以外の場面では、教授するものと教授されるものとは、いかなる特権的な学閥体制も人間関係をもつべきではないという感性に根ざした要求であったとおもえる。そしてこの感性的な要求は、感性的であるがゆえに教授研究者たちにとってもっとも受けいれがたく、また了解しがたいものであった。なぜならば、かれらが知的優位と知的特権とを、社会的優位と社会的特権に無意識のうちにすりかえて保ってきた心性は、急進的な学生たちのこの感性的な要求によってのみ転倒され得るもので、大学の制度的な改善の具体的項目によっては、けっして侵害されないものだからである。学生処分のやり方と原因とが紛争の過程で固執されたのは、おそらく、それが教授研究者たちと学生たちの感性的なせめぎ合いの焦点として大きな意味をもつものだったからである。

東大紛争の過程で、加藤一郎、大内力、坂本義和、篠原一、寺沢一らは、かれらの思想的な同類とともに、戦後民主主義の思想原理をじぶんの手で最終的に扼殺したというべきである。かれらは東大入試決定の期限切れという、それ自体が全社会的には三文の価値もない問題を焦慮するあまり、学生同士の流血の衝突を回避するため、という名目をつけて、機動隊の武装力を要請して全共闘の急進的な部分を制圧し、日共系学生たちの寝返りにたすけられて、機動隊の保護下に学生集会を開き、事態を技術的に処理しようと試みた。入試を実施するか否かという問題は、東京大学の学内問題ではありえても、大学紛争の本質とはなんのかかわりもないことである。またそこには一片の思想原理的な課題も含まれえないことは明瞭である。はじめに、大学紛争の本質的な課題を解決するポーズで登場したかれらは、束の間のうちに東京大学さえ存続すれば、ほかのことはどうなってもいいという、なりふりかまわぬ破廉恥漢に変貌した。封建時代の寺子屋の師匠でさえ、じぶんの教え子を権力の手をかりて排除して寺子屋の存続をはかるような真似はしなかった。むしろ教え子が権力の手に引きさらわれるならば、それをじぶんの痛みとする倫理をもちあわせていた。また教え子に背かれたときには、師たる資格をじぶんの手ではく奪するだけの器量をもっていた。しかし、かれら戦後民主主義的な教授たちのやったことはまったく反対のことである。かれらはじぶんの学生の一部を、じぶんの手で処分することも説得することもできないと知るや、武装した官憲にこん願して、これを武装力によって拘置所におくったのである。

それ以後、かれらの採用した態度は、すでに社会的な非常識を超えて、精神病理学上の廃疾者の態度であった。かれらは戦後民主主義の思想的原理を、じぶんの手で扼殺することで、じぶんで幻想した大学の理念を扼殺しただけではない。おおよそ人間的な感性を喪失した人格崩壊者としての本質をさらけ出したのである。一月十八日、かれらは持ち込まれた危険物を排除するという名目で、ふたたび八千余の機動隊の導入をこん願し、安田講堂に籠った全共闘主導下の学生たちを武装暴力の攻撃の手にゆだね、みずからはこれを傍らで見物していた。学生たちの果敢なそして節度のある抵抗が、機動隊の完備された装備のまえで徐々に追いつめられていったとき、かれらは平然として眉をひそめるふりをした

〈良識的な〉ジャーナリズムとかけ合いで、学生暴力談義にうつつをぬかし、加藤一郎のごときは〈学生諸君、無駄な抵抗をやめて下さい〉などと臆面もなくマイクで呼びかけさえしたのである。このとき、かれらを支えたのは、日共の支持であるのか、偽造された世論であるのか、東京大学エゴイズムであるのか、自己保身であるのか知らない。かれらはただ入試の存廃、授業の再開という大学の本質の問題とも全社会的な問題ともかかわりない一連の事態収拾の論理のうえを走ったのである。東京大学の入試が実施されようと、授業が再開されようと、そんなことは社会的には三文の値打もない問題で、もちろんわたしの知ったことではない。また、つまらぬ一国立大学の存廃などは、当事者以外には社会的な考察に価しはしない。ただ、安田講堂に籠った急進的な学生たちの抵抗が、機動隊の装備と威圧力のまえに次第に追いつめられ排除されてゆく姿と、無量の思いでそれを傍観しているおのれの姿のなかに、全情況の象徴をみていたのである。もし東大紛争のなかに、貴重な社会的、政治的、思想的課題が含まれているとすれば、この光景と、これをとりまくさまざまな思想的または政治的位相のなかに集約されていた。この場面で、すでに、大学教授研究者たちにより喧伝され、流布されてきた戦後民主主義の理念は、自身で破産して、〈情況〉から退き、機動隊の武装威力に自身を肩代りさせていたのである。

そのあと加藤一郎、大内力らがやったことは、たんに保守権力によってのみではなく、全社会的大衆によって正常な神経を疑われるような、まったくの茶番であった。かれらは全共闘主導下の急進的学生たちを、機動隊の手に引きわたしたあと、その汚れた掌の乾かぬうちに、政府に暴力学生は始末したから入試の復活をしたいと申し入れたのである。現在の保守政府の政治委員会が、どんなに頓馬の集まりであっても、加藤一郎らの打った破廉恥な猿芝居が見抜けないはずがない。かれらは政府から自治能力の無さと精神的な頽廃を指摘されて、入試復活どころのさわぎではないではないかと拒まれたのである。わたしと一緒になりたいなら、ほかの女と手を切って頂戴などと女に言われて、手を切ったまではよかったが、女のほうでは、いっこうにぐうたら男の意を迎えてくれなかった、というのが加藤らと政府の関係である。加藤らと追従する教授研究者たちが、入試問題に干渉するのは、大学自治の侵害だなどといまさらのように騒いでも、なんの意味もあるわけがない。かれら自身が、先ずじぶんの手で、大学正常化を武装暴力にゆだねた張本人であり、かれらこそ戦後民主主義思想をみずから扼殺した元凶だからだ。新聞ジャーナリズムにあらわれた偽装された世論なるものは加藤らの処置を是認しているようにみえたかもしれない。しかし真の社会的な大衆の世論は、加藤ら大学教授研究者たちを、じぶんの大学の学生たちすら統御できない無能力者と見做して、紛争の最大の責任を、古風な教師像にてらして加藤らの処置に集中していたのである。

いうまでもなく、大学教授研究者たちの挙動から実証された戦後民主主義理念の終末は、戦後大学の理念の終焉である。そのあとの空洞が、より保守的なまたはより反動的な大学理念によってみたされたとしても、責任はかれら大学教授研究者たちが負うべきである。わたしたちは愚者の楽園などに三文の社会的な値うちも認めないのだ。そしてこの現在の全社会の〈情況〉が、大学紛争のなかで鏡にうつされているのだとすれば、その〈情況〉については、かれら大学教授研究者たちの判断をいっさいたたき出しても、〈情況〉の本質を固執しなければならない。かれらが愚者の楽園から首をだしてふたたびジャーナリズムのうえで進歩的幻想をふりまきにかかったとき、かれらは苛酷にその本質を粉砕されなければならない。

加藤一郎らは、大河内一男の退場のあとに登場するにあたって「従来のいきさつにとらわれず、学生諸君の提起した要求項目について討議する」全学的な集会を開催するポーズをしめした。ところが、紛争が長びき入試中止かどうかを決定すべき期限の問題が、公然と保守政府と新聞ジャーナリズムによってとりあげられるようになると、わが国のいかなる大学教授研究者たちの類型にも当てはまらないような、凄まじい豹変ぶりをしめした。そこでは民主的思想原理を貫ぬき、紛争の解決のために、急進的な学生たちによって提起された大学の制度的改革と、大学知識人の感性的な変革を要求する声の、矢表てに、悪びれずに直面するポーズは突如かなぐり捨てられ、しゃにむに事態を収拾し入試を強行し、大学が存続する社会的条件を名目だけでもとりそろえる目的のために、大学そのものを機動隊の武装威力の管理下に置くという最悪の手段を思いついたのである。このすさまじい豹変の論理と、鉄面皮な手段は、わが国の知識人のとりうる態度のうちでも、最低のものであったといえる。かつてわたしたちが共通に所有している知的な慣行例のうち、これほど無惨な手口を厚かましく行使した知識人たちは、皆無であったといっていい。じぶんの大学の学生たちから、行動について一片の信任をもえられていない教授研究者たちの執行首脳部が、学生の信任をえられていないことにすこしも責任を感ずることもなく、平然と積極的に機動隊の武装威力によってのみ事態を収拾しようとする厚かましさ、無神経さをまざまざとみて、怪奇な化けものをみたときのように、しばらくぼう然としたといってよい。

こういう鉄面皮な挙動ができる加藤一郎とはいったい何者なのか？ また、こういうことを加藤一郎、大内力、坂本義和などになすことを許している講壇マルクス主義者、講壇民主主義者とはどんな神経の持主であるのか？ 大学とはどんな神経の持主と、どんな人格だけが棲息を許されている場所なのか？

東大紛争の過程で、わたしたちは改めてこういった初歩的な疑問につきあたり、伏魔殿を眺めるような卑俗な感興をそそられたといっていい。

加藤一郎の主要な論文のひとつに「日本不法行為法の今日的課題」というのがある。ひと口にいえば判例主義（いいかえればその都度主義）的なアメリカの不法行為法を参照しながら、不法行為をできるだけ多くの個々の具体的な事例によって類型化し、それによって具体的な不法行為事件の態様に則して、妥当な現実的な解決をもとめることの必要を説いたものである。この論文のなかにつぎのような個所がみえる。

　契約法においては、一定の法的効果を目指して契約を締結するのであるから、そのあとで判例が変更され、はじめに意図したのと異なる法的効果が生じたのでは困ることになる。そこでは主観的にいえば予測可能性、客観的にいえば法的安定性が重要な価値をもち、判例の変更は容易には行なわれない。これに対して、不法行為法は、主として、偶然に発生した事故の事後的処理を目指すものであり、そこでは、予測可能性あるいは法的安定性の考慮はほとんど必要がなく、したがって、その事件に具体的に妥当な解決を心ゆくまで探求することができるのである。（『法律時報』昭和三十九年三六巻五号）

「その事件に具体的に妥当な解決を心ゆくまで探求」したかどうかはべつとして、この個所は、東大紛争の過程におしだされて登場した加藤一郎らの、思想的な貫徹性のひとかけらもない豹変の論理を裏づけるにかっこうな資料を提供している。この実務的な法プラグマチズムは、もしはじめに思想的な原則性がないばあいは、刻々に流動する事態の過程で、どんな態度の変更をも許容するものだからである。ただ刻々に流動する事態のなかで

「具体的に妥当な解決」という判断に叶うものでありさえすれば、どんな行動でも許されてよいことになる。ところで、「具体的に妥当な解決」であるか否かを判断する規準とはなんであろうか？　それは加藤によれば主観的な予測可能性の原則に合致するかどうかではない。ここで登場するのは不法行為法では陪審員を参加させたうえでとられる裁判所の判決である。だが東大紛争の過程では、学生大衆のマジョリティに名目的に裏うちされたじぶんたちの執行部の決定である。それ以外に「具体的に妥当な解決」であるか否かを、現象的に判定する基準はかんがえられそうもないからである。

東大紛争にとって、たれが現在の大学問題の本質をはじめに提起し、たれが精力的に提起した問題を貫徹しようとしたか、それはどんな思想原理と行動によってしめされたかは、加藤一郎らにとってはどうでもいいことである。紛争を収拾するためには、なにを排除し、なにが紛争の収拾をさし迫られた時点で、マジョリティの条件でありうるかだけが重要だったのだ。加藤一郎らが、学生大衆のマジョリティの支持という名目をうるために、日共およびそのシンパと共謀して、機動隊の保護下にうった猿芝居は、学生大衆のもっとも劣悪な心性の部分をくすぐることによって、名目的に成就したかにみえた。問題なのは名目的な手続きに遺漏がないかどうかだという考え方は、一般に実務的な法家に共通した心性であるといえるが、加藤一郎らは、もっとも露骨にこの実務的法家の心性を発揮したのである。

法的な言語がどのように表現され、どのように解釈されているかは、いうまでもなくその法のもとでの社会の幻想的な諸形態の水準を測る尺度である。法的な言語がプラグマチックに表現され、解釈されるところでは、社会の幻想的な諸形態のマジョリティは、プラグマチックな形で流通するということができる。また法的な言語の意味が、宗教的な感性を挑発するような社会では、人間の観念的な形態は、神秘的に潤色されてあらわれる。また、法的な言語が本質的に提出されるだろう社会では、人間の観念的な形態は、ただ本質的条件によってのみ支配される。

加藤一郎らの実務家的な法プラグマチズムは、一方では社会的な諸階層の大衆の感性と激しく矛盾するものであった。なぜならば、社会的な大衆の感性は、かれらのような観念的な法プラグマチズムの代りに、現実的な具体的なプラグマチズムを行動の条件とするか、かれらのような近代法的なプラグマチズムの代りに、風俗的な慣行律的なプラグマチズムに就くからである。他方では、かれらの法的なプラグマチズムは、急進的な学生たちの本質的な、あまりに即自連結的に本質的な、感性的要求と行動にも背反するものであった。加藤一郎ら大学執行部と急進的な学生たちのあいだの、すべての規範的な言語は、まったく通じあわない異次元で交錯したといいうる。

急進的な学生たちにとっても、社会的大衆にとっても、加藤一郎らの豹変する態度、機動隊の威力をかりずには何ごともなしえない破廉恥な責任無能力、またかれらの同僚（林健太郎)が人権を侵害されたと主観的に判断したとき、駈けつければすぐにその場にゆける大学構内にいながら、声明や間の抜けたシュプレヒコールによってしか同僚を救出する行動を表現しえない片輪な態度(ごくふつうの大衆ならば、たれでも〈同僚〉や〈友人〉が人権にかかわる軟禁をうけていると判断し、しかも救出したいとかんがえたら、身体を動かして救出にでかけるにきまっている)などは、ことごとく人間的感性を喪った知的変質者たちとしか映らなかった。
また、加藤一郎、大内力、坂本義和たち執行首脳部や、それに追従する講壇マルクス主義者や進歩的民主主義者たちにとって、全共闘の急進的な学生たちの行動は、狂気の沙汰としかかんがえられていないのである。

万が一の無事を祈って自分の研究室にはいった丸山真男教授は、しばらく声も出せなかった。「部屋の中央にあった本ダナが、そっくりなくなっちまった」——やっと口を開いてがっくり肩を落とす。「学生は研究室を教授がすわっている部屋ぐらいにしか思っていないんだ」といいながら、小さな懐中電灯で薄暗くなった研究室を照らし、床にばらまかれ、泥に汚れた書籍や文献を一つ一つ拾いあげ、わが子をいつくしむように丹念に確かめながら「建物ならば再建できるが、研究成果は……。これを文化の破壊といわずして、何を文化の破壊というのだろうか」とつぶやいていた。押え

ようとしても押えきれない怒りのため、くちびるはふるえていた。(『毎日新聞』昭和四十四年一月十九日)

各国の外交文書などをフィルムに写しとった四階のマイクロ・フィルム室のフィルムは約四千巻にのぼり、来訪の外人学者も「本国にすらない」とうらやむほど。それが十八日にほとんど焼かれた。わずかに残ったフィルムも踏みにじられ、使うことのできぬクズとなった。政治学専攻の篠原教授は「原爆ドームのように東大紛争の記念として末長く保存すべし、という声すらある。金に換算できないが、あえてすれば、被害は三億円を越す」としぼり出すような声。かたわらで若い助教授は「私たちの学問を共闘派の諸君はプチブル的という。しかし学問研究の資料はブルジョアのものでもプロレタリアのものでもない。資料自体の価値すら認めないとは一体どういう精神の持ち主なのか」と叫ぶような口調で語っていた。(『読売新聞』昭和四十四年一月十九日)

これくらいで引用をやめておくが、話半分の記事としてみても、これらの教授、研究者たちは、じぶんの責任(学生たちを統御できないということだけでも、それ自体でかれらの責任と大学知識人失格の根拠は問われ得るのだ)についての内省力の無さと、大げさな身振りや思い入れで学問研究者のポーズをとっていることでは、共通している。君たちの公表された研究業績のどれが、このような思い入れに価するのかなどとはいうまい。じぶんの個人的な研究室をそれ自体としては不作為な類災として荒らされたくらいで、「文化の破壊」などとはふざけたせりふである。また、貴重な（三億にものぼる！　そしてその三億はだれから集めたのだ！）資料の損失を嘆いてみせたりするが、かつてその貴重な資料なるものは、かれら自身の口から、自由なる市民や在野の研究者たちに差別なく解放される共有財産であると宣言されたことなどはないのだ。たしかに学問的資料にブルジョア的もプロレタリア的もありはしない。それとともに学問的資料には、私有や占有を超えた公開許容性の原則もまた存在しなければならないのである。

ここに垣間見られる大学教授、研究者たちの感性は、無作為のうちに、じぶんの特権的な位相にたいする無自覚さをあらわにしている。そしてその無自覚な特権は、新聞ジャーナリズムによって甘く感傷につつまれて擁護されている。現在のわが国家の社会において、AがBよりも特権的であり、BがCよりも特権的であるという制度的な連環が存在することは、もちろんこれらの大学教授、研究者の責任ではなく、資本制社会そのもののなかに責任の客観的な根拠をもっている。しかしじぶんの特権性にたいして、自覚的であるか否かの責任は、かれらの思想そのものの問題である。特権性を拒むかどうかは、個人にとってはたかだか自己倫理の問題にすぎないが、特権性にたいして自覚的であるか否かは、感性的な変革の政治的課題でありうるのである。かれらがそのことに気づいていたら、大学紛争の政治的な解決に関するかぎりは、急進的な学生たちと共通の基盤に立ちえたはずだといっていい。しかし、加藤一郎らを先頭とする大学教授、研究者たちはこの方法をえらばず、大学そのものを政治的国家の貧弱な、だが本質的な武装力の制圧にゆだねたのである。大学構内に保護されたまま、戦後二十数年をジャーナリズムで囀ってきた心情のスターリン主義者、心情の市民民主主義者は、この法的プラグマチズムの支配下でいま何処にいるのだ？「わたしは君たちを憎みはしない、ただ軽蔑するだけだ。」そして君たちに知的な能力があるならば、いままでもそうしてきたように、これからも君たちとたたかうことを約束しよう。

思想の基準をめぐって

——いくつかの本質的な問題——

——吉本さんの言語表現論や心的現象論などの論考の根本のところには、「心的領域」の人間的な固有性、あるいは、「人間」を他の動物から分つものはなにか、という問いがあるように思うのですが。これをどう考えるかによって、思想的立場の最初の分岐点もでてくるのではないでしょうか。

困難で単純な問題だとおもいます。答えるなら、根源的にそして単純に答えられるべきで、もしそうでないのなら、問題はどこまでも派生しておわらないのではないでしょうか。

人間とおなじように他の動物も「心的領域」をもつかどうかという言い方は、人間とおなじように他の動物も「言葉」をもつかどうかという言い方とおなじに、「心的領域」、

「言葉」という概念をどうとるか、という問題に還元されてしまいます。いいかえれば、人間と他の動物を「分つ」という問題ではなく、あくまでも「人間的概念」としての〈言葉〉のカテゴリーの問題にすぎなくなってしまいます。具体的には、動物が親愛の行動をとるときと、敵対的な行動をとるときとでは、表情も音声もちがってしまうが、それを「心的領域」や「言葉」のカテゴリーにいれるかどうかという、人間の判断の基準のことになってしまいます。そこでできるだけ際どい問いにしてゆくのはどうでしょうか。

二、三の例を挙げてみます。ひとつは、〈脳髄が脳髄についてかんがえる〉ということです。脳髄によって脳髄とはなにかをかんがえることができる、といいかえてもよろしいとおもいます。これは動物であるじぶんが動物であるじぶんとはなにかをかんがえるといいかえても、自然物であるじぶんが自然物であるじぶんをかんがえるといいかえてもおなじです。

この過程が成立するためには、少なくとも、ふたつの思考の経路が存在しなければなりません。ひとつは、〈脳髄が脳髄の作用を直接に（自体的に）識知する〉という過程です。もうひとつは、〈脳髄が脳髄をあたかも自体の外にあるかのように識知する〉という過程です。これは、もちろん、じぶんの生理（自然）過程を、生理（自然）過程で直接に識知する過程と、じぶんの生理（自然）過程を、あたかもじぶんの外にある対象であるかのように、じぶんの生理（自然）過程によって識知する過程とのふたつにいいかえてもおなじです。このいずれの識知も「心的領域」に包括させるとすれば、後者の過程〈的矛盾〉は、人間にだけ可能な「心的領域」のように推察できます。他の動物は、たぶん、この過程を知らないとおもいます。前者の自体的な識知は、あきらかに生理過程の〈変容〉そのものであり、信号、反応、刺戟、伝播という概念で記述できる〈状態〉ですが、後者の対象的識知は、生理（自然）過程の自己矛盾であり、〈観念化〉という概念を与える以外に、理解の方法はないからです。生理学が〈観念〉という概念と命名を拒否しても、生理（自然）過程としては絶対的矛盾ですから、〈観念〉という言葉でいいあらわされるものと、おなじ実体を想定せざるをえないことは確実だとおもいます。

つぎに、もうひとつ知覚作用の例を挙げてみます。

以前に蛙の視覚作用の生理的な機構について説明された文献を読んだときに、ひとつの疑問を感じました。その実験から、人間の眼の網膜の背後には、色彩を弁別できる神経、明暗や輪廓を弁別できる神経、形態を弁別できる神経……が分布しており、対象物から眼に到達する光作用が、網膜の背後にあるそれぞれの分担神経に刺戟を与え、脳髄の視覚野に刺戟がつぎつぎに到達し、対象物の全体像が何らかの機構で形成されることは確かです。しかし、各神経組織の刺戟の継続と強弱が、どうして対象物の全体像を構成するのかは、一向に明確ではありません。生理過程として確かに実在するのは、各分担神経組織を伝播される刺戟の質量だけであり、なぜそれが脳髄の視覚野に到達したときに、全体的構成が起こるのかは不明だからです。生理学はこのことを無視するように気をつけています。また、心理学はわけもわからぬゲシュタルト概念を密輸入したりします。しかし、なぜこれだけの生理過程から、対象の色や全体像が構成され、〈この対象は茶碗だ〉とか〈この対象は森だ〉とか了解されるのかは、どうしても導けそうもないのです。ここでも生理過程は、対象物からうけとる神経刺戟だけから、対象物を全体的に構成して把握し、了解するという矛盾に当面するようにおもわれます。もちろん、これを矛盾といえば、人間だけでなく、他の動物も矛盾に当面することになります。ただ、他の動物は、矛盾をさらに対象的に〈識知〉することなしに〈反射〉すればよろしいわけです。その〈反射〉は対象物にとびかかるとか、おそれて逃げるとか、じっとうずくまるとか、さまざまでありえましょうが、いずれにせよ〈反射〉するだけの条件が生理的にあれば、よいということになります。だから対象物を脳髄が構成できれば、いいかえると一団の継続する刺戟を脳髄が、ひとつの集合として受け入れれば充分です。しかし人間は対象を再構成し、了解することまでやらなければ、対象物にたいして、どう行動するか、どう行動しないか、さえできません。ここでも生理過程は、その矛盾を〈観念〉の領域へと疎外するほかに、この生理的矛盾を解消する方法はありません。このようにして人間は、他の動物にたいして、固有な観念の領域を包括せざるをえません。これは〈観念〉という言葉を忌むかどうかの問題でもなく、〈観念〉という概念のカテゴリーをどうとるかの問題でもなく、いやおうない実体をさしているようにおもわれます。

この種の例はまだ挙げることができましょう。しかし、そのさきにも、問題はたくさんあります。なぜ人間だけが他の動物とちがってしまったのでしょうか。それは、進化のどの段階で、どの時期に、そうなったのでしょうか。

これについて、いまのところ具体的なことは何ひとついえないとおもいます。何かいっているのは、猿から人間は単系に進化したものだと信じている人だけでしょう。そう信ずるには、〈猿〉と〈ヒト〉とのあいだが、あまりにかけはなれており、中間の存在がいまのところ不足しています。ただ、はっきりといえることは、原人が〈猿〉と類似していようが、同系の祖先にゆきつこうが、原人が足をそれほど歩行のために使わず（使えず）に、手を極度に使わざるをえないという生存の環境に、幾世代も幾世代もおかれたであろうということだけです。それは「心的領域」が人間化するための必須の条件です。つまり対象物（生存必需物）にたいする空間的な接近の世界が制約され、しかも手を極度につかってより高度な道具を作り、対象物を加工し、その空間的な制約を補充しなければならないという生存環境は、〈観念〉を高度化するための必須条件だからです。いったん人間化した「心的領域」を獲得してからは、〈観念〉の高度化は、加速度的に進んだはずです。〈原初の人間〉と〈現段階の人間〉とのちがいは人類史の問題であり、この問題についてはいつも未知の、先がわからない体験をかきわけてきたとおもいます。たとえば、も個体が背負うかぎりでの人間史の現在性に向かって開かれた可能性の存在ですから。〈乳幼児〉は、いつ〈乳幼児〉と〈成人〉のあいだはこれと似ているようで、ちがいます。

――人間は生理過程の矛盾を不可避的に「観念」として疎外する、という考察は、もしそうありえたならば動物のままのほうがよいのだ、という考えにつながっていないでしょうか。つまり、幸福か不幸かという対の意味とは違うと思いますけれど、人間の本質は〈不幸〉なものであるという認識がそこにあるように思うのです。

もしそうおもうならば、人間の本質は〈不幸〉なものだとおもいます。この〈不幸〉の内容は、つぎのように要約されましょう。

ひとつは、いったん〈人間〉的な過程にはいった人類は、人間のつくる観念と現実のすべての成果（それが〈良きもの〉であれ〈悪しきもの〉であれ）を、不可避的に蓄積していくよりほかないということです。つまり〈人間〉を制度的にも社会的にも、さらりとやめて、〈動物生〉に還るわけにはいかないということです。いいかえれば、人類の現在性を〈離脱〉した〈生〉は不可能だということです。もちろん、ある種の文化・芸術観念が、きわめて現代的な装いで、この種の〈退化〉を実現しようとする発想をもっていますし、ある種の政治観念が〈未開〉、〈辺境〉、〈後進〉、〈被抑圧世界〉（「第三世界」）……の政治運動方式を導入しようとする〈退化〉を演じています。現象としては興味深い素材を提供していますし、関心をもちますが、〈理念〉としては〈問題外〉です。人類史にたいする根源的な認識の〈錯誤〉です。

第二に、人間は、他の動物のように、個人として恣意的に生きたいにもかかわらず、〈制度〉、〈権力〉、〈法〉など、つまり共同観念を不可避的に生みだしたため、人間の本質的な〈不幸〉は、個人と共同性とのあいだの〈対立〉、〈矛盾〉、〈逆立〉としても表出させざるをえないという点です。

第三に、このような人間の歴史的な過程が、さまざまな時期に、さまざまな形でなされた抗議の表出にもかかわらず、不可避的に、現在の〈世界〉、〈制度〉をもたらした側面を認識するならば、この不可避性を止揚する過程もまた、普通、かんがえられているよりも、遥かに困難な、そして、過程をあやまりなく踏むことを必須とするはずです。つまり、すべての個人としての〈人間〉が、ある日、〈人間〉はみな平等であることに目覚め、そういう倫理的規範にのっとって行為すれば、ユートピアが〈実現する〉という性質のものではないということです。

これらが、人間の本質が〈不幸〉なものであることの内容だとおもいます。ただ、この〈不幸〉は、〈不幸〉なことが識知された〈不幸〉であるために、窮極的には解除不能な〈不幸〉ではないでしょうか。

――大衆の〈原像〉を思想の基準におく、その存在性に価値をおく、という場合の根本的モチーフは何でしょうか。一般的な価値感を逆転させるということがあるわけですね。そしてそれは〈不幸〉の解除可能性へ向う、ということと対応しているように思うのですが。

大衆は、その〈常民〉性を問題にするかぎり、その時代の権力に、過不足なく包括されてしまう存在です。だから大衆的であること自体はなにも物神化すべき意味はないとおもいます。そしてこのような存在であることは、そのままその時代の権力を超えてしまう可能性に開かれている存在であることをも意味しています。つまり権力に抗いうる可能性というよりも〈権力に包括され過ぎてしまう〉という意味で、権力を超える契機をもっている存在だということです。だからあらゆる〈政治的な革命〉は、大衆の〈され過ぎてしまう〉から例外なく始動されてゆきます。終わりをまっとうするか、〈過不足なく包括される〉ところに還ってしまうかは、このような大衆の存在自体からはなにも出てこないこともあきらかなのですが。

このような大衆の存在可能性を〈原像〉とかんがえれば、そこに価値のアルファとオメガをおくよりほか、ありえないとおもいます。一般にこのような価値観が存在権をもちえないのは、いくつかの理由があります。ひとつはこのような大衆は、知識を与えるべき存在とみなされているからです。政治的に扱われても、文化的に扱われても、このような大衆は啓蒙さるべき存在とみなされています。しかし、どのような方向へ向かって啓蒙さるべきなのでしょうか？　その生活圏の彼方には、さまざまの出来事や、文明や、知識や、物語や、制度があることを啓蒙さるべきなのでしょうか？　このようにして、たとえば、主婦は会合女性に、会合女性はウーマン・リブの女史に、ウーマン・リブの女史は、ヒステリー女に、そして終わりです。庶民は、半知識人に、半知識人は、知識人に、知識人は、前衛に、前衛は、官僚に、それで終着駅です。なぜならば、人々はずっと以前から、このような過程を、大衆の〈造りかえ〉の過程とみなしてきたからです。しかし、これは何ら〈造りかえ〉の過程ではなく、人間の観念作用にとっては〈自然〉過程にしかすぎません。つまり、ほっておいても、遅かれ早かれそうなる過程という以上の意味はありません。人間の観念にとって真に志向すべき方向への自覚的な過程は、逆に、大衆の〈原像〉〈社会的存在としての自然基底〉を包括すべく接近し、この〈原像〉を社会的存在としての自然な基底というところから、有意味化された価値基底というところへ転倒することにあるようにおもわれます。

人間の生き方、存在は等価だとすれば、その等価の基準は、大衆の〈常民〉的な存在の仕方にあるとおもいます。しかし、この大衆の〈常民〉性を、知識の空間的な拡大の方向に連れ出すのではなく、観念の自覚的な志向性として、この等価の基準に向かって逆に接近しようとする課題を課したとき、この等価の基準は、価値の極限の〈像〉へと転化します。これは、実感的にも体験できます。一般的には、生まれ、成長し、婚姻し、子を生み、老い、死に、その間に風波もなく生活し、予め計算できる賃金を獲得し、子に背反され、老いるという生涯について、人々は〈空しい生〉の代名詞として使おうとします。けれど、経験的には、こういう言い方は虚偽であることがわかります。人間の生涯の曲線は、どんな時代でも、こういう平坦な生き方を許しません。大なり小なり波瀾はどこにでも転がっていて、個人の生涯に立ち塞がってきます。だから、人間は大なり小なり平坦な生き方の〈原像〉からの逸脱としてしか生きられません。この逸脱は、まず、生活圏からの知的な逸脱としてあらわれ、また、強いられた生存の仕方の逸脱としてあらわれます。そうだとすれば、かつてどんな人間も生きたことのない〈原像〉は、価値観の収斂する場所として想定してよいのではないでしょうか。

もちろん、常識的な歴史の記述は、知的な巨人、政治的な巨人、権力的な巨人を、より多く記述のなかに登場させます。これは、価値の極限をこういう〈巨人〉の生き方、仕事においているからです。しかし、これらの〈巨人〉は大なり小なり価値の源泉からの大きな逸脱にすぎません。この大きな逸脱は、平坦の反対であり、ただ資質の必然、現実の必然という要素を認められるとき、はじめて許されるようにおもわれます。つまり、人間は求めて波瀾を手にすることもできなければ、求めて平坦を手にすることもできない存在です。ただ、〈強いられ〉て、はじめて生涯を手に入れるほかないものです。

歴史の究極のすがたは、平坦な生涯を〈持つ〉人々に、権威と権力を収斂させることだ、という平坦な事実に帰せられます。しかし、そこへの道程が、どんな倒錯と困難と殺伐さと奇怪さに充ちているか、は想像を絶するほどです。

――「何のために」生きるかという問いに普遍的に答えようという志向は、しばしばそのような「価値」から遠ざかる、と言ってよいでしょうか。あるいは、共同の課題を設定してそこに個を結びつけようという志向、とも言えると思いますが。もちろんこの種の問いや選択も、さまざまな現実の場面がありうると思いますけれど。

この種の問いに普遍的な答えはない、ということは、すくなくとも、わたしにとっては当然のようにおもわれます。また、〈おまえは何のために生きるか〉という問いにさえ、答えを〈持っ〉てはいません。この種の問いに答えを拒否するなにかがわたしのなかにあるからです。「何のために」の以前に、人はすでに生きています。すると、「何のために」という問いが「普遍的に」提起されるのは、人間の生涯が、ちょうど前世代に象徴される歴史の現在性（家族内部では親に象徴されます）と衝突する時期（青年期の初葉）にあたっています。この時期に提起された「何のために」にたいして、〈これこれのために〉と答えることは虚偽のようにおもわれます。生誕のときとおなじように「何のために」にたいして個人の意志、判断力、構想が貫徹されるのは、ただ、半分だけで、いったん現実に衝突してからは〈何々させられる〉とか〈何々せざるをえない〉とか〈何々するほかないように強いられる〉という根拠が、個人の生涯を占有するようにおもわれるからです。つまり〈生きさせられる〉という点で、生誕のときと変わらないようにできています。そうならば、無条件に〈生きさせられている〉存在は、極限状態にあるといえるのではないでしょうか。こういう考え方は、一見するとネガティヴなようにおもわれるかもしれませんが、「何のために」という問いにたいして、たくさんの可能性があるようにみえるのは、〈観念〉が〈観念〉のうちに止まっているときだけだということが、直ぐに納得されます。いったん現実に衝きあたったときは、ただひとつの可能性が辛うじてたどれるというようにしか、人間の生涯はできていないようにおもわれます。

〈価値〉という概念は、了解性から、いいかえれば〈時間〉にたいする認識からやってきます。この〈時間〉が、歴史的な〈時間〉であるとかんがえても、意識の〈時間〉とかんがえても、また表出行為の〈時間〉とかんがえても、おなじことです。自己の生活圏から現実的にも観念的にも出ようとしない大衆の〈原像〉は、あくまでも〈原像〉としてとらえたときに、えられる概念であり、具体的に生きて行動している大衆は、どれほど極端なばあいを想定しても、大なり小なりこの〈原像〉から逸脱して生活していることになります。けれど、この〈原像〉に思想の基準をおく根拠は、一般に知識と関心を拡大し、自己の生活圏の外に向かって知的な空間を拡げ、判断力を獲得しようとする過程は、観念にとっては〈自然〉過程にすぎないという思想的なモチーフに基づいています。人々はこれを教育的、自覚的、あるいは啓蒙的な過程とみなしていますが、わたしは観念にとって〈自然〉過程だとかんがえます。そうすると、当然、観念にとって教育的、自覚的、あるいは啓蒙的な過程は、たんに〈生活圏〉の別名であるように存在している大衆を、〈原像〉としてとらえかえす過程におくよりほかありません。現在も以前も、認識力によって大衆と区別される存在は、具体的な〈生活圏〉を大衆の近くに移行させるべきだという理念があります。かくして知識人は日雇い労働者に、あるいは農業の人民公社に移行されるというわけです。なるほど、それは新しい経験主義です。しかし、経験が人間をたすけるか、あるいは駄目にするかは、まったく個々の人間の恣意にゆだねられ、それ以上でも以下でもありません。馴れない仕事で身体を損傷し、その代りに倫理を肥大させ、馬鹿なことをいいだせばだすほど、意識を改造した人間ということになります。わたしが大衆の〈原像〉を思想的に繰り込むことをいったとき、すこしも具体的にその〈生活圏〉に身柄を移行させる、ということを意味していないことは明確です。そんなことは、どうでもいいことですし、人間は〈強いられた現実〉しか、生き抜くことはできないにきまっています。色々な生活の仕方の可能性というのは、もともと観念内部にとどまっている〈観念〉か、余裕のある〈観念の遊び〉か、のいずれかに過ぎません。

――家族や身近なもののためには死ねるが、〈理念〉や〈共同観念〉のためには人間はなかなか死ねないものだ、と述べておられますが、逆に、〈理念〉や〈観念〉であるが故にそのために生きたり死んだりする、とも言えるのではないでしょうか。自殺はそのことを示しているようにも思うのですが、いかがでしょうか。

〈死〉の問題は、どんな角度からとりあげたとしても、たいへん答えることが困難な問題だとおもいます。だから、家族や身辺のもののためには死ねるが、〈理念〉のためにはなかなか死ねないという言い方も、逆に人間は途轍もない〈観念〉に促されて、しばしば死ぬものだという言い方も、即興的なニュアンスを削りおとして、あらためてとりあげたばあい、問題の困難さだけがのこるような気がします。ただ、経験的に確実なことは、〈死〉の問題は、自分に〈死ぬ〉覚悟があるとか死ぬ意志があるとかいう主観性を、度外れに普遍化すると間違うような気がするということです。いつでも〈死〉の覚悟がついているということだけで、〈死〉を論ずることも、〈死〉を他者に強いることもできないということです。〈死〉は自己のものであるとともに、自己のものでないという特質をもっています。他者の〈死〉を覚悟することなしには、ほんとうは自己の〈死〉を覚悟することはできないので、このことを考慮にいれない〈死〉への覚悟は、いつでも主観のうちにとどまるとおもいます。戦争中、じぶんはとうに〈死〉の覚悟がついているとおもっていました。そして主観のこちら側では、そのことに虚偽はないとおもっていました。突然敗戦がやってきたとき、この覚悟は少しも変貌したとおもわないのに、現実のほうが変貌したとき、なしくずしにずるずると〈生き〉てしまったようにおもいました。あのときのちぐはぐさは決して忘れられません。つまり〈死〉は、主観的な覚悟にたいして、いつも正面から応じてくれるとはかぎらず、しばしば、肩すかしを喰わせるものだということです。人間は現実からそれ以外には方法がないというように追いつめられたときしか〈死〉ねないようにおもいます。それ以外のばあいには〈死〉の覚悟性は、たぶん主観のうちにとどまっています。現実のほうが肩すかしを喰わせたら、この主観的な〈死〉の覚悟は、白けたまま、なしくずしに崩壊させられてしまいます。そこで、たぶん、家族や身辺のもののために〈死ねる〉か、遠くにあり耳目にふれないが故に、あるいは〈理念〉や〈観念〉であるが故に、〈死ねる〉かという問いは、〈死〉の覚悟性ではなく、かれが〈思想〉の原点を、どこにおいているかという問題にほかならないとおもいます。

共同幻想のレベルでは、個人は個人としては、いつも〈観念〉として存在しています。それゆえ生身の肉体が〈死〉の危険にさらされるかどうかということは、いずれにせよ

〈観念〉から派生する問題でしかありません。だから〈観念〉によって派生させられる〈死〉を受容するかどうかは、かれが何に〈思想〉の重点をおいているかという問題を、別の言い方でいいかえたという意味にしかならないとおもいます。

「何のために」人間は生きるかという問いは、「何のために」人間は死ぬかという問いとおなじように、〈空想〉的にしか論ぜられません。だからこの問いを拒否することが〈生きる〉ということの現実性だというだけです。あらゆる共同幻想は消滅しなければならないということは、窮極の〈読み〉としてはっきりしておかねばならないことです。これは窮極の〈読み〉、いいかえれば、〈思想〉の原理、またいいかえれば、構想力の問題ですから、〈空想〉としてではなく言い切るべき問題として存在しています。そう言い切ることは〈空想〉ではありません。

〈自殺〉は人間だけに特徴的なものだ、という言い方が流布されています。けれどこれは疑わしいのではないでしょうか。動物の行為にも、植物にも、そうとしかいいようのない状態が観察されるような気がします。人間の〈自殺〉ということは、もっと過程的に追いつめてかんがえるべきではないでしょうか。これは〈自殺〉を強要されるということとはちがいます。強要された〈自殺〉は、殺害であり、かれは殺されたのです。

だから、自己意志によって〈自殺〉できるのは、人間に特徴的なものだという言われ方にいつも疑問を感じます。その瞬間まで〈自殺〉の過程を追いつめてゆくと、意志の喪失、人格の崩壊状態が必ず存在するようにおもいます。だからわたしは、どんな〈自殺〉にも、心身の病的状態が存在するとか、無動機の〈自殺〉とみえるものでも、ささいな現実的な原因がいつもみつけられるとか、いうような言い方のほうが好きです。人間は、自身がまったく意識せずに、〈自殺〉行為としかおもわれないことをやっていることがあります。自己防御のための〈自殺〉、自己処罰としての〈自殺〉、そういうことを自身ですら気づかずに、やっているとしかおもえないことがあります。典型的な例をとってきますと、敗戦後の横光利一の死は、わたしにはそう映りました。『夜の靴』や『日記』の類を読んでいると、奇妙な理屈づけに凝って栄養失調をじぶんで招きよせていると感じられました。その背後には敗戦の打撃がみえてきます。もちろん、だれの〈自殺〉をとってきてもいいのです。難しい時代は人を択ぶものではなく、〈死〉もまた人を択ぶものではないからです。たぶん、このことは人間が〈生〉と〈死〉に責任がないにもかかわらず、その間のコースを歩くということに関連しています。青年は〈生〉のむこう側の〈未生〉から〈自殺〉し、老年は〈死〉のむこう側の〈死後〉から〈自殺〉するのです。そして、壮年は〈生〉の過程そのものから〈自殺〉するとおもいます。

——ところで、大衆の〈原像〉を価値基底へ転倒させるということは、党派性の止揚という問題とからんでくるわけですね。

大衆の〈原像〉をくりこむことを、思想の課題として強調するという考え方を、こんどは体験的な言い方からひき出してみます。戦争中に、国家の政策を、知識人があらゆるこじつけを駆使して合理化し、それを大衆が知的に模倣し、行動では国家以上に国家を推進するという様式が、なによりも敗戦後の反省の材料でした。それならば、戦後は、昨日あらゆるこじつけで国家の政策を広宣した知識人が、左翼思想や市民主義思想に乗りうつり、国家の欠陥をあげつらい、大衆が知的にそれを模倣し、行動的には模倣以上のことをするという様式は、まったく、国家に迎合することの逆だから肯定さるべきでしょうか。これは大変な疑問におもわれました。そこには〈構造〉的な変容がなにもないからです。大衆が国家を〈棄揚〉するためには、知識人を模倣することをやめるほかないとおもわれました。知識人を模倣することをやめた大衆は、その知的な関心をどの方向に向ければよろしいのでしょうか。いうまでもなくその〈生活圏〉自体の考察へであって、どんな政治的な、あるいは知識的な上昇へ、ではありません。

「党派性の止揚という問題」に関連して、わたしがかんがえたことは、おおざっぱにいえばふたつの方向がありますが、そのひとつは、いま申し述べたところに帰します。この方向をつきつめていったとき、どんな問題がでてくるのでしょうか。〈閉じられた〉共同性から、たえず〈大衆の原像〉を繰り込んだ〈開かれた〉共同性へ、ということです。もうひとつは、「価値」そのものの転倒が、〈大衆の原像〉を志向するというその思想性にあります。この現実的な意味について、あらためて述べることはいらないとおもいます。

〈自己の生活圏から行動においても思考においてもでてゆかない存在〉とは、それ自体が原基である存在ということでしょう。だから〈行動においても思考においても〉、自己の生活圏を下降する方向を課せられたとき、転倒された、「価値」の過程がかんがえられるのです。自己の生活圏から行動においても思考においてもでてゆかない存在と、事があればワッとウルトラにゆきすぎる存在とは、いわば〈価値可能性〉の両面とみるべきだとおもいます。

〈政治力〉が身近にやってきたとき、たしかにまず〈大衆の原像〉と〈知識人〉とが、何ごとかの可能性に向かって力を集中するでしょう。しかし、それはここでいう〈価値〉ではありません。なぜなら、そのようなものの行きつく果ては世界史の現実がすでに立証済みです。つまりわたしたちが求め欲するもので〈ない〉ことは自明です。しかし、大衆自体の〈生活圏〉に向かって思想的に下降したとき、また、知識人が〈大衆の原像〉を繰り込むという課題に向かって出発をはじめたとき、すでに〈政治力が身近〉に来るか、〈政治力〉に向かって接近するかどうかにかかわりなく、〈政治力〉はすでに手中に包括されてあるといえます。それが〈開かれた〉政治力であるとおもいます。すべての現実の政治党派は、実践的に破産したとき、〈理念〉は正しいが、やり方とやり手が〈誤っていた〉

ってい た〉でしょうが、〈理念〉がはじめから駄目にきまっていたのです。そして駄目でない〈理念〉をもった政治や思想の党派が、現在のところこの世界に〈皆無〉であることも、はじめからわかっていることです。そうでなければ、すくなくとも〈政治的〉に、また〈思想的〉に、何かを語ることも探究することも必要ありません。ただ、やればよい、あるいは現在を我慢すればよい、というだけです。

——吉本さんは、対談でも、日常というものに大変関心が深いんだ、とおっしゃってますが、それは大衆や党派性の問題と強いつながりがあるのだと思います。そこで、そのような問題を「日常性」と「非日常性」という概念から考えてみるとどうなるかお聞きしたいのですが。

「日常性」と「非日常性」という概念は、人によって使われ方がちがっているかもしれません。しかし原則的なことは単純なことではないのでしょうか。「日常性」のなかでは、人間は、市民社会に具体的に生活していることを指しているのです。そして「非日常性」のなかでは、人間は〈幻想〉的に生活しているということをいいたいわけです。もちろん、言葉は、さまざまに使われるでしょうが、ほんとうは、そういうことをいっているのだとおもいます。〈管理社会〉という言葉がありますが、これは「日常性」のなかで、とくに社会経済の場面を、重点にかんがえている概念でしょうし、〈家族〉とか〈家庭〉とか〈マイ・ホーム〉とかいう言葉は、家族生活の場面を主にかんがえているのだとおもいます。「非日常性」についても、たくさんの言われ方が、重点の置き方によってありうるのが当然です。〈政治〉とか〈文化〉とか〈宗教〉とか〈芸術〉とか、人間の〈幻想〉の行為を本質とする場面は、すべて「非日常性」に属するといえばよいことになりましょう。それでは、人間はたれでも「日常性」と「非日常性」に領有されていることにはかわりありませんから、「日常性」と「非日常性」とは反対概念でも、〈あれか、これか〉でもありません。当然でしょう。その関連と撰択の置き方とが問題なだけです。

では、「非日常性」の場面、とくに〈政治〉の場面から、なぜ「日常性」の場面を問題にしなければならないのでしょうか。こういう問いにたいして〈情況〉的に応えれば、あまりに長い持続を必要とする〈情況〉では、「日常性」を考察に入れない〈政治〉運動は、かならず〈閉じられた倒錯〉か〈背離〉を、体験せざるをえないだろうということです。また、理念的にいえば〈大衆の原像〉とは〈日常性〉の代名詞のようなものですから、これを繰り込みえない「非日常性」の思想は、〈閉じられた円環〉に入りこむよりほかないことは、原理的に明瞭だからです。

でも、そういう講釈が必要なのではなく、おまえはどのように「日常性」を処理しているのか、ということが問われているのかもしれませんね。わたしは、「日常性」を抹殺したつもりになったり、日常生活のひとこまにも屁理屈をつけなければおられない〈前衛主義〉を駄ボラとしてしか認めないのです。そのかわりに、「日常性」を平穏で退屈だなどというたわ言を信用していませんし、「日常性」のなかに深淵を、裂け目を、背信や裏切りや殺人や退廃を視る眼をもっているつもりです。亭主が早く死んでくれたらとか、女房を殺してやりたいとか、友人を奈落の底に蹴落して、素知らぬ貌をして土に埋めるとか、いうことが、「日常性」のなかの〈眼に視えない〉(それは「非日常性」の特徴ですが)劇として行われていることを視ることができるつもりです。また、「非日常性」のなかに、〈眼に視える〉「日常性」の存在を視ることもできます。それに、自己のいまいる場所を〈強いられた〉必然と感ずるかぎり、与えられた束の間の平穏があれば、それを〈喜んで〉享受できないような早急さなどは、どうせ何をやらせても大したことはできるはずがないと、たかをくくっていることもたしかです。

「日常性」が、現在の世界で国家の秩序に荷担したものでしかないことは、たれにとってもその通りで、これを摘発しても、しなくても、免かれることはできません。だから、山の中にこもっても、政治運動に従事しても、べつに「日常性」からの免罪符になるわけでも、逃れられるわけでもありません。だからこそ「非日常性」の思想をもつことを、人間は〈強いられる〉のではないでしょうか。また、その共同性がもとめられるのではないでしょうか。現在、秩序の重圧感が非常に生活と密着したものと感じられていることは確かでしょう。けれど現在の問題はどうも、少しちがうような気がします。「日常性」も「非日常性」も、束の間のうちに白けた拡散に見舞われてしまい、果てしない泥沼のなかに陥ちこんでゆくことを耐えるために、現実は奇妙に明るく、そしてやりきれない圧迫感がやってくるようにおもいます。むしろ正体不明の圧迫感や息苦しさのほうが、正体のわかったそれよりも、この情況をきついものにしているようにおもいます。もちろん正体不明とはこのばあいひとつの比喩で、実際は正体のわかった圧迫の多重性にほかならないとおもいます。

「日常性」と「非日常性」は、人間の総過程として〈在る〉もので、あらためてそれを見直すかどうかという意味は、「日常性」のなかに「非日常性」を、「非日常性」のなかに「日常性」を〈視る〉ことができるかどうかということで、市民社会の具体的な場面に政治的な意味づけを与えようとすることではありません。

ところで「党派性」の「止揚」ということについて、さきに、ふたつの方向にかんがえていったといいましたが、先程とちがったもうひとつの方向は、人間の観念のうみだす総体の世界をおさえ切るということでした。すくなくとも観念の働きの世界をのっぺらぼうなものだとかんがえることはできないことをはっきりと把握するということです。そのばあいの〈結節点〉の問題として〈家の問題〉は、いいかえれば個体と他の個体とのあいだに生みだされる観念の世界は、ひとつの次元を構成するものとして、登場してくるということです。それゆえ、〈家の問題〉は〈社会的〉というハンチュウにあるという家族社会学のモチーフの対象となる点が、問題となるということではなく、〈家〉という構成の中心である〈性〉という対なる〈幻想〉の観念性と現実性が、問題の中心になるということです。だから、もちろん〈家の問題〉は「日常性」の問題であるとともに「非日常性」の領域の問題です。

人間の観念がうみだす総体の世界をおさえ切るということが、それだけで人間を救済するわけではないでしょう。しかし、〈結節点〉においてそれぞれ異なった次元を構成する観念の総体性をおさえることは、それをのっぺらぼうの世界とみなすことからくるすべての錯誤から、人間を脱出させることは確かです。そして錯誤から脱出するということは、すくなくとも現在の課題としては、ほとんどすべての課題の発端であるとおもいます。

――「日常性」のなかでは、人間は相対性にさらされざるを得ないわけですが、急進的な思想は相対的な矛盾に鋭敏であるあまり、しばしばそれを止揚せんとして新たな矛盾に衝きあたるように思われます。党派性の止揚という課題は、思想の「急進性」ということとはどう関係してくるでしょうか。また、思想が政治党派の共同性によって主張される場合に起きてくるさまざまな問題についてはどうお考えですか。

〈人間〉の存在の仕方が、相対的なものにすぎないという思想と、〈党派性〉とを結びつけてかんがえるためには、中間の〈環〉をいくつかとおすことが必要だとおもいます。あらゆる〈思想〉が、〈深さ〉と〈場所〉をもつものとすれば、〈深さ〉はよりおおく個体に、〈場所〉は共同性に属するといえるとおもいます。〈思想〉の〈絶対性〉と〈相対性〉についていえば、〈相対性〉が積み重ねられて〈絶対性〉に達するのでもなければ、普遍的に〈絶対性〉をもつ〈思想〉が存在するわけでもないとおもいます。あらゆる〈思想〉は、その〈思想〉が喚起するハンチュウでしか〈絶対性〉の意味をもちません。そこで思想の「急進性」、「穏和性」、その他さまざまな色合いが、それぞれ存在しうる根拠があるのだとおもいます。だから〈思想〉はその〈場所〉がどこにあるかだけでは、測ることができず、その〈深さ〉がどれだけあるかということに依存します。「急進性」と「穏和性」とが、あるハンチュウのなかで、それぞれの〈確信〉で主張されうるのはそのためでしょう。また、発想、論理の組みたて方が寸分ちがわない右翼と左翼とに共通の構造があったり、「穏和性」とは、たんにタガのゆるんだ「急進性」の別名であるために、ある日、突然、急進化した「穏和性」をみて、あれよあれよということになる〈風景〉もみられるわけです。

もともと〈思想〉という言葉は「日常」生活にまつわる思想のレベルから、世界にたいする思想のレベルまでを包括する概念に対応します。〈党派性〉という概念は、ただ〈場所〉に〈深さ〉を収斂させたときにかんがえられるものでしょう。だからあらゆる〈党派性〉の核心をなしているのは、〈信念〉というような曖昧なところに収斂しやすいのだとおもいます。それだから、人間の幻想領域の次元の異なった位相を〈認識する〉ということは、それだけで〈党派性の止揚〉になっている〈党派性〉であるとはいえないでしょうが、〈信念〉というような曖昧なものに収斂してしまうものを、〈認識〉に転化させるという意味では、〈党派性〉の〈止揚〉への〈開かれた可能性〉をもつとだけはいえるのではないでしょうか。現在のところそれ以上のことを主張しようとはおもいません。

わたしの概念でいえば、自己幻想や対幻想のレベルでは、あるいは、それらと共同幻想との関係においては、対立がなくても、共同性にかかわる政治思想のレベルでは激しく対立することはありうるのではないか、という疑問に対して、一応の答えを出すことはできそうです。

たしかに、現実的には、具体的な方策、処理、混入してくる心情などによって、激しく対立する多数の〈党派性〉がありうるし、現にあります。疑問を〈政治党派性〉について提起して、それについてかんがえます。具体的な方策、行動などによって異なる多数の〈政治党派〉が、それぞれ他の〈党派〉を消滅させ、包括しうるまでに激しく対立することが許容されるとすれば、共通の標的とするものとの距離が、至近にまで達した〈瞬間〉

だけだとおもいます。なぜならば、その〈瞬間〉には、標的を貫通する道はただひとつであり、それ以外の道をとおれば失敗するだろうからです。それ以外のところでは、激しい対立とは〈閉じられた可能性〉しかない〈党派性〉それ自体に原因があるようにおもわれます。〈閉じられた可能性〉に向かって、具体的な方策のちがい、処理の方法のちがい、心情の激発が、すべて流れ込んでゆくからです。でも、このような問題について語るのは、現在では〈空想〉を語ることですから、あまり好い気持ではありません。

ところで〈思想〉が個人によって担われる場合は、政治思想であれ、文学思想であれ、事情は少しくちがいます。かれは〈間違える〉ことを許されない微かな道を、いつも開拓するほかないのです。もちろん、思想の〈変化〉は許容されるでしょう。しかし、その〈変化〉の過程は、明瞭に客観的にたどれるものでなければならないのです。個人によって担われたものとして〈思想〉をみるかぎり、〈或る日、突然〉も許されなければ〈共同の決議の結果〉も許されないのです。また〈固定化〉も許されないのです。つまり、〈思想〉の表出自体が、かれにとって行動であるため、この考えはまずかったから、あの考え方へというようなことは、不可能なのです。それにもかかわらず、その軌跡と〈変化〉の過程が、明瞭でないような思想の表出者、一週間もたてば事実によって覆されてしまうような、また、都合の悪いときには首をひっこめて、調子のいいときだけ首を出すような思想の表出者、その思想の表出が、現実の〈政治党派〉の具体的な軌跡によって、左右されてしまうような思想の表出者は、まったく思想者としては認め難い存在だとおもいます。

――「思想的弁護論」のなかで、限定された政治的効果と自分の生命を引きかえにできるかという問いを発したときに安保闘争に敗北した、と書いておられますが、これは、党派性の問題とどういう関連にあるのでしょうか。現実的には、思想がある場面では党派的たらざるを得ない矛盾、ということになるでしょうか。

そういう意味の言葉は、むしろ内省、独り言のようにかんがえてもらったほうが判りやすいとおもいます。もちろん、文字通りに理解してもらっても結構なのですが。たかだかこれくらいの政治的効果とひきかえに、くたばってたまるか、とおもったとき白けきってしまう、この〈白ける〉というのはどこからくるのでしょうか。それは〈情況〉と〈行動〉との矛盾や空隙からやってきます。もうひとつ内省的な言い方でいえば、限定された政治的効果のうちに、いつも〈思想〉と、それを担う〈生命〉とを表出できるまでにつきつめられなかった、ということだとおもいます。〈壁〉はいつもあちら側にあるようで、じつはこちら側にもあります。限定された政治的効果があらかじめわかっているのなら、限定された政治的行動で対応させせればよいという考え方に組しえないときに、〈観念〉は境界を超え、肉体はこちら側でせきとめられる、というようにいってもよいとおもいます。そこにいつも〈空隙〉があいていたように覚えています。このばあい、あくまでもわたしの個人の内省的な判断についていってきました。これは「党派性」の問題としていえば、あくまでも限定された政治的効果しか得られないことが認識されながら、政治的行動では限定されない普遍的な課題への肉迫であるという関係がうまくつかみえなかったための〈空隙〉ということです。もちろんひとつの政治的な行動の〈総括〉は、個人的にも、共同的にも可能でしょう。

理念が、党派的であるにもかかわらずすぐれている、あるいは、すぐれているからこそ党派的になってしまう、というのは、〈思想〉の〈現実的な制約〉の表象である以外の意味をもたないとおもいます。あるいは〈思想〉は、党派的な制約を不可避的に〈強いられる〉ときにのみ、党派的であることもやむをえないといってもよいとおもいます。はじめから党派的な〈思想〉など、〈思想〉のうちに入れる必要はなく、ただ現実処理の技術のモザイクとみるべきだとおもいます。〈思想〉は〈強いられた〉党派性を止揚する〈可能性〉に向かって〈開かれている〉べきです。

そうはいうものの、実際にAなる〈党派〉とBなる〈党派〉とのあいだに、あるいはそれぞれの内部に、理念から心情にわたる対立が生じたばあい、際限なくキリをモミ込んでゆく〈憎悪〉は必至であるようにおもわれます。かりにわたしが当事者であるとしても歯止めがきくかどうか保証し難いものがあります。そこで、わたしが抱いている体験的〈原則〉を申し述べましょう。この〈原則〉はほぼ確実に実行しえているものです。

一、ある政治、思想、文化の党派が、集団的に、特定の個人を批難したときは（あるいはそういう決議をしたときは）、その党派を粉砕するまで許すべきではない。あくまでもたたかうべきである。ただし、批難された特定の個人が単独でたたかうべきである。この場合の特定の個人は、どんなたたかい方をしてもよい。絶対にたたかうべきである。これをおっくうがる個人は、このような〈党派〉とおなじく、どんな穏和なことを主張していても、反スターリン主義を理念としていても、必ず潜在的に集団的〈殺人〉を行うか、許容する可能性がある。

二、特定の個人が特定の個人を批判することは、どんな批判でも許される。したがって、もちろん、どんな反批判をも許される。

三、政策的、企図的な特定の個人にたいする批判は、個人によってなされても、党派によってなされても、反批判に価しない。ただ足蹴にすればよい。そういう個人または党派は、どんな穏和な主張をしていても、何をいっても潜在的に集団的〈殺人〉を行うか、加担する可能性がある。

四、すべての〈党派性〉に属するものは、個人によってなされる〈党派〉への批判、批難を許容すべきである。この批判、批難を反撃するばあいは、個人の資格においてすべきである。これを実行しえない政治党派は、反スターリン主義を理念としていても、潜在的に集団的〈殺人〉の可能性がある。

――国家や権力の残酷さは両面の矛盾を強いてくるところにある、とおっしゃってますね。「マチウ書試論」でも、もしこの矛盾がたち切れないならば革命とはなにか、という自問を提出しておられますが……。こういう矛盾を止揚しうる共同性というものを想定しておられますか。

まずはじめに、〈革命の可能性〉あるいは〈革命の不可能性〉という問題が、個々の思想者の左右できることでもなければ、個々の政治党派の左右できる問題でもない、という前提が必要だとおもいます。このばあい、〈政治党派〉ということは、どんな〈政治党派〉をもふくむもので、例外はひとつもないということを胸に刻みこんでおくべきです。このことは、あらゆる共同幻想は窮極的には消滅しなければならないという、まがうことのない原理的な〈読み切り〉の問題とは別個のことです。では、〈革命の不可能性〉あるいは〈革命の可能性〉を、定めるのはだれでしょう。これについて確定したコースと方法があるようにいうことは、まやかしです。つまり党派的〈主観〉か党派的〈空想〉です。ただひとついえることは、まずはじめに、〈原像〉としての〈大衆〉がそれを定めるということです。この場合、〈原像〉としての〈大衆〉が、全コースをまっとうするかどうかは、おのずから別問題ですが、まず最初にそれを定めるのが〈原像〉としての〈大衆〉であることだけは確言できそうです。

すべての共同性は（開かれている方がよいのですが）過渡的なものです。どんな共同性が現在、必要であるのかという問いにたいして、おくれた地域での共同性の組み方が、相対的により進んだ地域における共同性の範型にはならないということは、原理的に〈先験的〉であり、また、眼のあたりその理念的破産を目撃したばかりです。もうひとつ、ブロック国家圏（社会主義国家圏、資本主義〈自由主義とよばれていますが〉国家圏）方式が駄目なことも、現在の世界で、眼のあたりみている通りです。そして、わたしがそれを指摘したのはもう十年くらいまえのことでした。それでは、どんな共同性が想定できるのでしょう。具体的に語ればよいのですが、それは現在のわたしの守備と攻撃の範囲を逸脱しますからやめます。けれど、わたしが追及してきた問題の、追及の仕方のなかに、その問いにたいする答えはふくまれているとおもいます。ただ、凸レンズで収斂しなければならないでしょうが、それをわたしがやることは親切すぎるとおもいますが、どうでしょう。

——戦後、吉本さんが政治思想レベルで最も固執して論及してこられた問題の一つは〈天皇制〉だと思うのですが、この間の過程で、〈天皇制〉に対するウエイトのおき方にいくぶんの変化があったと思うのです。それは国家の本質論を〈共同幻想の構成〉

として展開されてきた過程でもあったわけですが、この推移の思想的モチーフ、と言いますか、現在〈天皇制〉について何がいちばん解明さるべき課題とお考えか、ということを最後にお聞きしたいと思います。

〈天皇制〉をめぐる考察で、ここ十年くらいのあいだをとっても、重点のかけ方がちがっていることをじぶんでも感じています。というよりも〈権力〉とか〈威力〉とか呼ぶものの本質がどういうものかについて、すこしきめをこまかくかんがえなければいけないのではないかとおもってきたということだとおもいます。そこで整理してみますと、

（1）〈天皇制〉の政治的権力としての問題は、基本的には敗戦によっておわっている。

（2）〈天皇制〉の〈象徴的な威力〉がどうあるのかの問題はおわっていない。

これだけの簡単なことを前提としてかんがえてみます。戦後憲法の規定では、天皇は〈国民統合の象徴〉ということになっています。これは、日本の近代国家を〈政治的国家〉というところでかんがえるかぎり、ほとんど決定的な打撃だということができましょう。ただ、これは〈歴史家〉の眼で、ひととおりみればということで、もちろん竹内好さんのように、一木一草にまで〈天皇制〉は染みついているという概念でいえば、別の問題になります。ただ、〈象徴〉的な存在となった天皇は、近代以前の歴史では、そう珍しいことではありません。むしろ〈象徴〉的な存在であった時期のほうが〈天皇制〉の歴史と

しては多いくらいだとおもいます。それにもかかわらず、陰々として生きつづけてきたわけです。そこで、問題を近代国家以後（明治以後）に限定せずに、歴史時代のすべてにわたって〈天皇制〉を放てば、〈象徴〉もまた〈権力〉や〈威力〉でありうるということが改めて問題となしうる大きさをもっていましょう。もちろん〈宗教〉、〈象徴〉の共同性としての〈権力〉や〈威力〉の問題としてです。

戦後憲法が天皇を〈国民統合の象徴〉として規定したとき、〈象徴〉以外のものとして存在した〈天皇制〉の部分は、どこへ行ったことになるでしょう。もちろん、市民社会の具体的な場面へ行ったり、〈政治〉以外の共同観念のなかに、存在の場面を見出すよりほか、行きどころはありません。これが竹内好さんのいう一木一草にまで染みついているという次元の問題だとおもいます。たとえば南島の帰属問題のなかに〈天皇制〉の〈象徴〉としてすましきれない部分が、余燼や遺制としてくすぶり、また、部落問題にからみつき、在日朝鮮人問題のなかに傷口をさらけだし、というように数えていけば、個々の感性のなかにも、草木や〈風景〉のなかにも、視えない形でくすぶっています。このことは、歴史時代をたどり、つっこんでゆけばゆくほど、からみ込んできます。三島由紀夫ほどの文学者を、躓かせるだけの根柢があるのです。三島由紀夫の怪挙は、現在の政治的な情勢論でいけば、時代錯誤にしかすぎません。しかし、歴史的根柢からみてゆけば、なかなか容易ならない問題であることがわかります。だから左翼にも、裁判もせずに天皇やその一族の〈首〉がころりというのは民主的ではないとか、人民裁判にかけて〈首〉をつれとかいう馬鹿気たことを、大真面目にいう長老や青年がいるのです。ようするに〈天皇制〉の本質がわかっていないから、〈天皇制〉の処遇にとって、なにがラジカルな問題かが把えられないのです。裁判にかけるとか〈首〉をころりなどというのは、劇画的な趣味のとばっちりにしかすぎません。天皇一族の共同的〈威力〉の根柢をささえている、タブーを、制度的に解体させれば充分ですし、それに触れないで、裁判や〈首〉つりで、残酷趣味を満足させても無意味なのです。

たぶん、わたしの〈天皇制〉への関心の置き方の重点が変わったことを、自己分析してみれば、〈天皇制〉は現在、資本主義の〈影の部分〉ですから、〈政治〉的な標的としては副次的なものにすぎないが、〈歴史〉的にもまた根柢をつきくずさなければ、竹内好さんのいう一木一草にまで染みついているという問題は解決しえないだろうという認識に根ざしているとおもいます。歴史的に〈天皇制〉を問題にするとき、歴史時代的にこれを問題にしたらだめで、歴史時代以前の視点を包括する眼で問題にしなければ、在日朝鮮人問題や南島問題や島嶼辺住民族の問題を包括する形での問題はでてこないだろうとかんがえます。三島由紀夫さんは、歴史時代の原点にさかのぼって、〈天皇制〉に文化的な価値観を収斂させていったとおもいます。三島由紀夫さんの〈美〉意識が、漢学的なものだからそうなったともいえますし、本居宣長いらいの方法を踏んだともいえましょう。

このことは、別の言い方をすれば、〈法〉が法以前の〈宗教〉的な〈威力〉であったときの共同体の問題、〈国家〉が国家以前であったときの共同体の問題を包括させるということを意味しています。〈象徴〉の〈天皇制〉は、狭義の〈政治〉からは無化されているようにみえますが、〈国家〉が国家である本質を、いちども手ばなしてはいないともいえるとおもいます。日本人とよばれうるものが、一連の島嶼に住みついた時期は、数十万年までさかのぼれるかもしれませんが、〈天皇制〉統一国家の歴史は、千数百年にしかすぎません。そういうものに、人類的にも生活的にも文化的にも価値を収斂させるわけにはいかないということです。

〈象徴〉的な、あるいは〈宗教〉的な〈威力〉としての天皇制が、本来的な意味で政治的な権力をもつ専制君主として、ほんとうの実力をもっていたのは、たぶん、きわめて初期（奈良朝以前）に限定されるとおもいます。もちろん、このデスポットが機構化されたのは律令官制によるとおもいますが。その初期を除けば、政治的な権力を実際に把握しているようにみえる時期も、官制上の規定によるばあいでも、たぶん、政治国家の意のままに将棋の駒のように動かされたりしたとおもいます。大化改新のように、また、鎌倉、南北朝時代のように、また明治維新のように、天皇が積極的に政治権力を目指して陽動したり、また、政治的・法的な〈国家〉の頂点に位置づけられたりしたことはあります。これらの例外を例外としてみないという考え方はできるとおもいます。いいかえれば、真のアジア的・日本的専制を復元しようとする政治的動機をみつけることもできましょう。けれど、わたしたちが〈天皇制〉に不可解なほどの生命力をみとめ、舌をまいて驚くのは、日本的なデスポットとしての天皇制の、政治復元力や復元して何をしたかという事実にあるのではないとおもいます。政治的権力に直接たずさわっているときも、間近に在るときも、遠ざかって棚上げされているときも、〈天皇制〉が一貫してその背後に〈観念〉的な〈威力〉を発揮していたという事実にあるとおもいます。この問題には、アジア的・日本的な共同体の共同の心性にまで掘りさげられるような何かがあるとおもいます。たぶん、日本的なデスポットあるいは絶対主義の特長は、政治的な権力が、露骨に、非情に、政治的な権力として具現されず、その周辺に宗教的とか慣習律的とかいうあいまいな〈威力〉を、〈合祀〉してきたという点にあるとおもいます。だからデスポット周辺の官僚は、いつも〈名分〉的な〈威力〉を、デスポット一人（〈上御一人〉、〈御一人者〉）にあずけて権力を行使しえたとおもいます。

そういう観点からいえば、戦後憲法により〈国民統合の象徴〉というところに遠ざけられた〈天皇制〉の政治権力的な復元力を、まったく見込まないことは、おかしいということになりましょう。けれども、復元の可能性は、もうあるまいというとき、かりに政治的復元力を想定しても、〈合祀〉的な政治権力という意味はもたないだろうという考え方に根ざしています。では、かつて戦争期までもっていた天皇制の政治的権力の行方は、不明になって〈蒸発〉してしまったということになるのでしょうか。たぶん、そうです。市民社会の一定の成熟度が、それを受け入れないでしょうから、おくれた農村の部落共同体へでもゆくより仕方がないとおもいます。また、かつて政治的にもっていた社会経済的な力量は、制約をうけながらも、〈天皇制〉管理機構（宮内官僚機構と諸法規）を通じて存在するとおもいます。この詳細を追及したことはありません。

〈天皇制〉が歴史時代を生きつづけてきた理由は、それが〈気にならないが無視できない〉という意味で、最適の位相を政治にたいしてとりつづけたからだとおもいます。この最適の位相は、〈日本的専制〉として、宗教的にも、慣習律的にも、日本人の共同観念に適合するものだったので、ちょうど髪の毛が気にならないように身についているのとおなじで、〈適合した盲点〉に位置していたからだろうとおもいます。そこで、歴史時代の新興勢力が、天皇制を駆逐するという発想をとらなかったのは、〈駆逐するまでもない弱体〉な政治権力であるとかんがえたのか、〈意のままにどうにでも動かせるかぎりはこれを利用したほうがいい〉とかんがえたのか、あるいは、日本的なデスポットは、あまりに隔絶が甚だしく、駆逐しようにも空を打ってしまう〈いと高きところ〉にあったのか、あるいはその逆に〈いと低きところ〉にあったのか、あるいはそれらのすべてであるのか、きちっと決められなければならないでしょう。日本的デスポットをべつの観点から、ウィットフォーゲル流の言い方をしてみれば、小規模、狭領域のデスポットだということです。はじめに自然の水源をおさえたものが、デスポットに近づき、つぎに小規模な灌漑用水工事を、技術的に手に入れます。この技術は大陸からの導入です。そこでこの日本的なデスポットは、中国の冊封体制に迎合しながら何を特色として生みだしたのでしょう。たぶん、国家本質を手離さないことを体得したのです。つまりどの位相を〈宗教〉、〈法〉、〈国家〉にたいしてとればよいか、政治的権力にたいしてどの距離をとればよいか、ということにたいして、独自な体制をみつけだしていったのです。そのことの解明の方法のひとつは、日本的デスポットの成立過程を、前共同体との関連においてはっきりさせることです。これは前古代的、あるいはアジア的共同体への遡行ということだけを意味するのではなく、時間的な遡行が、同時に現在的な政治権力にたいするより包括的な、より世界的な把握であるような視点の発見を意味するということです。

「SECT6」について

六〇年安保闘争の終息のあと、真向うから襲ってきたのは、政治運動の退潮と解体と変質の過程であった。この闘争を主導的に闘った共産主義者同盟は、この退潮の過程で、分裂をはじめ、分派闘争の進行してゆくなかで、その主要な部分は、革共同に転身し吸収されていった。この間の理論的な対立と分岐点については、あまり詳かではないし、ほとんど、わたしなどの関心の外にあったといってよい。ただ、あれよ、あれよというあいだに、指導部の革共同への転身がおこなわれたという印象だけが、鮮やかに残っている。この間に、指導部からいわば置き去りにされた学生大衆組織としての社会主義学生同盟にはいくつかの再建の動きがあり、まことにおっくうな身体で、それらの会合に附き合ったことを記憶している。わたしのかんがえ方では、社会的には楽天的な評価が横行しているのに、主体的には、ほとんど崩壊にさらされている学生大衆組織に、もし内在的な逆転の契機があるならば、〈嘘を真に〉としてでも、社会的評価とのバランスがとれるまで、支えるべきであるとおもわれた。しかし、これは甘い、ほとんど不可能に近いものであることを、いやおうなしに思い知らされた。安保闘争に全身でかかわった学生大衆は、この間に上部との脈絡を絶たれて、ほとんどなす術を知らず、指導部と同じくマルクス主義学生同盟に移行する部分と、個にまで解体してゆく部分と、共産党の下部組織に融着してゆく部分とにわかれた。こういう外部的な表現は、あまり意味をなさないかもしれない。別の云い方をすれば、指導部の転身と分裂によって方途を失った社会主義学生同盟は、政治過程の遥か下方にある暗黒の帯域で、それぞれの暗中模索の過程に入ったというべきなのかもしれない。

当時、共産主義者同盟の同伴者というように公然とみなされていたのは、たぶん清水幾太郎とわたしではなかったかと推測される。わたしは、組織的な責任も明白にせずに、革共同に転身し、吸収されてゆくかれらの指導部に、甚だ面白からぬ感情を抱いていた。おまけに、同伴者とみなされて上半身は〈もの書き〉として処遇されていたわたしには、被害感覚もふくめて、ジャーナリズムの上での攻撃が集中されてきたため、この面白からぬ感情は、いわば増幅される一方であった。公開された攻撃を引きうけるべきものは、もちろん革共同に転身したかれらの指導部でなければならない。しかし、かれらは逆に攻撃するものとして登場してきたのである。内心では、これほど馬鹿らしい話はないとおもいながら、それを口に出す余裕もなく、まったくの不信感に打ち砕かれそうになりながら、ただ、言葉だけの反撃にすぎない空しい反撃を繰返した。この過程で、わたしは、頼るな、何でも自分でやれ、自分ができないことは、他者にもまたできないと思い定めよ、という考え方を少しずつ形成していったとおもう。

わたしは、もっとも激烈な組織的攻撃を集中した革命的共産主義者同盟（黒田寛一議長）と、かれらの批判に屈して、無責任にも下部組織を放置して雪崩れ込んだ、共産主義者同盟の指導部（名前を挙げて象徴させると森茂、清水丈夫、唐牛健太郎、陶山健一、北小路敏、等）を、絶対に許せぬとして応戦した。おなじように、構造改革派系統からは香内三郎などを筆頭とし、文学の分野では、「新日本文学会」によって組織的な攻撃が、集中された。名前を挙げて象徴させれば、野間宏、武井昭夫、花田清輝などである。わたしは、これに対しても激しく応戦した。ことに花田清輝は、某商業新聞紙上で、わたしの名前を挙げずに、わたしをスパイと呼んだ。わたしが、この男を絶対に許さないと心に定めたのは、このときからである。それとともに、対立者をスパイ呼ばわりして葬ろうとするロシア・マルクス主義の習性を、わたしは絶対に信用しまいということも心に決めた。わたしは、それ以来、スパイ談義に花を咲かす文学者と政治運動家を心の底から軽蔑することにしている。

後に、香山健一（現、未来学者）、竹内芳郎などが、わたしを「右翼と交わっている」

と宣伝し、ことに竹内芳郎は雑誌『新日本文学』に麗々しく「公開状」なるものを書いた。わたしは、この連中が、どういうことを指そうとしているかが、直ぐに判ったが、同時にそれが虚像であることも知っていたので、ただ嘲笑するばかりであった。もっとも「新日本文学会」が竹内芳郎の「公開状」の内容に組織的責任を持つならば、公開論争などをとび越して、ブルジョワ法廷で、竹内芳郎および「新日本文学会」を告訴し、その正体を暴露してもいいと考えて注目していた。しかし「新日本文学会」は、その後の号の雑誌で、小林祥一郎署名で責任を回避した。わたしは竹内芳郎というホン訳文士などを相手にする気がないのですっかり調子抜けしてそのままになった。わたしは、たとえ百万人が評価しても、竹内芳郎や「新日本文学会」などを絶対に認めない。かれらが、いつどういうふうにデマゴギーをふりまくかを知ったので、その後、いっさい信用しないことにしている。

これらの多角的に集中された、批難と誣告とは、ただひとつの共通点をもち、また共通の感性的、思想的な根拠をもっている。それは、どんな事態がやってきてもわたしが決して彼等の組織の同伴者などに、絶対にならないだろうということを、彼等が直観し、あるいは認識しているということである。そしてこの直観や認識は当っているといってよかった。そして、またこれこそが、誰れにも頼るなというわたしの安保体験の核心であった。ここで、わたしは、いつも衝きあたる問題に衝きあたる。退潮してゆく雪崩れのような

〈情況〉の力は、ほとんど不可避的ともいうべき圧倒的な強さをもっているということである。この退潮を防ぎとめる術がないという意味は、かつてわたしが戦争責任のようなものを提起したときに認識していたよりも、はるかに根底の深いもののようにおもわれる。抗することの不可能さといってもよいくらいである。〈情況〉雪崩れに抗するということは、もちろんみせかけの言辞や、政治行動のラヂカルさということとはちがう。また、身を外らしてしまうこととももちがう。比喩的な云い方をすれば、科学的な技術の発達が、政治体制の異同や権力の異同によって、抑しとどめることができない、というのと似ている。なぜそうなのか。それは、科学技術を支えている基礎的な推力が〈そこに未知のことがあるから探求するのだ〉といった内在的な無償性に支えられているように、〈情況〉の本質もまた、〈そこに状況があるからそうなるのだ〉という、自然的必然に根ざした面をもっているからである。個々人の〈情況〉についての意志の総和が、〈情況〉の物質力として具現する、という考え方は、たぶんちがっている。そして〈情況〉に抗うことの困難さ、不可避さということだけが、あとにのこされる。

わたしの感性的な体験では、このような〈情況〉の雪崩れ現象の渦中では、針ねずみのように身体を縮めて耐えるよりほか、術がないように思われた。上半身くらい〈物書き〉であったわたしは、どうしても、書かなければならないものを書きうる場所を、創設しなければならないと考えはじめていた。それが谷川雁、村上一郎、吉本隆明を同人とする雑誌『試行』となって実現することとなった。わたしは、すでに、どんな政治的な党派もあてにせず、どんなジャーナリズムもあてにすべきでないという決意を固めていた。いわば、もっとも身を縮めた場所で『試行』の刊行を決意していた。谷川雁は、安保、三池闘争の敗退のあとで、自立した労働者運動としての大正行動隊の結成に立ち会っており、東京における『後方の会』の結成、『自立学校』の創設、などとおなじように、政治的な布石の一環として『試行』同人への参加を考えていたかもしれない。村上一郎は、もっと生粋に文学的な表現の拠るべき場として望んでいたように思われた。

おなじような〈情況〉のもとで、安保体験を経た中大社学同のグループを中心に、「Sect 6」を機関紙に、社学同再建の動きがはじめられた。わたしは、その内部的な動きを知らないし、組織化がどのように進められ、どのように展開されたかも知らない。むしろ、その意味では「Sect 6」に結集した中大社学同グループとは私的に付き合っていたという方がよいかもしれない。この中心グループは、政治的には、谷川雁と大正行動隊の労働者の自立的な政治運動への越境から、多大の影響を受けたのではないかと推察する。わたしは、いくらか労働者の運動の実体を、それ以前に知っていたので、大正行動隊の活動に、それほど過大な実効性を認めていなかった。「Sect 6」の中心グループが、大正行動隊と接触し連帯する志向性を示したとき、私的にはむしろわたしは、止め役だったとおもう。わたしの止め役の理由は、〈労働者から学ぶものは、じぶんも労働者になるという位相以外のところでは、なにもない〉ということであった。もちろん、わたしの〈私語〉は、「Sect 6」の中心グループには通じなかったのではなかろうか。

現在、残されている機関紙「Sect 6」を読めば直ぐに判るが、このグループの政治意識には、わが国の左翼的な常識にくらべて、開明的なところがみられる。それとともに問題提起の仕方に学生運動を独自的な大衆運動として固有にとらえようとする態度が、かなり明確に打ち出されている。この態度は、学生運動を、政治党派の〈学生部〉の運動とみなしてきた既成の概念と、枠組が異なっているということができる。このことが組織体として有利に作用したかどうかは、まったくわからない。ただ萌芽としては、その後にジグザグのコースをとりながら行われた六〇年代の学生運動の問題意識は、ほとんどこのグループの問題意識のなかに含まれているといってよい。

「Sect 6」が、最初に当面したのは、たしか憲法闘争であった。その場合の問題提起の仕方は特徴的に、つぎのようになっている。もともと憲法闘争は、政府の憲法調査会の設立などを契機とする改憲の動きに端を発していた。そして改憲問題の中心になったのは、ひとつは、国民統合の象徴としての〈天皇〉に、政治的な権限を回復させるかどうかであり、他のひとつは、自衛隊を公然と常備軍隊として認め、戦争放棄の条項に改訂を加えるかどうか、に重点がおかれた。これに対して、わが国の反体制勢力の闘争目標は、〈護憲〉ということにおかれた。そして〈護憲〉の中心的な課題もまた戦争放棄の条項を護るということにおかれた。もっと詳しくいえば、戦争放棄の条項を護るために、国民統合の象徴としての〈天皇〉をも、一緒に護るということに帰せられる。あたかもこの時期に革共同全国委員会（黒田寛一議長）は、反戦インターの設立、米ソ核実験反対という政治目標を提起して、反戦闘争の一環として黒田寛一議長を参議院選挙に立候補させた。これらの新旧左翼の動きは、憲法問題の核心を反戦というところにおいている、ということで、ラヂカルに主張されても、そうでなくてもおなじ発想に根ざしていた。

わたしの当時の考え方は、まったく異なっていた。米・ソの主導する核爆弾の開発競争は、全面（核）戦争を不可能にした、とわたしには考えられた。したがって、もし世界的な規模での矛盾が集約されるとすれば、〈核抜き〉の局地戦争の群発としてあらわれるほかないことは、まったく自明であるとおもわれた。したがって〈反戦〉に闘争の目標を定めることは、無意味だとおもわれた。このことを、黒田寛一の参議院選への立候補応援に名を連ねた埴谷雄高に公開質問したことを記憶している。

「Sect 6」は、憲法闘争において、つぎのように問題を提起している。まずはじめに、「憲法問題」研究会の設立を呼びかけている。実際の問題として、戦争期まで支配した旧明治憲法と、戦後の憲法を対比させると〈天皇〉の処遇と〈軍隊〉の処遇について、〈革命〉的な変化があることがわかる。しかし、特に、この新旧二つの日本国憲法が、民衆のどんな意向をも反映していない少数部分で作り変えられたこともわかる。つぎの問題は、わが国の大衆は〈憲法〉の規定することに、べつに関心などはもっていない。つまりどうでもいいことなのだ。〈憲法〉が、〈憲法〉という名の政治的国家だとすれば、大衆は、ただかれらの生活的な関心を境界線とした、もう一つの政治的国家をもっている。それから、もう一つ〈社会〉という名の政治的国家をもっている。この最後のものに至っては、啓蒙的な知識人自体をさえ、辟易させているくらいである。つまり、わが国では、国民が〈憲法〉を作らないばかりか、〈憲法〉が国民を作りさえしていない。〈憲法〉によって、天皇に軍隊の統帥権があるかどうかを、大衆が知るのは、徴兵令によって軍隊に入れられてからであった。そして軍隊は、即ち戦争を意味した。なぜなら、明治以後十年とたたないうちに戦争が始まり、終ったかとおもうと、また始まるという体験を、旧憲法の下で繰返してきたからである。敗戦後の新憲法は、天皇の統治権を否認し、軍隊の交戦権を放棄した。しかし天皇は最高統治権であり、軍隊は戦争であるという体験しかもたなかった大衆には、この意味は実感できなかった。いいかえれば、この二つは、条項なき条項にしかすぎなかった。一般的にいえば、〈憲法〉に規定された条項は、その条項にたいする政治的国家の危惧の表現である。もし危惧がなければ、条項はないはずである。基本的人権擁護に関する〈憲法〉の条項は、基本的人権擁護についての懸念のあらわれである。懸念がなければ条項は存在しなくてもよい。大衆にとって条項なき条項は、〈無関心〉の別名なのに、〈憲法〉にとっては、条項なき条項は、〈当然〉の別名である。これらの実体についでは、検討を要するのだ。

〈憲法〉を意志表現とする政治的国家、ということと、〈憲法〉に則って政治的体制を構成している政治的国家という概念とは、まったく異っている。わが近代の政治的国家はたしかに意志表現としての〈憲法〉をもってきたし、いまももっている。しかし、〈憲法〉に則って構成された政治的国家であったかどうか、ということでは、ぬえのように不可解な存在であった。絶対主義国家であるとか、ブルジョワ国家であるとかいう論議が、戦前に花を咲かせ、立憲君主制であるか否かの論議が、戦後に花を咲かせたのは、ようするに〈憲法〉なるものの本質と現実の政治的国家の体質について、論者たちのほうが、ゴマかされていたからである。なぜならば、わが近代国家においては、立法権と〈憲法〉とのあいだに、目印をつけるほどの〈意志〉〈国家意志〉的な区別がつけられていなかった。〈憲法〉改正か〈護憲〉かという以前にそれはまず〈研究〉されねばならない問題であった。その意味では〈護憲〉による戦争放棄条項への固執も、反戦運動への転化もそれほどの意義があるとはいえなかったのである。

〈憲法〉のなかに生活が登場すれば、生活のなかに〈憲法〉が登場する。また、〈憲法〉のなかにイデオロギーが登場すれば、イデオロギーのなかに〈憲法〉が登場する。では、春秋の筆法をもってすれば、〈憲法〉のなかに知識が登場すれば、知識のなかに〈憲法〉が登場するはずである。微細な差異を逃さなければ、このばあい知識の質が問われる。知識がもし、〈憲法〉を政治的国家の意志表現とみることと、〈憲法〉に則して政治構成を作りあげた政治的国家との、あいまいな許容境界に、思いいたらないとしたら、戦争放棄条項を擁護しても、これを改訂しても、少なくともわが国では、ほとんど意味がないといってよい。「Sect 6」の「憲法問題」研究会が、もしも、ここのところに重点をおきかえたならば（いつも若しもであるが）且て、あらゆる反体制運動が提出しえなかった課題を、提出しうるはずであった。たとえば、自衛隊を解体せしめるとか、自衛隊のなかに政治的な根拠を獲取して、やがて銃を逆に支配者にむけさせるためには、むしろ戦争をやらせるほうがいいのだ、といった西欧的発想のイミテーションが、わが国では、まったく無意味であり、また不可能であるといったことが、明晰に出てくるはずであった。

旧天皇制の軍隊が〈憲法〉であり、戦争であり、また、戦後の〈憲法〉が、自衛隊であり、戦争放棄であるとすれば、この両者の差異は、たんに戦争と平和との差異ではない。その根底に、新旧〈憲法〉を貫通している二重構造がある。この二重構造のところでは、政治的国家としての〈憲法〉と、政治的国家構成としての〈憲法〉とが、度外れに異質の意味をもっている。〈憲法〉が人権を認めても、人権は〈憲法〉を認めない。〈憲法〉が、戦争を放棄しても、戦争放棄は〈憲法〉ではない。〈憲法〉が、常備軍隊を否認しても、常備軍隊の否認はなんら〈憲法〉ではない。〈憲法〉が、大衆を政治的国家に登場せしめても、大衆は〈憲法〉を政治的国家に登場せしめない。この局面では、〈軍隊〉は〈叛乱〉しないし、〈叛乱〉は〈軍隊〉を、あるいは武装を要しない。それはただ〈スイッチ〉の構造の問題である。少なくとも、この種の課題に迫ろうとする萌芽は、ただ「Sect 6」のグループにだけ、存在した。そう云ってよければ限定概念のない得体の知れないものが、得体の知れないものに変ったという二重性をもつものであった。この二重性のなかでは、政治的国家も二重性であり、旧軍隊も自衛隊も二重性であり、その性格は曖昧であるといってよい。

「Sect 6」は、この課題にたいして、〈憲法〉の研究会を通して、〈軍隊〉に、〈軍隊〉の在り方を通して〈叛乱〉の問題に到達することができると考えている。この考え方は、ほとんど北一輝が、別の側面と立場から提起したものと類似している。少なくとも〈憲法〉の問題から、戦争と平和の課題を見つけ出したり、戦争放棄の条項を固守するために戦後〈憲法〉の全体を擁護すべきであるという考え方や、反戦の問題を導き出すといったうんざりするような常識からくらべれば、遥かに〈憲法〉問題を本質的に捉えているというべきである。「旧権力から自立し、新権力を樹立するために、軍事力の組織化は必要不可欠条件である」という「Sect 6」の結論をみれば、当否はべつとして、現在やっとたどりついた〈情況〉は、すでに十数年まえに、かれらによって把握されていたといってもよかったくらいである。

かれらのいうところを少し掲げてみる。

国士会事件（右翼団体によるクーデター事件——註）の示した第一次の決定的な性格は彼らの自衛隊に対する接近工作にあった。それは、月並みな「左翼的」革命論議に対して、次のことを、すなわち軍隊、自衛隊について語れ！　それに接近せよ！　ということを要求している。

従って逆説の立場は、かつて北一輝にとって絶対不可侵な先験的なもの、すべての前提条件であった国家主義がその内部から崩壊しはじめている現在、ありうべき革命の立場は〈憲法停止〉をエピローグに、すべてをその結論にむけて運動を推進すること、マッセン・クーデターを不断なものに、即ち永久化すること！

ほとんど七〇年代の赤軍派の挙動の根拠の問題はここに語られているといってよい。そこで、わたくしたちは、ひとつの納得に到達する。すなわち、わが新旧両〈憲法〉における軍隊＝自衛隊の性格を、政治的国家の下士的な暴力装置とかんがえて、これへの工作、銃を逆に向ける反乱への期待、暴力的な対決を強調することは、当然、北一輝的、あるいは赤軍派的な戦術に行きつかざるを得ないこと、がその一つである。もう一つは、わが国の新旧両〈憲法〉を政治的国家、また政治的国家の形成の法的な意志表現と解するかぎり、事態は、護憲か、改憲か、戦争放棄か、反戦かという課題に還元されてしまうことがその二つ目である。このことは、〈憲法〉を政治的国家の普遍的なもの（意志表現）とみなすことから由来している。しかし、わが国の〈憲法〉の成立過程、つまり、なぜ〈近代〉的国家への脱皮が、王政復古、一君万民（「大日本帝国ハ万世一系ノ天皇コレヲ統治ス」）となって表現されたかの過程をみるかぎり、簡単ではない。わが国では、〈憲法〉は政治的国家であり、宗教権的国家であり、近代資本主義的な国家であり、潜在的な貢納的な絶対主義国家であり、等々の多頭性を帯びている。そして、この多頭性は、行政的な権力としての多頭性というよりも、象徴的、あるいは潜在的な多頭性であることに基礎をおいている。ここでは、「Sect 6」の主張するような「憲法―軍隊―叛乱」という図式は成立しない。また、おなじ理由で、〈憲法―反軍隊―叛乱〉という図式も成立しない。なぜならば、わたしたちのもっているのは、この場合、いつも〈憲法（多頭的法国家）―軍隊（多頭的軍事国家）〉―（多頭的反国家）〉というぬえ的な図式だからである。しかし、この六〇年代前半に出された図式が、〈戦争放棄―自衛隊（軍隊）の違法性―平和擁護〉という図式や、〈戦争放棄―反戦インター設立〉という図式にくらべて、遥かに射程距離の長さと、正確さをもっていたことは明らかである。

〈憲法―軍隊（自衛隊）―叛乱〉の図式に沿って、中央大学学生自治会は、米ソ核実験にたいする無条件反対の立場から〈自衛隊に対して〉抗議文を手交している。その主要部分の論理はつぎのようになる。

ソ連のグロムイコ外相はアメリカ核実験に対して彼等の新たな実験計画を我々の前につきつけている。我々は第二のビキニを望まない。我々は米ソの実験競争が我々国民に対する武力的な威嚇行為であると判断する十分な根拠をもっている。

世界の世論は高まっている。

我々はさしせまったアメリカ核実験に無条件反対であり、これを中止させることは世界平和に対する国民的義務であると考える。

日本政府は口先だけで反対をとなえることは最早やできない。問題はさしせまっており、日本国民の「自衛権に基づく」とされている自衛隊は、実験を中止すべく抗議船団を早急に編成し、かの地域に出動すべきである。

右　要求する。（中央大学昼間部学生自治会）

この論理は「自衛権に基づく」自衛隊が、たんに極大に解釈して〈軍隊〉でありうること〈改憲派の解釈〉ばかりでなく、極小に解釈して国民の〈自衛権〉そのものをも保持しえないぬえ的な存在であることを、暴露しようとしている。そして、自衛隊を本質的にぬえ的存在にしているのは、〈憲法〉と〈立法権〉とのあいだのぬえ的な関係に基づいていることはいうまでもない。

主旨は大体解りましたが、自衛隊に船を出せというのは少々無謀ですね。御承知のように自衛隊には「自衛隊設置法」という法律がありまして、そこには自衛隊は侵略の脅威に対してだけ出動することが明記されていますので、こうした船を出すなどということは考えられないのが第一と、そして二つ目には、もし船を出すようなことになれば、アメリカは実験水域から日本の船を武力で追い払うでしょう。そうなればもう国際紛争ですよ。政府は現在国際紛争を起すことを望んでいませんので、核実験に対しては常に抗議声明を発表し、国際世論に訴えて、これを中止するよう努力しているんです。だから船を出すということは逆効果になるし、有効な手段じゃないですよ。私がお答え出来るのは以上の二点ですよ。（会見した「防衛庁幹部」談話）

当然こうなるべきぬえ的な答えである。しかし、このぬえ的であることは一見すると優柔不断のようにみえて、じつは、本質的なのである。いずれにせよこのぬえ的な本質を引出しうることが、おそらく抗議文の眼目であったにちがいない。「中央大学学生自治会」と「Sect 6」とをそのまま同一視することはできないが、この場合、それが可能であるとおもわれる。そして自衛隊（軍隊）の性格がどうかというよりも、〈憲法〉そのもののぬえ的な本質をかれらがよく心得ていたようにもおもわれる。

北一輝が、〈憲法停止〉にこだわったのは、たぶん旧〈憲法〉における〈天皇〉の政治的な統治権と旧軍隊への統帥権に過大な意味をみつけたからである。ということは、北もまた、日本の〈憲法〉が、政治的国家として、また、軍事的国家としてもっているぬえ的本質に盲目であったことを意味している。この本質は、敗戦時に、〈天皇〉の統治権と、軍隊の武装的国家としての解体の仕方の卑小さと下らなさとが、徹底的に暴露されたとき、はじめてメッキをはがされたのである。

権力について
——ある孤独な反綱領——

1

権力というものを、具象的な形が見えないのに抑圧を受けとってしまうもの、またじぶんは無意識なのに他者に抑圧を与えてしまうものまで包括してかんがえると、その像《イメージ》も、抽象の度合も、見つけだすのがたいへん難かしい。この抑圧は、成文化されればいずれ法律、規則、決議みたいなものに限定されるにちがいない。だがそうはいかないし、それだけで尽くせないところから権力ははじまって線型に走ってゆく。M・フーコーが権力の現在について、つぎのように語るとき、それはとても適切で正確なものにおもえる。

十九世紀の固定観念であった悲惨と貧困の問題は、もはや今日の西洋社会にとって最も重要なものではない。反対に次の問題、私のかわりに誰が意志決定をするのか？　私にこうしてはいけない、とか、こういうことをせよと誰が禁じたり命令したりするのか？　誰が私の態度や時間の使い方をあらかじめ定めるのか？　私はある所で仕事をしているのに、誰が私に別の場所へ住むよう強制するのか？　私の生活と完全につながっているこれらの意志決定は、どのようにして行なわれるのか？　それらすべての疑問が私には今日根本的であると思われる。（M・フーコー「権力について」田村俶訳、『現代思想』一九八四年十月号）

こんなことは左翼のなかの右派なら、誰でもいってることだとかんがえるのは、まったく当っていない。これは権力の現在について最初にいい切ったことなのだ。ほんとは猫の首に鈴をつけたいのに、誰もがためらって尻込みしている。そんなとき、わたしが鈴をつけに行こうと名乗りでて、フーコーは鈴をつけてみせた。それは気骨の折れることなのだ。

ここにはいくつか暗示が含まれている。ひとつは、社会体や人間関係の微局所をとってくると、権力のベクトルは上を向いていたり（下から上へ）、下を向いていたり（上から下へ）、平行していたり（平等）、散乱したジグザグな方向線を描いているということだ。

そしてもうひとつは、局所から大局に眼を移せば、権力はおおざっぱに、上から下への傾斜（志向線）を描いていると見做されることだ。

ところでこの上から下への大局的な傾斜ベクトルは、いったいどう描いたら像《イメージ》や抽象度として正当なのだろうか。これが誤解と正解をわかつ最初の別れ路だとおもえる。フーコーのいう「十九世紀の固定観念」では、権力の大局的な傾斜ベクトルの原型は、国家とその下にある社会体としての市民社会とをつなぐベクトルである。このベクトルは幻想の共同体である国家から、現実の社会体である市民社会に、上から下へ描かれる傾斜をもっている。それはよくわかった。だが上方にある幻想（体）から下方にある現実の社会体にたいして、どんな線を作図すればいいのか。そんな幻想から現実への線はいったい描けるのか。これはそんなに簡単ではない。比喩的には上から下へ向って直線を、国家とおなじ外延をもった領域全部にわたって引けばいい。でもこれでは幻想（体）から現実（体）へ引かれた線だという目印しはどこにもない。せいぜい比喩の精密度を高めて、n個の屈折をもったフラクタル線分を、上方から下方へ引くことで、権力のベクトル線の原型にするほかないようにみえる。

フーコーのいっていることは「悲惨と貧困の問題」がおおよそ解決されてしまった現在の西洋社会（一般的には先進社会）では、この国家と社会体のあいだに上から下へ向うベクトルと、これに原型をおく市民社会と、その下層にはみだした労働者社会のあいだを、上から下に向うベクトルは、いずれも輪郭を失い、第一義的な意味をなくした、せいぜい第二義以下の問題になってしまったということだ。その結果それまでは上から下へ向いて国家と市民社会のあいだに、また市民社会とそこから疎外された社会（労働者社会）のあいだに、引かれていた第一義的な階級線は、散乱して社会体の内部に、その日常生活や、経済的生産や、消費の場面に、勝手な方向性をもって分散するまで解体してしまった。ここでいわれているのはそんなことだ。現在では、ベクトルは大局的には上から下へ向いているが、社会体のなかの微局所では、まったく方向が散乱している。そんな権力の線が想定される。この有様をはっきり抑えるほかに、現在の権力線をつかまえることはできない。そしてこれをつかまえることは現在の根本的な課題だとフーコーは述べてることになる。

Ｍ・フーコーのこの権力の把握は、とても正確だと、わたしにはおもえる。そして正確なためには、何よりも迷信や信仰から自由な理念の把握が必要だが、これ自体が現在でもどんなに難かしいか測りしれない。理念的な知の課題は現在でも、迷信や信仰とのたたかいに大半のエネルギイをひきさかれる。しかもこのエネルギイはまったく無駄使いだから、消耗しても疲れた貌など見せていられないのだ。そこで自問自答になるほかない問いを発してみる。国家権力の問題（いいかえれば階級社会の問題）は、先進資本主義社会ではもはやいちばん重要ではなくなったのか？

答えはふたつあるとおもえる。ひとつは「そうだ」、国家権力の問題は（いいかえれば階級社会の問題）は、先進資本主義諸社会のあいだでは、つぎつぎに第一義的意味を失いつつあるという答えだ。だがもうひとつの答えがある。先進資本主義の諸社会では、やっと権力の表出力が、衣裳を脱ぎすてて、むき出しに本質をさらすようになった。社会体のなかの個々人は、じぶんたちの皮膚にひしひしと、権力の抑圧力や管理力を感ずるまでに切迫してきた、というように。その理由はいままで述べてきた。権力のベクトルが、国家という第一義的な幻想（体）の噴出エネルギイ源を失って、社会体の内部の現実的な諸差異を表出源とせざるを得なくなったのだ。そこでは権力のベクトルは散乱し、分断された微局所の総和を、いちばん重要とするしかなくなった。そのかわり、リアルにむき出しに、諸個人の皮膚感覚に感知されるまでになった。たとえば悪の象徴のようにみなされている国家の社会管理力、会社や工場の現場、学校制度の登り難さ、病気管理力としての病院の息苦しさと過密度、医薬物の作用、副作用の体系。また善の象徴とみられる抑圧力も、まったく同じだ。緑の政党。自然を守る会。反核と反原発。嫌煙権運動、節煙、禁煙勢力の出現、等々。以前は、つまりまだ国家権力が第一義の意味をもち、市民社会が労働者階級を社会の下層から外にはじき出していたときは、こんな細かな項目などに権力（反権力）は目もくれず、ある意味でおおらかで間接的だった。緑の好きな連中は、じぶんが田園や、農村や、海辺に移り住むか、住居を緑でできるかぎり取囲んで住まい、緑が嫌いな連中の住み方や遣り方をほっとくか、眼をつむるか、無関心ですましていた。だがいまでは政党として自己主張し、たたかいを仕掛ける。つまり善や正義の権力として、緑を共有する党派を作るようになっている。以前は煙草を吸わぬ人、煙草の烟りや匂いの嫌いな人は、黙って窓を開けたり、室外へ出たり、我慢して付き合っていたものだ。いまでは団結し、嫌煙の権利を主張し、煙草を吸う者たちを部屋の外へ追い出しはじめた。いまに社会体の局所を、禁止地域として法的に設定するようになるかも知れない。反核と反原発は、いまでは資本主義は悪だが社会主義は善だとおもい込んでいる信仰者に主導された第一宗教にまで成り上がりつつある。だが核戦争が嫌で反対なのは、すべての人間であり、この連中の教義だけに独占権があるわけではない。そして現実に核爆弾を蓄積し、危険を積み上げているのは、資本主義の諸国の主導権力であるアメリカと、社会主義諸国の主導権力であるソ連であることは、どんな立場のどんな人物の眼からも明瞭なことだ。だがこの連中はただの一度も、米ソ核戦争体制反対と声をあげたことのない反核なのだ。もっとひどいことに核兵器をもっているのも、原子力発電所をもっているのも、資本主義国だけだと言わんばかりの反核運動をやってきたおなじ連中が、ソ連原発事故にたいして、ひと言の分析も自己批判もなしに、原子力発電の危険一般の問題に擦りかえて、原子力発電所をとり壊せなどという、迷蒙な反動的な主張を、労働者の組合総組織（総評）の頓馬な指導者と口裏を合わせてやっている。だが原子力発電一般への異議申立ては、現在の科学技術の水準で最大限可能なかぎりの、防御装置を多重に設備せよ、という主題以外には成立しない。それ以外の主題は、人間の科学理性とエネルギイ必然にたいする反動でしかない。

このようにして善の象徴のようにみなされている権力もまた、ほんとは悪の象徴にしかすぎない。そしてわたしたちにのこされた権力の問題は、依然として何ひとつ改善されずにもとのままなのだ。ただ権力の諸問題が、より本質的に、より膚身に迫る切迫感で、むき出しになりつつあることだけが、これらの諸象徴の取柄になっている。

国家権力と市民社会との対立がいちばん重要だった資本主義の興隆期には、小さな権力が集まって大きな権力へ、また大きな国家の権力が分枝して、たくさんのおなじベクトルの小さな権力として局所に作用するというのが、権力の基本的な表出形式であった。だが現在の高度資本主義諸国では、小さな一見すると何でもないような表出形式をもった権力問題ほど、より本質的な、より究極に近い権力の表出形式であるという逆説的な図式が成立している。そしてこの図式のなかで、もう一度M・フーコーの発言の意味は蘇えってくるといえよう。

わたしとあなたのあいだにあって、いずれか一方が権力の雰囲気をもつかに見えるとすれば、容貌のせいなのか、それとも服装のせいなのか、社会的な地位のせいなのか？　それともわたしかあなたが、自分自身にたいして過剰なイメージをひそかにもっていることから発信されるのか？　わたしやあなたは自己の心身の出来方、たとえば虚弱、病気、心身の障害や欠損が与える、またそれから与えられる権力の雰囲気に、どこで責任をもつべきなのか、あるいはもつべきでないのか？

　こういった一見するとつまらない疑問を、わたしたちに喚起するのは、永続的な権力、どこかに発信源をもつ手ごわい権力であるような気がする。権力の由緒を追い求め、ついに権力がそう見える外観を突破して、その内在にまで踏みこんでゆくと、踏みこんだ途端から、権力は異なった貌にみえてくる。それはある限度をこえたとき、その概念自体が発するものが、不可避の力価に見えてしまうあるひとつの象徴なのだ。ここまでくれば権力はわたしとあなたのあいだ、あるいは人間と人間とのあいだの関係の絶対性のようにもおもわれてくる。無数のわたしと無数のあなたとの関係が、不平等と千の差異から出発するのは不当だし、それを到達点とするのも不当だ。だが権力とは自然力のようにさし迫ってくるものを、究極的には指しているのではないか。だからこそ権力は、皮膚に触れ、皮膚を圧してくる物質のなかに滲透して、物理的な力を加えてくるものであるかのように比喩される像《イメージ》なのだ。

2

現在の高度な資本主義社会では、国家とその下にある市民社会の対立に由来する権力は、いちばん重要なものではなくなった。これはM・フーコーのいい方に公的な模型を与えていいかえただけだ。それにもかかわらず現在社会体の内部で、散乱したベクトル方向をもつ微局所の権力の多様性を、大局的に方向づけている上から下への傾斜は、国家の幻想（体）と現実の社会（体）とのあいだの対立から産み出されるものだ。この考えでは同時にM・フーコーから遠ざからなくてはならない。いったい何がのこされた問題なのか？フーコーは少しでもマルクス主義の匂いがする権力の感覚を、徹底的に解体している。

権力は下から来るということ。すなわち、権力の関係の原理には、一般的な母型として、支配する者と支配される者という二項的かつ総体的な対立はない。その二項対立が上から下へ、ますます局限された集団へと及んで、ついに社会体〔社会構成員〕の深部にまで至るといった運動もないのである。むしろ次のように想定すべきなのだ、すなわち生産の機関、家族、局限された集団、諸制度の中で形成され作動する多様な力関係は、社会体の総体を貫く断層の広大な効果に対して支えとなっているのだと。このような効果が、そこで、局地的対決を貫き、それを結びつける全般的な力線を形作る。もちろん、その代わりに、これら断層の効果は、局地的対決に働きかけて、再分配し、列に整え、均質化し、系の調整をし、収斂させる。大規模な支配とは、これらすべての対決の強度が、継続して支える支配権の作用＝結果なのである。（M・フーコー『性の歴史I　知への意志』渡辺守章訳）

国家権力から分化して、局所の権力は上から下へ毛細管のように作用しているから、どんな社会体の局所に働く権力も、収斂すれば国家権力に帰するという、マルクス主義のやりきれない宗教的な嘘を、フーコーはまったくくつがえしたかったのだ。だがわたしはマルクス主義の国家観には未練はないが、マルクスの国家観には未練がある。フーコーには局所の権力以外に権力の問題はないし、局所の権力が支えになって形成される亀裂や断層にしか意味をもとめていない。

わたしたちの未練は、大局的に上から下への傾斜に方向づけられる権力線という考え方にのこされる。国家と市民社会のあいだの対立が問題なのではなく（それは先進地域では第一義的な意味を失った）、国家そのものの存在と、その持続自体が、現在もまだ依然として世界史的な問題だということだ。

一方市民社会との対立においては第一義の意味を失いつつある欧米型の高度資本主義諸

国の「国家」が、それでも依然として多国籍資本体に取囲まれながら存続をつづけている。他方では「国家」が存在するかぎり、マルクスやエンゲルスの学説は、まったく成立しようがない、いいかえれば社会主義とか共産主義などは、はじめから不可能だとわかっているのに、ソ連をはじめとする社会主義「国家」群が存在している。そして資本主義「国家」群と張合いながら核兵器蓄積の共存共犯関係を続けているばかりではなく、社会主義「国家」間の国境紛争を演じたり、他国への侵攻と侵略を演じたり、国境を侵犯したと称して、民間旅客機を攻撃して撃墜したりしている。国境をめぐる紛争や、国境を侵犯したなどとわめいている社会主義など、形容矛盾としてしか存在しない。そしてこれらのことが頭のてっぺんから悲惨で滑稽なことだという認識など、毛のさきほどもないナショナルな社会主義者たちが、臆面もなく社会主義諸国を主導しているのだ。「社会主義」と「国家」とは相互否定の関係にしかない。絶対的な矛盾である。つまり「国家」であるかぎり「社会主義」でないことは、原理的にも実際的にも、誰にでもわかる自明のことだ。でもこんなことを挙げつらったり、あらためて検討したりすればするほど馬鹿らしく胸が悪くなる。得体の知れぬ奇怪な、いったい何を考えているのか、何を仕出かすのかさっぱりわからない「国家」群が、現在の社会主義「国家」群なのだ。

国家はこのようにして、現在の資本主義社会体の上部でも、社会主義社会体の上部でも、存続をつづけ、大局的な権力の上から下への傾斜を産み出す根源をなしている。これはいったいどういうことになっているのだ。第一義的な意味を失っているのに存続するもの、それが存在してはそれ自身の存在の根拠がないにもかかわらず、なお存在しているものの、それが現在の世界史上の「国家」の姿なのだ。現在こんなにまで存続の第一義的な意味を失い、自己矛盾の根拠であるものが、解体してゆくのは時間の問題だろうか？　それとも誰か天使がやってきてこの二分割された「国家」群を解散させてくれるのだろうか？　そしてこのばあい時間や天使とは何を指したらいいのか？　わたし自身もまた、気分としてはナショナリティに就きながら、理念として二色に分割された「国家」群の何れかひとつの体制の存続をも、両方の共同体制をも否定している。そしてこんなわたしたちの視野の外延で、第三世界や第四世界の未開発の地域では、部族連合である「国家」をはじめて造ろうとして、造山運動のようなものが頻発し、殺戮やテロが続出している。「国家」は縮小され、そして消滅した方がいい。それでもこの理念は、今なお第三世界や第四世界で「国家」が造成されようとしている地域にたいして、頭から否定できるような場所と根拠をもっていないこともはっきりしている。欧州共同体のように「国家」の消滅を頭の片隅におかざるをえない経済的な、軍事的な、局面をもっている地域もあれば、第三世界や第四世界のように、部族連合を「国家」にまで統合すべき課題をもった地域もある。この円環するずれみたいなものが、現在の「国家」間と「国家」内における権力を伴った力動性の根源になっているのだ。

3

現在の世界体制は資本主義と社会主義の「国家」によって出来ているから、それ以外の存在は幽霊でしかないなどという言説をわたしは絶対に認めない。またわたしたちの無意識の土壌が、資本主義か社会主義かなどということに何の意味もないし、一方を否認することは他方を是認すること、加担することだなどというい草も認めない。わたしたちは出自などに責任を負わないし、負わせる気もない。

ほかの連中とわたしとが異なるところがあるとすれば、現在までのところ社会主義は、資本主義の一定の段階で産み落された専制新変種でしかないと見做している点だ。ただ内省的——日常的な場所に陥ちこんでいたとしても、わたしたちはすこしもあわてくさって、外の連中のテンポに合わせようなどという気はない。マス・メディアのなかにまぎれ込み、その騒音に回収されてしまったとして、それがどうしたというのだ。それはある面からは、わたしたちの無意識が、母親の胎内に回収されているのとおなじことだ。ゆったりと母胎に入りびたっていたとしても、そこが始まらないで、ほかから始まることなどあり得るとはおもえない。お前が母胎にひたって休息しているあいだに、われわれは吹きさらしで働いているなどと恨み言をいう連中などは、どうせどういうことが、できるはずがない。そんな心意でできることなどはじめからわかっている。わたしたちは吹きさらしにたまたま出あったとき、不幸を外へかこったことも、一緒にやれなどと煽動したこともない。それは原理的にないのだ。きみたちはきみたちの場所にかえれというだけだ。レーニン主義的マルクス主義が振りまいた途方もない嘘のうちで、F・ガタリや浅田彰などの連中にいたるまで（もっともガタリと浅田ではまるでちがうが）無邪気に踏襲していることがある。それは高度先進工業諸国における労働者の貧困からの解放の成就、労働者階級の市民社会内部への融解状況が、周縁の低工業化諸国の支配の強化、自由の低下、治安・平和の不安定、第三、第四世界の被搾取者の餓死状態などの上に築かれているという言説だ。両者にはもともと何の関係もありはしない。あったとしてもせいぜい二種の壁（ベルリンの壁のような）を介したうえでの間接的な関係でしかない。高度先進工業諸国であろうが、第三、第四世界諸国であろうが、それが社会主義国であっても資本主義国であっても、産業諸種の運行、工業労働の現場、それに従事する大衆の生活自由度、これらを価格限定し、租税域に区切り、労働、保健、分配の諸法規を支配し、管理しているのは「国家」や「国境」や「国益」である。高度先進工業諸国のすでに貧困から離脱した労働者と、第三世界、第四世界の餓死状態の被搾取大衆とを関連づけるためには、第三世界、第四世界諸国の資本主義または社会主義「国家」権力の壁と、高度先進工業国の資本主義または社会主義「国家」権力の壁の二つを通過しなければならない。F・ガタリらや浅田彰みたいな連中が、とぼけているのか、またはまだレーニン‐スターリン主義を解毒していない構革派にすぎないかどちらかなのだ。つまりこれらはF・ガタリらの理念や哲学のせいではなく、無意識が欲望している党派の問題だ。F・ガタリや浅田のような連中は、ここが駄目だというほかいいようがない。

先進諸国における労働の自由化は「諸共同体、人種、小社会集団等、あらゆる類の少数者の存在」「自律的表現の領域」を引き替えに「訴追」しはしない。まして〈資本〉がその引き替えの場面を関連づけて、必然化しているものでもない。それは依然として資本主義および社会主義の「国家」権力、「国境」擁護勢力の問題なのだ。わたしたちの管見に入ってくる新聞雑誌の情報によるかぎりでいえば、第三、第四世界の解放闘争の仕方に、わたしは殆んど全面的に否定的だ。わたしたちの社会体とそれらの地域との「距離」は、たたかいの未整備などに由来しない。現在の植民地主義に対する解放闘争、低開発状態からの解放闘争の仕方を否定できなかったならば、スターリン主義とファシズムのふたつの体制の、半世紀にわたる正義派ぶった残虐の歴史を否定しないこととおなじなのだ。この同一性の解体こそが、解放の言説の無意識を直撃できる唯一の革命だということが問題なのだ。F・ガタリ、T・ネグリはつぎのようにいっている。

資本主義者そして／あるいは社会主義者たちの核装備カリブ海賊同士の水中果たし

合いに備えよう！　しかし、世界にたいする、C・M・I（世界化された資本主義のこと—註）の果てし無い戦争が展開しているのは露骨に武装された地上や海、空でだけではない。それはまた、市民生活の領域で、社会の、経済の、産業の、……あらゆる領域で展開しているのだ……。そしてさらにもっとだ、そこには、横断的に、クモの巣状に果てし無く分化したシステムの網目に沿って、大多数のものには触知できぬかたちでの権力のオペレーターが走っている。——少なくとも伝統的な意味での——政治的あるいは労働者組合的達成の外をあるいはその中心部を様々に絡み合いごた混ぜになりながら、多国籍企業が、マフィアたちが、戦争産業複合体が、シークレット・サーヴィスどもが、さらには〝法王庁の抜け穴〟までが貫いている……。あらゆる地平で、あらゆる階梯で、あらゆるやり方で——投機、略奪、煽動、転覆、恐喝、膨大な強制収容、虐殺……。この瘴気を帯びたデカダンスのなかで、資本主義生産の様態は往年の凶暴さを無傷のままにそっくり取り戻したかのようなのだ。（F・ガタリ、T・ネグリ『自由の新たな空間』丹生谷貴志訳）

「多国籍企業が、マフィアたちが、戦争産業複合体が、シークレット・サーヴィスどもが、さらには〝法王庁の抜け穴〟までが貫いている……。」こういう悪玉の並べ方は、何はともあれ気に喰わぬ。「投機、略奪、煽動、転覆、恐喝、膨大な強制収容、虐殺……。」

こういう悪行の挙げ方も気に入らないというべきだ。多国籍企業は民族あるいは国家企業に比べれば開かれた善だし、資本主義的投機と社会主義的強制収容、虐殺とはまったく質がちがう。個人の思想などが手をつけられそうもない壁、機構が、既にそこに制度やシステムが存在する限り存在してしまう、その圧倒的な重圧感と、資本制そのものに本質的に附随する投機制の問題とはまったくちがうことだ。また謀略部隊のゴロツキまがいの陰謀と、ソ連その他の社会主義機構に本質的につきまとう強制収容や虐殺の問題とはまったく別だ。ガタリらはスターリン主義の半世紀の歴史をひっそりと仕舞い込もうとしているために、差異こそが重要だということを水と一緒に流してしまう。わたしならば、資本主義と社会主義の国家権力どうしの謀略まがいの戦術などが、まるで無関係にしかみえない一般的な大衆の原像に、すべてを置きなおし、何がどこを権力線としてかすめていったか、どうやって横にそれを超えるかを見つけようとするだろう。何をうろたえることがあろうか。先験的な理念と宗派、その対立、争闘などに、現在という巨人は何の意味づけも与えはしない。アメリカに主導された資本主義諸国家と、ソ連に主導された社会主義諸国家との東西の対立や、争闘や、共犯の世界史的な関係の底には、無意識の憩いの母胎もあるし、またその奥の層には輝く緑の死も存在する。この世界に誇張した色を塗ったり、歪んだ瞬間を映写すれば、おどろおどろしい像《イメージ》ができあがるだろう。だがそんなところから始まる政治的な地勢図などが、いまでも通用するなどと思っている言説をみると、いい加減にしてもらいたいといいたくなる。権力が強制から協調にわたる「厚さ」をもっているように、反権力も無意識の憩いの母胎をもっていれば、その奥の入眠もあるし、逆に現在の資本主義と社会主義にたいする徹底的な否認からくる孤独な、たった一人の反乱ももっている。それが現在の世界の体制がこしらえている亀裂や空隙が、わたしたちに与えている「厚さ」なのだ。ガタリたちは、わたしたちが洞察していることを洞察している唯一の理念であり、親しみも覚える。ただかれらの考え方は、半分だけしかわたしの音叉に共鳴しない。無駄な力こぶが共鳴をさまたげているのだ。でもかれらは胸のすくようなアジテーションができる現在稀な存在だ。かれらは第三の権力が欲しいし、そうたたかいたいといっている。

平和主義の帽子の下にはごろつき連中もいるが正直な者もいるなどと信ずるほどわれわれはナイーヴではないという点については賛成してもらえるはずだ！　幾つかの国々において平和闘争は道具化され〝スターリンの平和〟の卑劣な時代をわれわれに思い出させるかたちにまで堕落しているのである。われわれは社会の中性化に基づく〝平和〟を嫌悪する。それは例えばポーランド人民の決定的な抑圧に何の傷みも覚えぬ類の連中の〝平和〟なのだ。われわれは、それに対して、**平和への闘争をあらゆる解放闘争がそこで編まれてゆく緯糸のようなものとして理解している。つまり、われ**

われにとって平和への闘争は現状維持の同義語などではないということだ。死を基底に多元的に決定されている資本主義そして/あるいは社会主義的体制下の生産関係に関わるわれわれの仮説を再びここで強調しておく必要があるわけだ。平和への闘争とはデモクラシーのための闘争であり、すなわち、そこでは個人の自由が保障され、国権による管理と経済的進歩の合目的性が共同体の中にのみその正当性を見出すはずのデモクラシーのために闘われる闘争なのだ。平和の緑は社会主義体制の赤からも資本主義体制の黒からも生まれ出はしない!

それは貧困と抑圧が蔓延するあらゆる場所での拒否の中から生まれ、資本主義的支配による苦痛が刻まれるあらゆる場所での解放の緊急性の中から生まれるのだ。いたるところでわれわれが聞かされる詰問はこんな具合だ、「どちらにしろあんたがたはどちらかの収容所を選ばなくてはならないわけだ。」何人かの連中がアフガニスタン人に言う、ロシアがアフガンから出ていったとしてもその代わりにアメリカが征服しにやってくる、と。しかしだから何だというのか? 「もしアメリカがわれわれを征服しにやって来たら、とアフガニスタン人たちは件の言葉に答える、そうしたらわれわれはみなスキタイ人になるさ。」他の連中がわれわれに言う、もしアメリカの傘を拒否すればわれわれはロシアに征服されることになろう、と。しかしだから何だというのか? もしロシアがわれわれを征服しにきたら、われわれはみなポーランド人になればいい。

われわれはこうした類のあらゆる威しにうんざりしている。われわれは核爆弾の威しも資本主義あるいは社会主義の威しもともに拒否する。

平和とは革命の一状態である。（F・ガタリ、T・ネグリ『自由の新たな空間』丹生谷貴志訳）

平和への闘争が現状維持であるというよりも、現状擁護であるにすぎないソフト・スターリン左翼と市民運動の基盤と根拠は、資本主義と社会主義のゆるくあいまいな狃《な》れあいの同一性である。ところがわたしはソフト・スターリン左翼や市民主義者たちと全くちがう。わたしの怠惰はしばしば彼等の外観とちがわないようにみえるかも知れないし、事実違わない。だがわたしが現状維持や現状擁護に廻るときは、高度資本主義下における大衆の現状の維持や擁護との同一化を意味するので、資本主義と社会主義の同一性などを基盤にしているのではない。またわたしが現状を否定するときは、同一化された資本主義と社会主義の両方を否定するのだ。ソフト・スターリン左翼や市民主義者のように高度資本主義だけを否定し、現在の社会主義を肯定するのではない。

つまりかれらは「ソフト・スターリン体制の平和」を維持し擁護するにすぎないが、わたしたちは高度資本主義下の一般的な民衆の平和を維持し擁護していることを意味している。

なぜならそれが大衆にとって無意識でもあるし、どんなつまらなそうな平和でも、社会主義の大衆よりも高い解放的な水準を保っているからだ、といっておこう。ガタリらのいうように「平和とは革命の一状態」だとしても、わたしは権力への意志を拒否するから、この場合の革命には、ガタリたちのような政治的な意味をつけるよりも、社会体のいたるところを散乱して走る権力線にたいして、不断に異議申立てをすることにおいて永続する革命の意味に解するのだ。

七〇年代のアメリカまで

――さまよう不可視の「ビアフラ共和国」――

1

わたしがアメリカにつよい関心をもった時期は四〇年代と八〇年代の二度だ。四〇年代は日米戦争の勃発から日本の敗戦(一九四五年)、そのあとアメリカが日本を占領し、軍政下においたそれにつづく激動の時期にあたる。八〇年代は日米経済摩擦、円高ドル安の現在のアメリカだ。四〇年代のアメリカへの関心は、わたしのなかでおおきく屈折している。

戦争がたけなわのときは、アメリカはとんでもない弱虫な臆病な国で、戦場でたたかえばきっと敗けて退却するか、手を挙げていのち乞いをするし、海戦をすれば敗けて軍艦を沈められる。それでも広い豊かな土地をもった国なので、桁外れにたくさんの物量と鉄量をつぎこんで、なかなか参ったといわないのだとおもっていた。でもいまに和平をもちこんでくるにちがいない。そう評価していた。ひどい無知蒙昧だった。戦争がすすむにつれてこんなアメリカ幻想は消えていった。膨大な物量と鉄量をどんどんつぎこんで、怖れ気も容赦もなく戦場をおしつぶしてゆき、無敗なはずの日本軍をついに本土だけに追いつめてしまった。これは圧倒的に強い国だという評価に変わっていった。敗戦のあとに占領軍としてまのあたりにみた四〇年代のアメリカ将兵たちは、わたしにはなにからなにまで驚異だった。つまりコーンパイプをくわえて搭乗機からわが本土に降りてきた総司令官ダグラス・マッカーサーの風姿から、日本の地主の所有地を解体して、小作人たちに解放し、日本人にはとてもできない農地改革（農業革命）をやってのけたアメリカ軍政局にいたるまで、すべてに驚嘆した。

またはじめてみるアメリカ兵士たち（つまりアメリカ民衆）は、フランクで、無邪気で、朗らかで、屈折のない表情と行動力で、日本人に敵対心や偏見をみせなかった。現在、研究者は占領軍兵士による婦女暴行事件とか強盗事件とか、ひどい高圧的な占領方針などをデータを挙げて指摘することができるにちがいない。だが二十代前後の一介の学生という場所から眼のまえでみたアメリカ占領軍政局と占領兵士たちの挙動は、これだけ見事に占領下の民衆の感情を納得させられたら、文句のつけようがないとおもえた。日本の政府、指導層の降伏、敗戦などおれは認めないと心のなかでおもっていたわたしなどの敵愾心がしぼんでいったのは、アメリカ人がじつに見事に被占領下の民衆に接触して融和でき、侮蔑を表面にあらわさずに、つぎつぎに政策をうちだすのを眼のまえでみせつけられたからだった。いたるところの占領地で土着の民衆のひんしゅくをかったことが暴露されたわが日本の占領軍政や兵士たちの挙動と対比したとき、わたしなどは、ただただ、これはいかん、おれたちはすべてやり直すほかないと、絶望と若さの気力とをない交ぜながら、心の底からそうおもった。偉大なアメリカよ。ほんとに完膚なきまでにアメリカに敗けたなと納得したのは、一九四〇年代の後半であった。きみはたれにも遠慮したり気兼ねしたりしないで、せいいっぱい振舞い、感じ、やりたい放題やっていいんだよ、たれにもきみを咎めたり、強制したりする資格はないんだ、ということを、わたしたちは現在の日本の若者の振舞い方から直接学ぶことができる。いいかえればわたしたちの世代が苦心して産みだしたものの反復と更新から学ぶことができるのだ。だが四〇年代にはわたしたち二十代の若者に、身をもってそれを教えたのは、アメリカ占領軍のなかにいた無邪気で、明るくて、こだわりのない、行動的なアメリカの兵士（民衆）たちだったことを証言できる。ああ、四〇年代の偉大なアメリカ。たとえそれがわたし個人の体験でしかないとしても、あの詩人ウォルト・ホイットマンのアメリカの面影を宿していた。新しい政策がうち出されるたびに発せられるマッカーサーのコメントのなかにさえ、デモクラシーの理想の匂いが、すこしずつまじっていて感心したのをおぼえている。たぶんアメリカ軍政担当者のなかに、ちょっと爽やかな理想主義者が潜んでいたのではないかとおもう。わたしのほかには、四〇年代のアメリカにたいするこんな気分の陰影を書きとめられる者はすくないだろう。そこでこんなことをいっておきたかった。

2

六〇年には、ちょっとした端役で対アメリカのことに関与した。社共のような、スターリン・ロシアの影響下につくられた伝統的な左翼政党や、同伴の市民運動からまったく独立した、日本ではじめての左翼運動が全学連（Zengakuren）として独立誕生した。そして誕生と同時に、日本―アメリカ安保条約改定に反対する運動を主導しはじめた。わたしは全学連同伴知識人の第二号と称された。読者諸氏のうちにはいまも誤解があるかもしれないからいっておきたい。この反安保の運動は、社共や市民組織にとっては「反アメリカ愛国」がスローガンだった。全学連やわたしのような孤立したインテリは、まったくちがうようにかんがえていた。この日本―アメリカ安保条約改定は日本資本主義の社会が高度に発達して、その勢いがとめられないほどになり、アメリカと対等に、占領―被占領の意識なしに同盟しようとする最初の兆候だとみなしたのだ。この現実認識は全学連もわたしも近似していた。これはわたしが全学連に同伴した理由のひとつだった。あとはわたしがひそかに心のなかでつぶやいた言葉だが、この兆候に抗うことはたぶん日本の資本主義社会に抗いうる最後のチャンスであろうということだった。そしてこれは活気と希望に溢れた全学連の諸君にはわからないだろうが、四〇年代にアメリカに敗れ挫折してきたわたしにはよくわかるとおもっていた。

全学連は、かつて社共のような伝統左翼にはまったくみられなかった果敢なたたかいの様式と行動で国家の権力に挑み、つぎつぎに中枢を逮捕されて失い、崩壊し、玉砕した。この崩壊の仕方もまったくわが国の伝統左翼の運動にはないものだった。全学連の命運は、わずか一年余、果敢な組織的なたたかいの時期は数カ月だった。この出現と消滅の意味の重要さは、たれかがいっておく必要があるのだとおもう。いまわが国にのこっている「左翼的なもの」は社共のようなスターリン・ロシアの影響下に育った伝統左翼と同伴の市民運動組織、その影響下に流れこんでいったハード・テロリズム（赤軍派）とソフト・テロリズム（エコロティズム・反原発）だけで、わたしなどの切実な理念の欲望とは何のかかわりもないものだ。

全学連の行動は、わが国で（たぶん世界で）はじめて、スターリン・ロシアの影響を離れても左翼は成りたつことを示唆するものだった。そして理念哲学として、この可能性を世界ではじめて拓いたのは、フランスの哲学者ミシェル・フーコー、だとおもう。とくに

『言葉と物』を応用問題として読めばそうだ。

3

七〇年代アメリカの視線でみれば、全学連（Zengakuren）は無意味で、ファナチックな、とるにたりないものとみえたかもしれない。またあとでベトナム戦争をおこしたアメリカをかんがえると、全学連は分析に価しないとみえるにちがいない。だが全学連はふたつの点で世界向けのアメリカの「お節介」の輸出と、それに対抗するソ連の、地球上のすべての地域を「代理」戦争の戦場にしてしまう傾向への世界で最初の警鐘だった。全学連の運動は、アメリカの世界政策である「善意」と「福祉」と「アンチ・コミュニズム」の輸出がほんらい同類であるはずの高度な資本主義の国が、アメリカから「乳離れ」してゆく場所からも、はげしい反撥に出あうことを、はじめてはっきり示したものだ。もうひとつはアメリカに対抗してアジア・アフリカのような後進地域で、そこを呪わしい「代理」戦争の戦場にしてしまうソ連の世界政策もまた、おなじ左翼的な理念からはげしい反抗に出あうことがあることを、全学連は象徴的に示したのだ。

4

七〇年代の初頭にアフリカで（世界でといった方がいい）いちばん全学連（Zengakuren）に似た運命をたどったのはビアフラ共和国だ。ビアフラ共和国は一九六〇年に英国植民地から独立してできたナイジェリアに包括された地域社会だった。ビアフラ人はアフリカのなかでいちばん高度な教育を身につけ「七百人の法律家と、五百人の医師と、三百人の技師と八百万人の詩人と、二人の第一級の小説家と、アフリカのあらゆる黒人インテリの約三分の一」を擁していて、ナイジェリアの産業・政治・医療・教育の最高職についた。だが、あまりに高度な地位を占めたため憎まれ、ナイジェリアから独立して共和国をつくったが、たった二年数カ月で、ナイジェリアとの戦争に敗れて地上から姿を消してしまった。ビアフラ共和国の消滅は、一九七〇年のことだ。ソ連とイギリスはナイジェリア政府軍に武器を与え、あらゆる方法で援助した。七〇年のアメリカは直接には中立を守った。だが、たったひとりのアメリカ人（たった二人というべきか）が、七〇年の初頭にビアフラ共和国に出かけ、その滅亡の最後の数日に、ビアフラの首都オウェルリにいて、ビアフラに心情的に加担していた。アメリカの作家カート・ヴォネガット・ジュニアである。わたしの理解しているかぎり、作家としてのヴォネガットは、いい作家とはいえ、フライ級かジュニア・バンタム級としかいえない。いわば軽量級の風刺と自己イロニーとユーモアを特色にしている。わたしはヴォネガットの小説のどの作品よりも「ビアフラ——裏切られた民衆」というかれの書いたルポの文章が好きだし、いいとおもう。ヴォネガットのこのルポルタージュがあるために、アメリカは、遠くはなれたアフリカのビアフラ共和国が地上から抹消されたときに、七〇年代がはじまったと声をあげていえるのだ。

ヴォネガットがレポートしていることはいくつか要約できるところがある。ビアフラの首都の陥落が数日に迫っているある日、ヴォネガットのいるミリアム・ライヒ（S・ライヒの娘）の部屋に、ビアフラ軍のナンバー・ツウであるエフィオング将軍が副官をつれて訪れてくる。かれは三時間も話し込み、そして「おしまいだ!」と叫び、「いまもしビアフラが人類史の小さな脚注になるのなら、その脚注にはこう書くがよい——〈彼らは世界に対して、アフリカで最初の近代的な政府を与えようと試みた。彼らの試みは失敗に終った〉」、そう将軍は語る。またビアフラ軍のナンバー・ワンであるオジュクウ将軍は、飢えと難民とナイジェリアによる虐殺に長く耐えてきながら、どうして憎悪や苛立ちがビアフラ人の表情にひとつもあらわれていないのかというヴォネガットの疑問を解いてくれた。ふつうのビアフラ人家族は二、三百人から成り立っている。家族は土地に根をはり、貧乏で庭ひとつもてない人はまったく、いなかった。家族は戦争があっても、たれが兵士になり、たれが留守の世話をするのか、またたれが大学に行き、その教育費はたれが負担するのかといったことについては一族の票決で決めた。いざこざなどおこさないし、この巨大家族の親和と相互扶助で高度な教育を身につけていった。ナイジェリア政府がビアフラ人を大虐殺して抹消しようとしたのも、このかけ離れたビアフラ人の高度な教養と親和と高い地位を嫉んだからだ。将軍はこの巨大家族が与えてくれる感情的な強さと精神的な強さがビアフラ人を高貴にしていたと説明してくれる。

ヴォネガットは、偉大なビアフラ人の共和国の最後のためにただ一度だけ泣く。脱出してアメリカに帰って三日目の午前二時、一分半ばかり、小さく吠えるようにグロテスクな声を発して泣いたとかれは書いている。この文章を書いたヴォネガットも、たったひとりでビアフラ友好委員会をつくっていて、ヴォネガットを招待したミリアム・ライヒも、南北問題の擡頭を知った七〇年代アメリカを象徴する数すくないアメリカ人なのだ。この世界の問題はどれもこれもアメリカとソ連のふたつの支配では覆いきれないし、第三世界と第一世界の善玉悪玉論でも覆いきれない。また高度な資本主義とその変様体としての「社会主義」の制度的・軍事的な対立と共犯などでも覆えないことを気づいてしまったアメリカの部分を代表する稀有な象徴人だからだ。

七〇年代の入口を象徴する日本のビアフラ共和国もあった。それは日大の闘争からはじまった全共闘の運動であり、六九年一月、東大安田講堂にこもった全共闘の学生たちが機動隊・社共・市民主義の包囲によって陥落したときに、この日本の「ビアフラ共和国」である全共闘の運動は消滅した。このように七〇年代のアメリカとソ連は、影が形にそうように、世界じゅうに「ビアフラ共和国」を産み落としていったといえよう。

5

七〇年代のアメリカの位置の変わり目をはっきりと象徴させようとすれば、世界全体の現在の変わり目を何で象徴させたらよいかをかんがえるのとおなじことになる。世界じゅうは、七〇年代にはいるまえまではアメリカとそれに対抗するソ連を軸にして展開されてきた。でも七〇年以後は日本や西ドイツの高度成長、アメリカと欧州共同体のおもな国の経済的な後退、中国をはじめ社会主義圏諸国のソ連支配からの離脱、反抗、内輪もめなどに象徴されるような多様化の時代にはいった。多頭の蛇のそれぞれの頭の動きのように、勝手に変化しだしたのだ。七〇年代までは、一眼レフのカメラを広角にしたり、ズームさせたりして観察すれば、世界はおよそ二色に色分けされて視野のなかにはいってきた。七〇年以後の世界はコンピュータ・グラフィクスのような、時間にそって連続的に生成変化する映像が、それぞれ個別的に動きながら、しかも重畳されて一視野のなかにとびこんでくる、そんな高次な映像をとらえられなければ、とらえにくくなってきた。

　この高次な世界像の変わりようを、七〇年代アメリカの出来ごととして象徴させようとすれば七一年のニクソン・ドル・ショックと、これに関連づけられる七三年のオイル・ショックがいちばんわかりやすい。ニクソン・ドル・ショックは世界経済をうごかすアメリカの力量が衰えたことを示す象徴的な出来ごとだった。アメリカの金《ゴールド》保有量が貧弱になり、世界の為替市場を支える力をもたなくなったために、ニクソンはなりふりを捨て、アメリカ一国の経済を防衛するために、金とドルの交換を停止した。そのために国際為替制度はドル割合の固定制から変動制へと変換を強いられた。これ以後アメリカは世界経済のとびぬけた位置から、世界でいちばん経済的に富んだ一介のただの経済大国にすぎなくなった。このアメリカの変わりようと関連していえば、七三年のオイル・ショックは、さらにアメリカの変貌と世界の変貌を象徴的に示すものだった。第三世界の産油国（ＯＰＥＣ）が結束して石油の価格を人工的に引きあげ、生産量を人工的に削減したために、世界の経済先進国に、一時的にせよ、おおきな混乱と恐慌とショックを与えた。経済現象は、高度に発達した地域の影響が後進地域に波及するもので、この逆はありえないという経済学上の公理がはじめてぐらついたのだ。結束して人工的な価格を設ければ、後進地域から先進地域へ一時的にせよ重大な影響を与えられる事実を眼のまえにして、この経済学の公理は絶対から相対の位置に転落した。もうひとつは後進地域からの経済ショックは、先進諸国が個別的にそのショックを吸収する装置をつくって解消するほかないという定理ができあがった。ここでもアメリカはやり方のあまり上手でない一介の経済大国で、日本はやり方のうまい経済大国だということがはっきりさせられた。

七〇年代アメリカはベトナム戦争を仕掛け、泥沼のような徒労と、人命喪失と、ベトナムからの撤退を体験した。これはアメリカの世界史のうえの位置の変貌をいちばんおおきく象徴した。現在でもベトナム戦争をテーマにしたアメリカ映画がつくられ、日本でも上映されている。ほんとは自国のそとで戦う理由などないほど世界の指導的な地位を失っているのに、まだじぶんの力が世界のどこでも通用すると錯覚していた七〇年代のアメリカが、この戦争でうけた外傷や内傷がいまでも回復していないことを、ベトナム戦争映画のうんざりするほどしつこい製作は物語っている。わたしなどもしっている『地獄の黙示録』から近年の『プラトーン』や『フルメタル・ジャケット』にいたるまで、どれもこれも精神と人命のおびただしい破壊の恐怖、喪失感、徒労感にたいする反省と内部告発の陳腐な繰り返しで、すこしもいい映画ではない。アメリカ自身が世界の指導的な位置をとうに失くしているのに、まだあると錯覚して「善意」と「福祉」と「アンチ・コミュニズム」一のお節介を輸出しようとした結果が、手ひどい反撥をうけたのだという内省はどこにもない。

もうひとつアメリカ製ベトナム戦争映画の特徴は、かれらの敵であるベトナム人の「理念」の分析がどこにもない。ただ「アンチ・コミュニズム」の尖端だからという理由だけで、ベトナムに戦争を仕掛けていたことの内省が、何もない。北ベトナムもベトコンも南ベトナムもただ二つの色彩に区別されればいいので、ベトナム国家にもベトナム人にもほんとうはそれ以上の関心をもっていないことがすぐにわかる。

これはソ連もおなじだ。そしておなじようにベトナムに対応した。六〇年代にはじまっていたソ連と中国の対立は、七〇年代にはいったとき理念の対立をこえて武力をまじえた決定的なたたかいにはいっていた。これはいわゆる「社会主義」の陣営のなかでソ連の支配力がかくべつの位置をもたなくなった最初の兆候で、それぞれの国家の内部でも、ソ連の影響（スターリン主義）がまた決定的な意味をもたなくなったことを意味した。ベトナム戦争こそは、このアメリカとソ連のふたつの国がそれぞれ「資本主義」の体制と「社会主義」の体制のなかで支配力と指導力をうしなったにもかかわらず、そのことに気づかずに架空の勢力圏の境界を空想しあい、それぞれの色彩で塗りこめようとして、不幸にも両者の色彩が重なって塗られてしまった地域でおこった七〇年代の世界悲劇のなかのひとつだった。ここベトナムでもまた姿のみえない「ビアフラ共和国」が地図の上から消滅してしまい、ボート・ピープルとなって世界中に四散したのだ。アメリカで執拗に製作されているベトナム戦争映画が、まったく第二流の映画にしかすぎないのは、この映画の製作者たちが、まだどこかで米国とソ連の支配的な位置と、資本主義体制と社会主義体制という体制観が支配的な位置をもちうることを信じていて、その何れかからする内部告発の有効さが錯覚されているからだとおもえる。これは日本のべ平連がベトナム反戦に寄与し、文学者の反核運動が核戦争の防止に寄与していると錯覚しているのとまったくおなじことだ。かれらはたかだか、いまでも支配的な位置にあると自惚れ、錯覚しているアメリカとソ連の一方に寄与しただけだった。アメリカのベトナム戦争映画の映像理念がいかに駄目なものの執拗な存続にすぎないかを、七〇年代のアメリカのカウンター・カルチャーの理念の課題におき直せば、ビートルズの解散に象徴されるように「脱」体制的な反戦と友愛の理念が、現実の行き場所をなくしてしまったことにあらわれている。体制の網の目から離脱する憩いの場所が次第になくなってしまったのだ。

日本のべ平連の反戦の理念がいかに錯誤にすぎなかったかは、ベトナム戦争は、七五年にベトナム解放軍が首都サイゴンを制圧したとき終結したはずなのに、じつは何も終結していなかったことにあらわれた。ベトナム戦争終結に接続するように中国・ベトナム戦争、ベトナム・カンボジア戦争、ポル・ポト派コミュニズム（中国系）による数百万民衆の大虐殺などがおこった。ベトナム反戦の理念はアメリカでも日本でも、この事態になんの分析もできていない。カンボジアでも姿のみえない「ビアフラ共和国」がひとつ地図のうえから抹消され、住民たちはこの大虐殺があったことを、世界に信じさせることすらできないうちに地上から生命の灯を消した。日本の左翼や市民主義者はいまでもこれが「アンチ・コミュニズム」のデマだと信じているくらいだ。これらはソ連と中国の「社会主義」のあいだの抗争の「代理」の犠牲死を意味していた。おおきな世界史の文脈のうえでいえばソ連の支配的位置が、たんなる「社会主義」の体制をもった一介の大国という位置に変貌する過程でおこった悲劇のひとつだった。こういうことの意味は、もうベトナム反戦にかかわった七〇年代のアメリカや日本のべ平連の内省力や洞察力をこえた出来ごとだといえる。こうしてアメリカと日本は八〇年代に、つまり「現在」にはいるのだ。アメリカが「現在」にはいったことは、世界史が「現在」にはいったことを意味している。この「現在」の意味はとても難しいが、とても興味ぶかいもので、まだどんな解剖のメスも加えられていない。

革命と戦争について

　ドイツ問題に眼をこらしたあげく、ヴェイユは絶望をしいられることになる。ドイツ社会のなかにひろがった民衆の疲弊と困窮の表情、それをあたらしい国家主義と資本制の枠のなかに、そのまま鋭くつきつめて継ぎあわせ、無駄な言論は弾圧でそぎおとして民衆の生活をたてなおせるといいはるヒトラー独裁の国家社会主義。そこに協調し、なだれるように共鳴してゆく部分と、やせほそっていく部分にわかれていきながら、まだ労働者の祖国だとおもいこんだソ連からのつめたい仕打ちを、甘んじてうけているドイツ共産党。それにひきまわされる労働者たち。ナチスと共産党の双方からヌエかコウモリみたいに批判されながら、有効な反撃もできない社会民主主義者。ヴェイユは一九一七年に成功した十月「革命」はどんなふうに変貌してどうなるのか、根本的に問いなおさなくてはとかんがえるようになっていた。第一に問われるべきは革命の理念だ。つぎに階級という概念が成り立ちうるかぎりありうる革命戦争、国家が存続するかぎりありうる国家「間」戦争、また文明の地域的な格差があるかぎりありうる植民地戦争、これらに共通している「戦争」の概念が問われるべきだとヴェイユはかんがえた。

ヴェイユはまずはじめにプロレタリア革命をいちばんの主題とかんがえる理想の革命主義者の場所から、ロシアのレーニン・スターリン体制と、ファシズムの体制を総括した。ヴェイユがそのときとった場所は現在では存立しえない。プロレタリアは個々の後進国家「内」の概念としてありえてもいまでは世界史的な概念をつくらないからだ。消費がおもな生活のモチーフになり、選択的な消費が個々の労働者のおもな課題になってしまった先進社会では、プロレタリアは大衆一般のなかに溶解してしまう。

ヴェイユのかんがえではロシアの革命（十月）でつくられた体制は現にドイツでやっているようにプロレタリアの革命的なたたかいを絞殺しているとしかみえなかった。言論の自由もないし、ソビエト制度の枠内で政党の自由もない。また理念からいえば最高度の献身・教養・批判精神のあつまりであるはずの共産党は、書記局の官僚があやつるただの行政機関になってしまっている。それがヴェイユのかんがえだった。トロツキーでさえソ連を追放された時期におよんでも、ソ連邦の体制を共産党官僚によって歪められてはいても、プロレタリア独裁が実現された労働者国家だとかんがえていた。でも労働者が官僚の意のままに動かされる国家を労働者国家とよぶのは、悪ふざけでしかないというのが、ソ連共産党官僚に牛耳られたコミンテルン体制にたいするヴェイユの批判だった。

ファシズムについてもヴェイユは総括した。ファシズムはブルジョワ体制になじまない反対党派を禁止して、ヒトラーというひとりの首領の人格に党派の組織を従属させている。そして警察や親衛隊をつくってひそかにまた公然と、じぶんの党派が権力を維持する体制をかためている。政治主権をうらづける経済の主権をじぶんの人格のまわりに集中して掌握する――こうみていくとファシズムはスターリンの体制と似ている。ただしこの最後の点でファシズムは自分では資本主義的所有を破壊したくない矛盾をもっている。社会主義というのは労働者が経済的な主権をもつもので、軍事にまもられた共産官僚たちの国家機関が主権をもつことを意味していない。ヒトラーのナチスの運動に支えられた国家ボルシェヴィキは（スターリン体制とおなじように）社会主義とはいえない。階級闘争の伝統的なかたちにあてはまらない二十世紀に特有な歪みをうけている。これがヴェイユのかんがえだった。

ヴェイユのソ連社会国家主義とファシズム体制にたいする批判の核心や、その批判がひとりでに語っているプロレタリア解放にたいする絶望感は、どこに向かってゆくのだろうか。マルクスのかんがえでは分業のはじまりは、子を産むばあいの男女の分業だということになる。そして分業のおわりは肉体労働と精神労働の分離がおわるときだ。それが理想の社会の労働のあり方になる。そうなれば誰もが望むときに肉体で働くこともできれば、精神を働かせることもできるようになる。マルクスの分業観でヴェイユが第一に疑問としたのは、この精神労働と肉体労働の区別が、かくべつ資本主義の制度からくるのではないのではないかという点だった。管理者はどんな生産システムにもいるものだとすれば、管理者と被管理者の区別はどんな制度にもついてまわる。これが官僚支配を生みださない保証はえられそうもない。資本家とプロレタリアの分裂を廃止しても、精神労働と肉体労働の分裂が消滅することにはならないのではないか。

資本主義は、生産労働（者）から剰余価値をうばいあげている。だがそれ以外のことなら、創意、自由、生活的な窮乏からの離脱をすべて成し遂げた。それでも国家管理あるいは管理国家というかたちがなくならないかぎり、管理と被管理はなくならないし、そこから派生する難問もなくならない。これはアメリカのニューディール、ドイツのナチス、ソ連のスターリン体制のどれをとっても消滅しそうもない。

ヴェイユは社会革命の理想の極限をおもい描いている。それは「社会を個人に服属させることこそ真の民主主義であり、社会主義の定義である。」（ヴェイユ「展望」）という言葉にゆきついている。ヴェイユの独特のいい方をすれば個人的所有を真理にまでもってゆくことだ。

ヴェイユは、つぎのように書いている。

マルクスは革命の真の障碍が交換や所有の制度ではなく、官僚的軍事的国家機関であることを看破していた。社会主義の抹殺すべきものは肉体労働と知能労働との低劣な区別だと理解していた。しかしマルクスは次のようには問うてみなかった。これは資本主義経済の経済活動そのものから提起される問題とは別の問題ではないだろうか？　管理職はつねに存在するものであるかぎり、所有権の独占とは別個に、新しい抑圧段階を生みはしないだろうか？　と。革命が収奪者を収奪しうることはよくわかっていても、どうしたら生産者の管理者への従属に基づく生産様式が官僚独裁の社会構造を自動的に生み出さぬようにできるかは明らかにされていない。国家でも工業生産の過程でも平等を回復するための交替制や統制は考えられはする。しかし事実上一つの社会層が何らかの独占を与えられると、この層は歴史的発展によって独占の基礎が崩壊するまで独占を保持する。他の階級に対するある階級の支配という体制は、歴史上、支配的な社会的職能と従属的な職能との分離に対応している。

支配的な職能が生産的職能そのものになるとき社会主義は実現する。しかし労働が機械の媒介によって労働調整という職能に従属させられている生産制のつづくかぎり社会主義は存在しない。ロシア労働者の英雄的行動もここで挫折したのである。人間が資本家とプロレタリアに分裂することを廃しても、精神労働と肉体労働の分離が漸時消滅することにはならない。

テクノクラシーの理想図によれば、市場は廃止され、全能の技術者は万人に最大の閑暇と安楽を与えるように働くという。これは啓蒙専制君主を想起させはしまいか。力を行使する集団は服従者の幸福のためには働かず、おのれの増強のためにのみ働くものだ。

さて資本主義は生産労働を搾取しているだけである。プロレタリアートの解放こそしないが、それ以外のあらゆる領域で資本主義は創意、自由検討、発明、天分に自由な飛躍を与えた。反対にあらゆる判断と天分とを排除する官僚機構は、その構造そのものにより、権力の全体的掌握へと向うのである。われわれはこのような官僚主義の危険に直面している。アメリカのルーズベルト体制、ドイツのナチス、ソ連のスターリン体制は、いずれも組合官僚、産業官僚、国家官僚の三体制を統一する方向にある。それゆえ現時の展望についての疑問は二様に示しうるだろう。

（一）、ソ連で官僚制は内戦なしに十月革命の取得物をあとかたなく抹殺しうるだろうか？

（二）、ソ連以外の国で資本主義は、十月革命のごとく勤労大衆が資本家・地主を収奪するというようなことなしに、単に所有の意味の変化によって、消滅しうるだろうか？

（一）についての答えはイエスである。だが（二）についての答えは不明確だ。たしかに今後本来の意味での資本主義は存在しないだろう。国家社会主義運動に対する資本家の相つぐ降伏は力関係がどうなっているかを示している。資本所有者の大部分を寄生的にした所有と企業との分離は《利子奴隷制反対闘争》などというプロレタリア的でない反資本主義的スローガンを許している。けれども政治現象が経済発展のしるしと考えうるとすれば、現時の大衆政治の路線がファシスム的、社会主義的、共産主義的といずれの呼称で呼ばれようと、すべて国家資本主義という同一形態に向かっているという事実を忘れてはならない。これに対抗すべき労働者的民主主義は失念されている。

かかるとき、肝要なことはわれわれの初心の目的を忘れないことである。すなわち、われわれの目的は、集団ではなくて個人を最高の価値たらしめること、専門化を排除し、完全な人間を作ること、労働者に技術の充分な理解を与えて肉体労働に当然の尊厳を与えること、労働によって世界と接触させ知性に本来の目標を与えること、知能労働と肉体労働とに分裂した労働のために隠蔽された人間と自然との真の関係を明らかにすること、自然・道具・社会に対する人間本来の支配を回復すること、個人的所有を廃止せず、今日では労働を隷属させ搾取するに役立っている生産手段を自由で共同的な労働と道具とに変え、そうすることによって個人的所有を真理たらしめることである。

ルネサンス以来思想家も行動家も自然を精神に従わせようとしてきた。そして十九世紀には社会そのものがこれを人間が支配しなければ自然同様に人間にとって危険な自然力だということが明らかにされた。個人は戦闘と労働の手段を奪われ、集団的装備に全的に従属しなければ生産も戦争も不可能となった。このような社会のメカニズムは個人の物質的精神的安楽の条件をすべて蹂躙してしまった。このメカニズムを人間精神すなわち個人に服属させることは必須の問題である。社会を個人に服属させることこそ真の民主主義であり、社会主義の定義である。

では社会主義は可能だろうか？　社会の盲目的な力は強大であり、これを支配することは困難であり、マルクシスム文献もその答えを欠いている。絶望と考える材料はあまりにも多い。資本主義体制の複雑さに呼応して、対資本主義闘争の提起する問題は複雑であり、その複雑さゆえに《肉体労働と知能労働の下劣な分裂》は労働運動内部にももちこまれている。自然発生的運動は無力であり、組織された行動は必然的に指導機関を生み、指導機関は早晩抑圧的となる。

では闘争をつづけるべきだろうか？　人間的価値のあるすべてのものが滅ぼされるおそれがあるのだから、多少とも効果があると思われる手段をあげて戦うべきだろう。大海原のただなかに投げこまれた人間は、助かる見込みが少ないからと言って流されるままになるべきではない。それに希望もないわけではない。労働者階級はなお精鋭労働者を内蔵している。いずれ自然発生的大衆運動が彼らを前面に押し出すだろうが、それまでは彼等の団結を援助することしかできない。社会主義唯一の希望は今のうちから可能な限り肉体労働と精神労働との結合を自己の内部で実現した人々にかかっている。(「展望──われわれはプロレタリア革命に向かっているか?(要約)」橋本一明訳)

革命という伝統的な概念のなかに、すこしでも救いや脱出口があるとして「社会主義唯一の希望は今のうちから可能な限り肉体労働と精神労働との結合を自己の内部で実現した人々にかかっている。」という言葉でヴェイユはあらわそうとした。わたしにはヴェイユのこのかんがえは痛ましいものにうつる。ひとりでもおおく、そんな人々が生まれ、それがのこってゆくことだ。そんな希望的な観測しか感じられないからだ。ヴェイユが工場体験をしようとかんがえた潜在的な信仰のようなおもいは、ここに源泉があったともいえる。まだヴェイユには理想の革命理念の場所がのこっていた。ヴェイユはこう述べている。

さらに、ロシアにおける干渉戦争は、真の防衛戦であり、われわれはその戦士をたたえるべきだが、それでもロシア革命の進展にとっては越え難い障害となった。恒久的な軍隊、警察、官僚政治の廃止が革命のプログラムであったのに、革命がこの戦争のおかげで背負わされたものは、帝政派将校を幹部とする赤軍や、反革命派よりもっときびしく共産主義者を殴打するようになる警察や、世界のほかの国に類をみない官僚政治組織なのである。これらの組織はすべて一時的な必要にこたえるはずのものであったが、それがこの必要ののちまで生きのびることは避けられなかった。（「革命戦争についての断片」一九三三年末、伊藤晃訳）

わたしたちはもしかするとどんな手段をあつめても被抑圧者は解放されるべきだというかんがえと、それが真理に悖《もと》るかぎりどんな解放も結局は失敗におわるというかんがえとを、徹底してつきつめて決着をつける、そんな実験をやることが唯一の社会倫理の公準であるべき段階に直面しているのかもしれない。偶然の力ずくで秤を傾け、重力の方向に下ろしたものを、その都度勝利と決めながら歴史は過ぎてきてしまった。敗北・失敗・挫折のようなものが、ほんとうにそうなのか、またそれが持続する期間はどれくらいなのか、だれも徹底して実験したものはない。ただ敗北・失敗・挫折を体験したものは、よしつぎには何がなんでも勝利しようとおもい決めてきただけだ。歴史はそんな余裕のない反復でもってつくられてきてしまった。ヴェイユのいっていることはロシア革命の歴史にたいする引導のようなものだった。ただこういう引導なら誰でも下せるし、またたくさんの失敗した理念が気がついていたことだった。この判定は「知」の判断力によるものではなく、ほんとうの考えとうその考えをわける実験によって決められるべきだ。ヴェイユにはまだ実験がのこされていた。それがヴェイユの非凡さだった。

近代のどんな戦争も国家「間」戦争といっていいものだ。そしてこの戦争では勝利しても敗北しても国家はのこりつづける。国家がのこりつづけることは抑圧の機構がつづいてゆくこととおなじだ。抑圧の機構がつづいてゆけば抑圧するものと抑圧されるものもまたつづいてゆく。革命ということの極限の概念をかんがえると、抑圧するものと抑圧されるものとが廃棄されることだ。そうだとすればそれは国家「間」戦争でないべつの戦争によるほかありえないはずだ。そこで「革命戦争」という奇妙な概念が初期の社会主義者のあいだに課題となりえた。「革命戦争」とはどんな当事者の敵対関係のあいだにおこるのか。近代国家制度とその下にある市民社会のメンバーと、その近代市民社会の外側にはじきだされて生活しているメンバーの間にしかそんな敵対関係は成り立たないし、その間でしかおこりえない。ただそんな「革命戦争」というのは、近代のさまざまな国家のそれぞれの市民社会の埒外にはじきだされたメンバーが、同時に一斉に仕掛けるのでなければ成り立ちそうもない。ほんのすこし時期をずらしたとしても、襲いかかって占拠した近代国家をただちに解体に向かわせるのでなければ、「革命戦争」にはならない。そうでなければ、近代のさまざまな国家の市民社会からはじきだされたメンバーの「戦争」は、たんなる勢力争いになってしまい、勢力が強くなったものが勝ちのこって、国家をつづけてゆくだけになるからだ。ロシア革命もその意味では市民社会の枠の内と外のあいだの勢力争いにしかなりえなかった。かろうじてレーニンの頭脳のなかに「革命戦争」の概念は封じこまれて生きていただけだが、レーニンが実際にやったことは、勢力争いに勝ちのこるために、あらゆる手段をつかうことにしかすぎなかった。

ヴェイユは「革命戦争」という概念が成り立たないことをうまく鋭く洞察した最初の思想だ。ヴェイユはマルクス、エンゲルスら初期の革命主義者から、レーニンやトロツキーらボルシェヴィキまでの「戦争」にたいするかんがえを要約して検討してみせた。ヴェイユの要約にしたがえば、インターナショナルは一八七〇年の戦争についてマルクスの筆で、相戦う二国の労働者に向かって、あらゆる征服の意図に抵抗するように、しかし敵の攻撃にたいしては決然として自国の防衛に加わるように呼びかけた。だがこの見解は、マルクスの近代国家成立の初期における民族国家の役割にたいする過大な評価なしにはとうてい成り立たないものだといえる。

民族としての民衆をあつめてつくった近代国家にたいしてマルクスは重きをおきすぎていた。そしてこの評価はいたるところのマルクスの見解にあらわれて、現在でもマルクス主義者の桎梏になっている。つまり機関としての統御力で近代国家は極限まで強力にとものえられている。それは抑圧であるとともに被抑圧者にとっても利用できるものとかんがえられていた。でもここでいうマルクスのかんがえがまかり通るとするなら、「革命戦争」はそのままただの「戦争」とおなじものになり、「革命」という概念自体が崩壊してしまうことになる。

エンゲルスは一八九二年に二十二年まえの戦争の思い出をよびおこし、ドイツにたいし仏露が連合してたたかうような戦争がおこったら、全力でこの戦争に参加するようドイツの社会民主主義者によびかけた。これは攻勢であれ守勢であれ、労働運動がいちばん強力に行われている国をまもり、いちばん反動的な国を滅ぼすことが問題だという観点（プレハーノフ、メーリング）、どんな結果が国際的プロレタリアートにいちばん有利になるかを探求して、それにしたがって態度をきめる、という観点にたっている。

ここまでくれば、それぞれの国家の市民社会からはじきだされたメンバーにとって、利益がおおいほうをとるというだけで戦争の廃棄という理念もなければ、革命戦争という理念もなく、歴史的にひとりでにおこってくる国家「間」戦争を、どう利用するかという戦術的な配慮しか見あたらなくなるといっても不都合ではない。

レーニンによれば民族戦争と革命戦争を例外とし、ローザ・ルクセンブルグによれば、革命戦争だけを例外として、プロレタリアートはあらゆる戦争においてじぶんの国の敗北を希望し、じぶんの国のたたかいをサボタージュしなければならない、というかんがえが前の方におしだされた。

ヴェイユはつぎのようにこのかんがえを批判している。

このかんがえは重大な困難をもたらさずにはいない。なぜかというと、こういうかんがえではそれぞれの国の労働者はじぶんの国の敗北のために努力しなければならないのだから、そうすることで敵国の帝国主義の勝利に力をかすことになってしまう。敵国内の労働者は逆にじぶんの国の敗北に力をかすことになるから、逆立ちしてしまうだけだ。こういう矛盾はどこからでてくるかははっきりしている。

戦争として（だけ）は歴史の無意識が自然にうみだした国家「間」戦争を勘定にいれて、これを利用しておきながら、その戦争のなかに革命の概念をもぐり込ませようとしているところから、この矛盾はうまれてくる。歴史はまったく新しくつくることはできない。それとおなじように戦争もまた、まったく新しい戦争をつくることはできない。「革命戦争」という概念は、まったく新しい戦争概念だが、じっさいに人類の歴史の出来ごととしてかんがえるかぎりは、ただの「戦争」とかわりない民衆同士の戦闘行為や殺戮や狂暴がまじりこんでくることはまぬがれない。その意味で「革命戦争」というのは矛盾した概念にほかならないといえる。

現代の戦争では兵士たちは高度になった武器の操作をおぼえこむことで、逆に武器につかわれて、殺人をやるものになる。また戦場の軍隊とおなじように、じぶんではたたかわない高級参謀たちに指令されて、兵士たちがたたかうことになってしまう。ヴェイユによればこの参謀装置は、兵士たちを死においやることで、敵に勝つほかに方法はない。そこでひとつの国家と他の国家との国家「間」戦争は、国家のそのままの参謀装置とじぶんの兵士たちとの戦いに転化されてゆく。生産機械は労働者から労働する場面を奪うかもしれない。また経営者はたかだか気にいらない労働者を解雇できるだけだ。だが兵士はじぶんの生命をさしだすことをしいられ、これにしたがわなければ、国家権力によって処刑死のおどしをうける。こうかんがえてくると、戦争が防衛的であるか攻撃的であるか、帝国主義的であるか民族戦争であるか、あるいは革命戦争であるかは問題にならない。すべて戦争は帰するところおなじだ。ヴェイユは、戦争についての考察のおおきな間違い、とくにすべての社会主義者が犯している間違いは、戦争は国内政治の延長線にあるいちばん残虐なことなのに、何よりもまず国家「間」におこる偶然の行き違いが極端になったものだとかんがえている点にあるとのべている。

ロシア革命の歴史は全くおなじ教訓を驚くべき類似をもって提供している。同様にソヴィエト憲法も一七九三年の憲法とおなじ運命をもった。レーニンはロベスピエールと全くおなじようにその民主的な理論を放棄して中央集権国家機関の独裁制を樹立し、ロベスピエールがボナパルトの先導者となったごとくに事実上はスターリンの先導者となった。異なった点は、はるか以前からはなはだ中央集権的な党を作り上げることによってこの国家機関の支配を準備していたレーニンの方は、その後自身の理論を変えて時世の要求に適合させたことである。そのために彼はギロチンにかけられることを免れ、新しい国家宗教の偶像の役をはたしている。ロシア革命の歴史はつねに戦争が中心問題となっているだけにますます注目すべきものである。革命は兵士たちによって戦争に反対して行なわれた。彼らは政治・軍事機関が頭上で解体しているのを感じとって、この時とばかり堪え難い桎梏をゆさぶりにかかったのである。ケレンスキーは無知からきた無意識的な誠実さで一七九二年の思い出を援用し、かつてのジロンド党と全く同様の動機から戦争を呼びかけた。トロツキーは、どのようにしてブルジョワジーが戦争によって内政の諸問題を先へひきのばし民衆を国家権力のくびきのもとにつれもどそうと考え、「敵の根絶に至るまでの戦いを革命の根絶に至るまでの戦いに」に変えてしまおうとしたか、みごとに解明している。そこでボルシェヴィキは帝国主義に対する闘争を呼びかけた。しかし問題なのは帝国主義ではなくて戦争そのものであった。そしてひとたび権力を握り、ブレスト＝リトウスク和平条約を調印せざるをえない立場に追いこまれたとき、彼らはそれをはっきりさとったのである。当時旧軍隊は解体されており、レーニンはマルクスにならって労働者の独裁には軍隊も警察も永久的な官僚制も存在を許されぬとくり返し説いていたのだった。しかし白衛軍の存在と外国の干渉の恐れとのために全ロシアは間もなく戒厳令下の状態になった。そこで軍隊が再建され、将校の選出は廃止されて旧体制の将校三万人が現役にくり入れられ、死刑やかつての軍律や中央集権制が復活させられた。これと並行して官僚制と警察も再建された。その後この軍事・官僚・警察機関のためロシア民衆がどんな目にあったかはよく知られていることである。(「戦争にかんする考察」一九三三年、伊藤晃訳)

生産の現場組織でも、戦争でも、管理し指令するものと、管理され指令を実行するものとにわかれる。ひろげてかんがえれば国家権力と民衆のあいだにあるものも、また軍隊内部にある秩序でもおなじことだ。この支配(たいていはじぶんは実際に行動しない)と被支配(管理される一方だが、実際にやるのはこの人たちだ)があるかぎり、革命の試みはどれも絶望的なものではないか。これはヴェイユがたどりついた結論の方向だった。もっとさきまでいってみれば、はじめに一体として出発した頭脳の働きと手足の働きとは、いったん分離する契機をもつと頭脳は頭脳システムの内部で閉じられてゆく。また手足の働きのシステムはそれなりに自動的な動きをつづける。つぎには頭脳と手足とのあいだに見掛けは違うが根本はすこしもかわらない対立がおこり、支配と被支配のあたらしいかたちがはじまる。ヴェイユのゆきついたところはほぼここにちかかった。

そのあとにはヴェイユ独特な、だからといって諦めていいことはない、また妥協してもいいことにもならないという倫理的な粘りづよさがつづく。「ファシズム、デモクラシーあるいはプロレタリア独裁」といったどんな名目にかくれても、真の敵は「行政・警察・軍事機関」だということはかわらない。これは民衆がほんとに解放されていないかぎり、その解放を抑圧しているものが敵であり、眼のまえで敵のようにみえるものがほんとの敵というよりも、民衆の保護者であるといいながら、民衆に従属をしいているものがほんとの敵なのだ。ヴェイユはそこへゆく。

こういうヴェイユのかんがえには言葉と思考のボタンの微妙なかけ違いのようなものがないことはないとおもえる。原則でいうのなら支配と被支配、管理と被管理の関係から倫理をひきぬいてしまえばヴェイユの危惧はなくせるはずだ。威張りたい存在をコケにし、威張られたい心情を無化してしまうか、被支配や被管理に逆転の装置（法律・規定）をつけくわえれば、この対立は原則をうしなってしまう。でもヴェイユのゆきついたところは、大筋の踏みはずしはなかったといっていい。

シモーヌ・ペトルマンのヴェイユ伝（『詳伝シモーヌ・ヴェイユ』第七章）には、一九三三年十二月末にヴェイユ家が場所を提供した第四インター結成にあてた会合のため、やってきたレオン・トロツキーが、ソ連は労働者の国家といえるかどうかヴェイユと議論したと記されている。ヴェイユはそのときの議論の内容についてメモをのこしていて、この伝記の著者は引用している。

たぶん、ヴェイユは国家機関にいる共産党官僚に専制をゆるしているロシアの労働者たちをみれば、ソ連邦は労働者の国家とはいえない。国家機関の解体、社会の個人にたいする従属が出来あがらないかぎり、プロレタリア革命の成就とはいえないと主張した。トロツキーは興奮していう。

「きみはまったく反動的だ……

個人主義者たち（民主主義者、無政府主義者たち）が完全に個人を防衛することは決してない（それはできないことだ）。ただかれらの個性をそこなうものに対してのみ（戦う）にすぎない。」

これはトロツキーらしいなかなかいい見解だといえる。ヴェイユもまたヴェイユらしくいいことを言いかえしている。

「――観念論的なのはあなたのほうだ。あなたは隷属させられている階級（労働者―註）を支配階級と呼んでいるのだから。」

「――このようなペテンに服従している若い世代に何ができるのでしょうか。

――（逃げ口上のがっかりするような返事）」

ところで相手へのぴたりとはまったトロツキーとヴェイユの相互批判の面白さはいまでも興味ぶかい。労働者が国家官僚に従属しているロシアは労働者国家ではないというヴェイユの批判にたいして、トロツキーが「支配」（と従属）の意味をどう理解しているのかは、ここで真面目にとっていい核心になる。

「ロシアの労働者は、自らが政府を黙認する範囲で、政府を統御している。なぜなら、ロシアの労働者は資本家たちが政権の座に返り咲くことより、今の政府のほうがいいと考えているのだから。労働者の支配とは（労働者による支配とはの意味―註）、つまるところ、こういうことなのだ。」

このトロツキーの見解はどうかんがえてもおかしかった。こんなふうにいうためには政府（国家）はいつでも労働者や一般民衆の無記名投票でリコールできるようになっていること、そして労働者や民衆の異議中立てをいつでも弾圧できる国軍や警察をもたないことが、かならず必要な前提になければならない。ヴェイユの論旨のほうがよかった。ヴェイユはすぐに、「――しかし、ロシア以外でも労働者は（自国のどんな政府でも―註）黙認していますが……」と皮肉っている。かりに弾圧の恐怖がなくても、声をあげるのがあまり馬鹿馬鹿しい場合だって、「労働者」は（人間は誰も）黙認することがありうる。ロシアの「労働者」はやっと一九八〇年代末になって我慢しきれずに声をあげた。歴史はレーニンやスターリンはもちろん、トロツキーの言説をも審判したことは明瞭だ。ソ連邦共産党の国家支配は現在、歴史を劃する解体にさらされている。この事態にヴェイユの生涯にわたる思想が、すべて生きて甦えるかどうかはわからない。だが初期ヴェイユがレーニンやトロツキーよりは、はるかに甦えっていることは疑いえない。

（『甦るヴェイユ』第Ⅱ章）

いまこそ、吉本隆明再評価の時機

解説　鹿島　茂

本書は副題にある通り、一九六〇年に日本の世論を二分した安保闘争（日米安保条約改定反対闘争）、および一九六八年から一九七〇年にかけて大学を席巻した全共闘運動という時代を画する二つの反体制的学生運動について吉本隆明がメディアに発表したポレミックな記事を集めた一冊です。したがって、吉本の政治参加（アンガジュマン）について知ろうとする若い読者にとっては格好の入門書となるはずですが、しかし、そうした若い読者は当然、こうしたアンガジュマンの社会状況について、またどのような態度で吉本が政治参加したのかについてはまったく知らないと思いますので、当時の状況を記憶する者として、いくつか注釈を加えておきたいと感じます。

一番大きな注意点は、同じ反体制学生運動であっても、六〇年安保と全共闘運動とでは吉本のコミットメントはまったく違っていたということです。

六〇年安保において吉本は同伴的知識人という枠組みをはるかに超え、全学連（全国学生自治会総連合）主流派と文字通り共闘し、ともに国会構内に入りこみ、住居侵入の容疑で学生たちと一緒に逮捕されました。これについては本書収録の「思想的弁護論――六・一五事件公判について」が詳しく状況を語っています。

いっぽう、一九六八―七〇年の全共闘運動では、吉本の関与は一貫して薄かったといえます。東大全共闘や日大全共闘によって運動が最も盛り上がった一九六八年においても吉本の発言はほとんどなかったと記憶します。これは東大全共闘の一員として全学封鎖に加わるかたわら、吉本の新刊や雑誌発表記事を注意深く読んでいた「吉本主義者」の私が言うのですから確かです。吉本は全共闘運動を大学改革運動と理解していたため、あまり高く評価はしていなかったのです。

それが一変するのは、東大本郷構内に機動隊が導入され、安田講堂の封鎖を解いた一九六九年一月一八・一九日を契機にしてです。このときの東大当局の対応に対する激しい反発は「収拾の論理」によく表現されています。

このように、六〇年安保と全共闘とでは、吉本のかかわりはかなり異なっていたのですが、本書のようなかたちでほぼ発表年代順に並べられた論考を通読してみると、その底流には一つの変わらぬ主旋律が一貫して流れていることに気づきます。

それは、社会の共同幻想がいかにして人々の思想や行動を呪縛するのか、すなわち人々が自分ひとりの意志や分析に基づいて行動していると思っていてもその意志も行動もすべて共同幻想に支配されているのはなぜなのか、また、そうした共同幻想の呪縛から個人が抜け出すことは果たして可能なのか、また可能だとすればどのような道があるのか、といった問題意識がどの論考にも底流として流れていることです。

じつは、この共同幻想と自己幻想の関係こそが吉本が一生かけて解こうとした問題であり、その問題意識は、文芸雑誌「文芸」に連載された後、一九六八年一二月に河出書房新社から刊行された『共同幻想論』によって一つの巨大な思想的営為として結晶することになりますが、本書にはそこに至るまでの吉本の思想的歩みの軌跡がはっきりと示されています。すなわち、吉本が『共同幻想論』の執筆を決意したのは、直接的には一九六〇年安保闘争で味わった苦い体験が大きく関係していたということです。

では、この決意に至るまでの経緯はどのようなものだったのでしょうか？

吉本は、一九五六年、武井昭夫との共著『文学者の戦争責任』で物書きとしてスタートしましたが、その執筆動機となったのは、戦前にマルクス主義者やアナーキストだった文学者たちが天皇制ファシズムの弾圧を受けるとあっさりと天皇主義者に転向して聖戦を熱烈に支持したにもかかわらず、戦後、マッカーサーの改革で日本が民主化されるや、まるで冬服を夏服に着替えるように、民主主義者、平和主義者、マルクス主義者に再転向して、戦争中には一億玉砕のスローガンの片棒をかついでいたことなど完全に忘れたかのように、平然としてジャーナリズムに登場してきた姿に激しい反発を感じたことでした。

戦争中に、天皇制ファシズムを堅く信じ、徹底聖戦遂行論者として「お国のために死のう」と思いつめていた吉本はこうした文学者のお気軽な転向・再転向を絶対に許すことができませんでした。このルサンチマンは「現代学生論」の最後に、吉本が「戦後、ただ一人の革命的（革命派的ではない）文学者」と信じる太宰治の言葉として引用されたテクストによって代弁されています。

> じぶんで、したことは、そのやうに、はつきり言はなければ、かくめいも何も、おこなはれません。じぶんで、さうしても、他のおこなひをしたく思つて、にんげんは、かうしなければならぬ、などとおつしやつてゐるうちは、にんげんの底からの革命が、いつまでも、できないのです。

しかしながら、吉本がこうした転向・再転向を繰り返す文学者たちのうちに見たのは、戦争中に「したこと」を隠蔽して、戦後になって一転して「にんげんは、かうしなければならぬ」と叫ぶような不誠実な態度ばかりではありませんでした。むしろ、彼らが自分の不誠実さを意識せずに転向・再転向を繰り返してしまうその無意識の根底にあるものこそが問題であると吉本は感じたのです。換言すれば、吉本は後に「共同幻想」や「自己幻想」と命名する観念の関係の解明が急務であるとこのときに悟ったのです。

では、そうした理解が生まれた背景はどのようなものだったのでしょうか？　つまり、吉本がどのようなポジションにあったために、こうした視点を獲得できたのでしょうか？　それは、吉本が戦争中に熱烈なファシスト青年となっていたことです。彼は、時代の共同幻想にどっぷりと浸かり、自己幻想と共同幻想が完全に一致するところまで行きましたが、敗戦によっていきなりそこから引き離されるという苦渋の体験をしたのです。

本書冒頭の「死の国の世代へ」の次に掲げられた「憂国の文学者たちに」は、吉本の思想的営為のすべてがこの敗戦後のショックに起源を持つことが語られています。

……戦争世代は、民族的な、あるいは国家的な幻想共同体の利益のまえには、個人は絶対的に服従しなければならないという神話に、もっとも、ひどくたぶらかされ、呪縛をうけてきた世代である。わたしたち、戦争世代の戦後社会でのたたかいは、いかにして国家とか民族とかいうものを体制化しようとする思考の幻想性を打ち破るか、という点に集中された。そのために、戦争責任論、天皇制体験などを検討し、いわば特殊的な体験の意味を自己批判することによって、それ自体の幻想性をあきらかにしようとしてきたのである。（本書一一頁）

この一節には、日米安保条約の改定問題を前にして同時代の文学者たちが発言し始めたときに吉本が感じた違和感の由来が表されています。なぜなら、吉本は戦争中の天皇制ファシズム体制という、ある意味、特殊日本的な共同幻想とそれと一体化していた自分の自己幻想の関係を徹底的に考えていく過程で、たんに民族的・国民的な特殊的な体験をカテゴリー化するだけでは不十分であり、むしろ、共同幻想と自己幻想の本質的、普遍的なかかわりにまで分析のメスを入れないかぎり、問題の解明は不可能だと思い知ったのですが、では、同時代人たちはいかにと見ると、むしろ非常に悪いかたちのカテゴリー化の思考に囚われているのがわかったのです。「憂国の文学者たちに」の後半は、小田切秀雄、大江健三郎、開高健、野間宏、中野重治、中島健蔵、堀田善衛と言った、いわゆる進歩的文化人が安保条約改定に反対して挙げた言葉を一括して「非論理」として批判しますが、その「非論理」とはカテゴリー思考を抜け出せない思考法のことです。

……ここには、共通の呪縛がある。日本人・民族・法制だけを抽出して、わたしたちの社会的な疎外をすべて、それに集中しようとする非論理。こういう子供のような非論理で、安保改訂には無関心であるが、現実認識では大人である大衆を動かすことができるはずがない。（本書一三頁）

しからば、吉本自身はいかなる理由から安保改定に反対するといっているのでしょうか？

わたしたちの未来が暗く、現在生活は不安定となり、感情生活や道徳生活がむしばまれ、混乱しているのは、これらの文学者の見解に反して、直接安保条約のせいではなく、独占資本支配の社会情況のためである。そのような独占支配の国家意志のひとつとして安保改訂は行われようとしているのだ。（後略。本書一三頁）

さて、これを読んだ現代の若い読者はどう感じるでしょう？

あたりまえのこと、いやあたりまえすぎることを言っていると感じるのではないでしょうか？　なぜなら、ＧＡＦＡという超巨大ＩＴ独占産業が世界を覆い、新自由主義にもとづく自己利益の徹底追求が生活の隅々まで浸透し、「現在生活」が終身雇用の崩壊で不安定となっているばかりか、「感情生活や道徳生活」までが「むしばまれ、混乱している」ことは明らかなのですから、吉本の分析は的を射ているのです。世界の富を上位一〇パーセントの富裕層が独占するという格差社会が実現してしまったのが現在の状況ですから、まさに吉本の言うとおりだと思うことでしょう。しかし、同時に、そんなことは吉本に言われないでもわかっていると感じるのではないでしょうか？

たしかにその通りなのですが、しかし、この発言が行われたのは、一九五九年、つまりいまから六二年前のことであり、当時の日本の政治・経済はとみると、敗戦から一四年しかたっておらず、産業資本も商業資本もようやく戦前の水準に戻りつつあるという状態でした。したがって、そうした中での日米安保条約の改定は、弱体な日本が強力なアメリカに軍事的にも政治・経済的にも制圧され、完全な従属国になり下がってしまうのではないかという恐れを《憂国の文学者たち》に抱かせたとしてもそれは無理からぬことでした。いいかえれば、彼らは開国に脅えた尊王攘夷の志士たちのような強い恐怖感に駆り立てられて安保改定に反対したのですが、その反対運動は必然的に「反米闘争」の様相を帯びることとなりました。

吉本は、こうした安保条約改定反対の根拠を次のような観点から批判します。

> 文学者としてのわたしが、安保改訂に反対し、抵抗するのは、けっして、他の憂国の文学者のように、安保改訂が民族の従属や、日本人の拘束のシンボルであると考えるからではない。（中略）わたしは、ただ、安保改訂が、独占支配のシンボルであるとかんがえるから、恒久的に反対するのである。（本書一〇頁）

民族の従属や日本人の拘束のシンボルとしてでなく、日米の独占資本の支配の完成として安保改定を捉え、これに反対する闘争を立ち上げなければ意味はないというのが吉本の立場でしたが、このような特有な状況分析を理解しえた知識人は当時は皆無でしたから、吉本は非常に孤独な闘いを強いられることになったのです。

では、吉本はいかにしてこのような状況分析を行いえたのでしょうか？　それは、独占資本が支配する社会の共同幻想と個人の自己幻想とは「原理的」に対立（吉本はこれを「逆立」と表現）せざるをえないという考えに至っていたからです。いや、たんに独占資本の社会の共同幻想とばかりでなく、すべての共同幻想と自己幻想は逆立するというのが吉本が行き着いた結論でした。

それは「憂国の文学者たちに」ですでに簡潔に要約されています。

……ひとりの人民・大衆・市民としてのわたしはただすべてのものを否定するがゆえに安保改訂に抵抗するといっただけではすまされないだろう。わたしたちが現在生きている独占社会の特徴は、いちめんにおいては人間のほんとうのこころや生活の利害が、ばらばらに切りはなされていて、疎外が極端にひどくなっている社会であるが、いちめんからみれば、個人の独立性が相対的にではあるが存在できる社会である。この個人の独立性という主張は、どこまでもおしすすめてゆくと、個人の独立性と矛盾するような国家社会の法制は、これに従属するひつようがないという主張に帰着する。わたしたちが、安保改訂に反対する統一戦線を広くふかくしようとするならば、このような観点を基礎にするよりほかにかんがえられない。(本書一〇頁)

このテクストをわかりにくいと感じた人は、「この個人の独立性という主張は」の前に「しかし」を補ってください。そうすると、すっきり理解できるはずです。そして、吉本の言っているのは次のようなことであると理解できるはずです。

戦争期の天皇制のような抑圧社会においては、個人の自己幻想は共同幻想と無理やり一致させられるのが常だが、これに対し、独占資本の社会つまり高度化しつつある資本主義社会では、個人の自己幻想が共同幻想との一致を強いられることは少なく、個人の自己幻想は独立的に自由に形成されうるように見える。しかし、実際にはその独立性・自由は限定的・相対的な独立性・自由にすぎない。しかも、相対的な独立性・自由と見えたものも、本当にそれは独立性・自由なのかと問い続けていくと、自己幻想は国家という社会の共同幻想とはどうあっても対立し、矛盾する以外に選択肢はないということがわかってくる。そのような場合にはどうしたらいいのか？　自己幻想の独立性を抑えて共同幻想に屈しなければならないのか？　それとも、自己幻想の独立性はどんなことがあっても死守しなければならないのか？「個人の独立性と矛盾するような国家社会の法制」があらわれてきたら、これへの従属を拒否して闘わなければならないのか？　そうなのである。なぜなら、安保改定はまさにこうした「個人の独立性と矛盾するような国家社会の法制」だからである。

これが吉本の出した結論でした。しかし、このような根源的な思考に基づく状況分析を行うことのできた知識人というのは稀でしたから、吉本は極端な孤立に追いやられます。そんなときに、突然のように出現したのが、共産主義者同盟（通称ブント）に率いられる全学連主流派でした。ちなみに、全学連主流派というのは、日本共産党を割って創設された共産主義者同盟およびその下部組織である社学同（社会主義学生同盟）に属する学生たちが全学連において日本共産党系の学生たちに取って代わって主流派となったものを指します。

吉本は、本書収録の「戦後世代の政治思想」（「中央公論」一九六〇年一月号）で共産主義者同盟の機関誌「共産主義」3号に掲載された姫岡玲治論文「民主主義的言辞による資本主義への忠勤」を取り上げ、これを「共感すべき提言」として激賛したのです。

これに対してブント側からただちに反応があり、全学連書記長だった島成郎らは吉本と会談して以後、共闘態勢を組むことになるのですが、このときに双方の間に生じた強い共感作用について、当のブント論文を執筆した姫岡玲治こと経済学者の青木昌彦が後に、自伝『私の履歴書　人生越境ゲーム』（日本経済新聞出版社）でこう語っています。

この中で吉本は、すでに作家としての名を確立していた石原慎太郎、大江健三郎と並べ、「若い世代の政治家たち」、つまりブント系の学生運動活動家たちの考えの一例として、姫岡玲治の文章を取り上げた。（中略）この吉本論文は、たまたま五九年十一月の国会デモ事件によって全学連がにわかに世の耳目をひき始めた直後に発表されたので、言論界に大きな反響を呼び起こした。（中略）とにかく、それまでは思想界でも、政治の世界でも、孤軍奮闘という有様だったブントの我々にとって、その論文はまたとない力強い同盟者の登場を意味した。つまり、それは「国家的な規制や民族的な封鎖性」にしばられ、その幻想を打ち破られた「幻滅の世代」が生んだ希有の思想家から、「戦後の独占社会の中で、個的な意志によって自己形成を遂げた戦後世代」の我々に送られた連帯のメッセージだった。

ところで、この回想録の筆者である姫岡玲治＝青木昌彦は吉本とは直接的にはたった一度、安保闘争の終わった後、ある雑誌を編集していたときに、仲間三人と原稿の依頼に訪れたときに会ったきりであるとして、同書でこんな思い出を語っています。

卓袱台を皆で囲みながら、吉本氏が四つの茶碗に順繰りに、ゆっくり煎茶を淹れて、もてなしてくれた。その姿に私は若いながらも、いわば市井の庶民の茶の心を感じた。私は家族にお茶を淹れる時、今もその時の吉本氏の作法が目に浮かび、せっかちの自分を自戒するのである。

この姫岡＝青木の回想からも判断がつくように、吉本はブント幹部たちと（とくに島成郎とは）思想的な連帯感以上に強い個人的共感で結ばれて安保闘争へとともに進んでいくことになります。もっとも、吉本からするとブントの指導者たちは戦前・戦中・戦後を結ぶ社会的ヴィジョンの把握において、国家の共同幻想というものを低く見積もりすぎているという批判がありました。というのも、吉本は「あらゆる政治的な課題は、社会の総体的なヴィジョンとの有機的なつながりにおいて考察しなければ解き得ない」と考えていたからです。

しかし、吉本はこうした差異にもかかわらず、ブントとは共闘しうると見做したのですが、その一致点は「この世界を、民族的な国家的な区わけによってみるのではなく、構成的にみることができるという点」でした。いいかえれば、「民族的な特殊的な制約に思考を限定させようとするあらゆる傾向にたいする徹底的な否定」という普遍性志向において共闘は可能と吉本は判断したのです。

このように、互いの差異は認めながらも吉本はブントとの共闘に踏み切り、安保改定反対闘争へと進んでいくことになります。その結果がどうであったかについては、一九六〇年六月の状況が見事に俯瞰されている「擬制の終焉」、および闘争挫折以後のゴタゴタを批判した「反安保闘争の悪煽動について」を読んでいただきたいと思います。吉本の論争文の切れ味を味わうには最高のテクストです。

また、「思想的弁護論」は、もし吉本が弁護士資格をもって法廷に立ったとしたら最強の弁護士になったことは間違いないと思わせるほどの法理論への理解力を示していますので、この方面からも再検討さるべきテクストだと思います。

しかし、現在、筑摩書房のPR誌「ちくま」で『共同幻想論』の読み返し作業を行っている私から見て最も熟読含味すべきテクストは「思想の基準をめぐって──いくつかの本質的な問題」であるように感じます。なぜなら、この論考は吉本が『共同幻想論』で展開する思考のエスキースであるばかりか、『共同幻想論』以後の仕事の見取り図を示しているという意味で、本書の要となるテクストであるからです。よって、本来ならこの論考を中心に解説を行うべきなのかもしれませんが、残念ながら、与えられたページは尽きました。

いずれにしても、本書は吉本隆明の政治的アンガジュマンと『共同幻想論』との間には強い論理的な関係があったことを教えてくれる優れたアンソロジーであり、若い読者にとっては格好の「吉本隆明入門」となるにちがいありません。

いまこそ、吉本隆明再評価の時機は熟しているのです。

年譜

吉本隆明

一九二四年（大正一三年）

一一月二五日、父・順太郎、母・エミの三男として東京市京橋区月島（現・東京都中央区月島）に出生。一家は熊本県天草で造船業・海運業を営んでいたが、第一次大戦後の大正期の恐慌で苦境にたたされ、事業に失敗してこの年の春上京。隆明は母の胎内にあった（のち弟、妹が生まれ兄弟は六人）。一九二八年ころまでに、同区新佃島西町（現・佃二丁目）に転居。小学校入学までに、家業の造船所が月島に再建され、また、貸しボート屋も経営。

一九三一年（昭和六年）　七歳

四月、佃島尋常小学校に入学。

一九三四年（昭和九年）　一〇歳

この年の春から、深川区（現・江東区）門前仲町にある今氏乙治の学習塾「青空塾」に通う。後年、この七年以上にわたる私塾体験は、生涯の「黄金時代」であったと回想。同塾には北村太郎、田村隆一も通っていた。

一九三七年（昭和一二年）　一三歳

四月、東京府立化学工業学校に入学。

一九四〇年（昭和一五年）　一六歳

「このころ幼稚な詩作をはじめた」（自筆年譜）。『昆虫記』に「恐ろしい感動」を覚え、同じ私塾に通う女生徒への恋愛感情を経験。

一九四一年（昭和一六年）　一七歳

同期生と校内誌「和楽路《わらじ》」を発行、随想、

詩、小説を書き、発表し始める。一一月ごろ一家は葛飾区上千葉（現・お花茶屋二丁目）へ転居。一二月、太平洋戦争勃発。東京府立化学工業学校を繰上げ卒業。

一九四二年（昭和一七年）一八歳

四月、米沢高等工業学校（現・山形大学工学部）応用化学科に成績首位で入学。繰上げ卒業までの二年五ヵ月間、学寮生活を送る。

一九四三年（昭和一八年）一九歳

「この土地では書物が間接の師」として、宮沢賢治、高村光太郎、小林秀雄、横光利一、太宰治、保田與重郎らの作品に親しむ。特に賢治に傾倒、「雨ニモマケズ」の詩を紙に墨書し寮の自室天井に貼って眺める。一一月、花巻に賢治ゆかりの人たちや詩碑を訪ねる。初の詩稿集「呼子と北風」に入る詩篇を作る。一二月、次兄・権平が台湾に赴任の途中、飛行機事故で戦死（享年二四）。

一九四四年（昭和一九年）二〇歳

五月、初の詩集『草莽』を私家版発行。九月、米沢工業専門学校（四月に校名改称）を繰上げ卒業。一〇月、東京工業大学電気化学科に面接のみで入学。学業にうちこむ雰囲気になく、自ら「単独の学徒動員」としてミヨシ化学興業の研究室に赴く（翌年三月まで）。その間に徴兵検査（甲種合格）。

一九四五年（昭和二〇年）二一歳

三月、東京大空襲で学習塾教師・今氏乙治死去。五月ごろ勤労動員で魚津市の日本カーバイト工場に行く。八月、「終戦の詔勅」放送を工場の広場で聞く。敗戦は「リアリスティックな現実認識を学んだ最大の事件」と書く。帰京後、大学で遠山啓《ひらく》助教授の自主講座で「量子論の数学的基礎」を聴講し衝撃を受ける。この年、書き継いできた「宮沢賢治論」が五〇〇枚になる。

一九四六年（昭和二一年）二二歳

七月、詩稿集「詩稿Ⅳ」など多数の詩を書

く。一一月、詩誌「時禱」を荒井文雄と創刊。翌年にかけ、少年期からの精神の軌跡を手記ふうに描いた「エリアンの手記と詩」を書く。

一九四七年（昭和二二年）二三歳

七月、同期生と文芸誌「季節」を創刊、「歎異鈔に就いて」や詩を発表。太宰治の戯曲「春の枯葉」を学内で上演するため許可をもらいに三鷹に太宰を訪問。九月、東京工大を繰上げ卒業。戦後の混乱期で職がなく、石鹼を作る町工場や鍍金《めっき》工場などを転々とする。

一九四八年（昭和二三年）二四歳

一月、姉・政枝死去。三月、「姉の死など」一を外部雑誌に初めて寄稿。大阪の詩誌「詩文化」に詩や論考を発表し始める。詩稿集「詩稿X」の一〇四篇を詩作。

一九四九年（昭和二四年）二五歳

一月、諏訪優らと詩誌「聖家族」を創刊。三月、東京工大の特別研究生の試験を受け、無機化学研究室に入る。このころ、聖書をはじめ古典経済学の主著や『資本論』、また西洋の古典文学などを精力的に読む。論考「詩と科学との問題」や初期代表詩「夕の死者」「エリアンの詩」などを書く。

一九五〇年（昭和二五年）二六歳

三〜四月にかけて、思想的原型が凝縮された断簡四五篇の独語集「覚書Ⅰ」「箴言Ⅰ」、翌々年までに「箴言Ⅱ」を書く。詩は「精神の内閉的な危機」から一行も書けなかったが、八月以降、「日時計篇Ⅰ」の詩作に没頭。

一九五一年（昭和二六年）二七歳

三月、東京工大の特別研究生一期二年の課程を修了、研究室を去る。四月、東洋インキ製造に入社。葛飾区青戸工場研究室に勤務。この年、「日時計篇Ⅱ」の詩を書く（ⅠⅡの計が五二八篇、一日一篇以上の詩作となる）。

一九五二年（昭和二七年）二八歳

八月、詩と批評における転機点となる第二詩集『固有時との対話』を私家版発行。この年、「火の秋の物語」「ちひさな群への挨拶」など多数の詩を書く。

一九五三年（昭和二八年）二九歳
三月、青戸工場労組組合長と同社五労組連合会会長に就任。九月、第三詩集『転位のための十篇』を私家版発行。この詩集以後、「その心情のなかにあった論理を唯一絶対の武器として」（鮎川信夫）批評活動に入る。年末、労組の賃金闘争に敗れ組合長と会長を辞任。

一九五四年（昭和二九年）三〇歳
一月、年明け早々、労組執行部らとともに配置転換命令を受け「一人だけの企画課」に配属され、翌週、東京工大への派遣研究員を命じられる。二月、荒地詩人賞受賞。年刊誌「荒地詩集」に同人参加。六月、奥野健男らと「現代評論」創刊同人。創刊号に吉本思想の原型的な核心が秘められた「反逆の倫理――マチウ書試論」発表。一二月、文京区千駄木に家族から離れ独り住まいとなる（以降、一九六七年までに都内を六回転居）。

一九五五年（昭和三〇年）三一歳
六月、本社への再配属を断り退職、科学技術者の道を「自ら永久に閉ざす」。この年、「高村光太郎ノート」「前世代の詩人たち」の論考で、文学者の戦争責任追及の口火をきる。

一九五六年（昭和三一年）三二歳
失職状態が続き、鮎川信夫の翻訳の下仕事などで食いつなぐ。この年の初めごろ既婚の黒沢和子と出逢い、三角関係で「進退きわまる」。七月、黒沢と同棲（翌年五月入籍）。八月、特許事務所に就職（隔日勤務）。鼎談「芸術運動の今日的課題」で花田清輝と応酬、「花田・吉本論争」の発端となる。九月、第一評論集『文学者の戦争責任』（武井昭夫と共著）刊。

一九五七年（昭和三二年）三三歳

五～八月号の「短歌研究」誌上で岡井隆と応酬。七月、知識人の戦争責任に論及する『高村光太郎』刊。一二月、長女・多子《さわこ》誕生。この年の論考に「戦後文学は何処へ行ったか」「日本近代詩の源流」など。

一九五八年（昭和三三年）　三四歳

一月、代表詩集となる『吉本隆明詩集』（書肆ユリイカ）刊。一一月、「現代批評」を井上光晴、奥野健男らと創刊、「転向論」を発表。この年の論考に「芸術的抵抗と挫折」「『四季』派の本質」「芥川龍之介の死」など。

一九五九年（昭和三四年）　三五歳

一月、花田清輝の吉本批判を契機に、「花田・吉本論争」始まる。二月、評論集『芸術的抵抗と挫折』刊。六月、詩論集『抒情の論理』刊。七月、台東区仲御徒町（現・上野五丁目）に転居。八月、この夏から毎年、土肥温泉に一家で滞在し静養。この年の論考に「「怒れる世代」をめぐって」「憂国の文学者たちに」「社会主義リアリズム論批判」など。

一九六〇年（昭和三五年）　三六歳

一月、「戦後世代の政治思想」を発表し衝撃をもって迎えられる。安保改定阻止闘争が全国規模で激化する中、全学連主流派、ブントを支持、六月行動委員会に加わり行動を共にする。五月、評論集『異端と正系』刊。六月一五日、国会構内の抗議集会で演説。翌日未明、警官隊の排除にあって逃げこんだ先の警視庁構内において建造物侵入現行犯で逮捕される（一八日、釈放）。第一回近代文学賞受賞。一〇月、共著『民主主義の神話』刊行、前衛神話や党派性を批判する「擬制の終焉」を発表。

一九六一年（昭和三六年）　三七歳

二月、嶋中事件が起き、「慷慨談―深沢を孤立させておいて何の〝言論の自由〟ぞや」を発表。九月、自立思想・文学創造運動の場として、谷川雁、村上一郎とともに「試行」を創刊、「言語にとって美とはなにか」連載開始。この年、「現代学生論」「何をマルクス主義文学というか」「混迷のなかの指標」を発表、講演に「戦闘の思想的土台をめぐって」など。

一九六二年（昭和三七年）三八歳

一月、「丸山真男論」起稿。サド裁判弁護側証人として東京地裁に出廷する。六月、評論集『擬制の終焉』刊。九月、谷川雁、埴谷雄高らと「自立学校」で情況論を講義。この年の論考に「日本のナショナリズムについて」「戦後文学の転換」「近代精神の詩的展開」など。

一九六三年（昭和三八年）三九歳

一月、書肆ユリイカの校訂版『吉本隆明詩集』（思潮社）刊。三月、タイプ印刷の『丸山真男論』刊。九月以降、「『政治と文学』なんてものはない」などで「政治と文学」論争批判を展開する。一一月、父母の郷里の天草を講演の合間に初めて訪れる。この年、「反安保闘争の悪煽動について」「無方法の方法」「非行としての戦争」「模写と鏡」などを発表。

一九六四年（昭和三九年）四〇歳

五月、「日本読書新聞」が三月に掲載したコラム記事をめぐる右翼団体への同紙の対応に抗議し、谷川雁らと一三名連名で声明を発表、言論界に衝撃が走る（「読書新聞事件」）。六月、「試行」が吉本単独編集となる。試行出版部を創設、『初期ノート』刊。七月、二女・真秀子《まほこ》誕生。一二月、評論集『模写と鏡』刊。同書に詩「佃渡しで」収載。この年の論考に「戦後思想の価値転換とは何か」「日本のナショナリズム」「マルクス紀行」「カール・マルクス」などがある。

一九六五年（昭和四〇年）四一歳

五月、『言語にとって美とはなにかⅠ』刊（Ⅱは一〇月刊）。一一月、長兄・勇死去。この年の論考に「自立の思想的拠点」「6・15事件 思想的弁護論」「鮎川信夫論—交渉史について」など。
一九六六年（昭和四一年）四二歳
二月、著書『模写と鏡』『高村光太郎』などを手がけた春秋社編集長・岩淵五郎が全日空羽田沖事故で遭難死し、「現存するもっとも優れた大衆が死んだ」と悼む。一〇月、評論集『自立の思想的拠点』刊。一高校と四大学で情況論ほか講演。一一月、「共同幻想論」起稿。一二月、『カール・マルクス』刊。この年、江藤淳との対談「文学と思想」など。
一九六七年（昭和四二年）四三歳
七月、文京区千駄木に家を購入。九月、初期詩稿や「宮沢賢治論」などが書かれたノート九冊が発見される（のち『初期ノート増補版』に収録）。一〇月以降、共同幻想論はじめ自立思想、詩論などをテーマに一三大学ほかで講演。この年の論考に「島尾敏雄の原像」「沈黙の有意味性について」、インタビュー「表現論から幻想論へ」（のち『共同幻想論』の序になる）、対談に鶴見俊輔との「どこに思想の根拠をおくか」などがある。
一九六八年（昭和四三年）四四歳
四月、父・順太郎死去。八月、初の講演集『情況への発言』刊。一〇月、『吉本隆明全著作集』全一五巻の刊行開始。一〇月以降、六大学で共同体論や新約聖書などの講演を行なう。一二月、『共同幻想論』刊。個人幻想から共同幻想まで全幻想領域を原理的に論究。
一九六九年（昭和四四年）四五歳
三月、大学紛争など時代的課題に言及する「情況」起稿。八月、「心的現象論」の総論終了（「試行」次号から各論起稿）。一〇月、一九五六年から隔日勤務の特許事務所を退職し文筆に専念。
一九七〇年（昭和四五年）四六歳
一一月、六〇年代末の思想潮流に論及した

『情況』刊。三島由紀夫自死。この年の講演に「宗教としての天皇制」「敗北の構造―共同幻想の世界から」「『擬制の終焉』以後十年」「南島論―家族・親族・国家の論理」、江藤淳との対談「文学と思想の原点」などがある。

一九七一年（昭和四六年）四七歳

五～六月に講演が集中。演題は政治と文学の問題、共同幻想論、南島論など多岐にわたる。七月、母・エミ死去。八月、『源実朝』刊。九月、総論部分の『心的現象論序説』刊。一二月、「聞書・親鸞」の連載開始。この年の講演に「南島の継承祭儀について」、対談に小川国夫との「家・隣人・故郷」などがある。

一九七二年（昭和四七年）四八歳

一月、「書物の解体学」の連載開始。二月、連合赤軍事件おこる。五月、対談集『どこに思想の根拠をおくか』刊。一二月、講演集『敗北の構造』刊。この年も多数の講演があり、「谷川雁論―政治的知識人の典型」「家族・親族・共同体・国家」「連合赤軍事件をめぐって」「初期歌謡の問題」などがある。

一九七三年（昭和四八年）四九歳

五月、天然水が発売され、日本が未知の資本主義段階に突入した象徴の一つと捉え、各論考で言及。この年、鮎川信夫との連続対談「存在への遡行」「情況への遡行」、講演に「古代歌謡論」、また長詩「ある抒情」を発表。

一九七四年（昭和四九年）五〇歳

五月以降、詩「〈農夫ミラーが云った〉」「〈五月の空に〉」など、詩作を本格的に再開。一〇月、「初期歌謡論」起稿。この年、大岡昇平との対談「詩は行動する」のほか、清岡卓行、小川国夫、大庭みな子らと多数の対談がある。

一九七五年（昭和五〇年）五一歳

三月、「試行」同人だった村上一郎自刃。四月、『書物の解体学』に続き、六月、対談集『思想の根源から』刊。九月、埴谷雄高との対談集『意識 革命 宇宙』刊。この年の主な対談に橋川文三との「太宰治とその時代」、鶴見俊輔との「思想の流儀と原則」、森山公夫との「精神分裂病とはなにか」など。

一九七六年（昭和五一年）　五二歳

一月、鼎談集『思索的渇望の世界』刊。五月、「西行」起稿。「野性時代」に長期にわたる「連作詩篇」を発表。「『死霊』について」を三大学で連続講演。七月以降、『思想の流儀と原則』『討議近代詩史』『知の岸辺へ』の対談・鼎談・講演集を刊行。また「もっとも愛着の深い書」に挙げる『最後の親鸞』刊。この年の論考に「ある親鸞」「親鸞伝説」ほか。

一九七七年（昭和五二年）　五三歳

四月、「歳時記」の連載開始。五月、長篇論考の「芥川龍之介における虚と実」発表。六月、古典を土台に言語理論を具体的に展開する『初期歌謡論』刊。この年の論考に「竹内好の死」「法の初源・言葉の初源」、講演に「喩としての聖書」などがある。

一九七八年（昭和五三年）　五四歳

九月、以後の宗教論の出発点となる『論註と喩』、次いで『戦後詩史論』刊。一〇月、『吉本隆明歳時記』を刊行、病後の恢復期に、愛好する詩人・作家たちを随想ふうに書く。この年の対談にフーコーとの「世界認識の方法」、樺山紘一との「歴史・国家・人間」など。

一九七九年（昭和五四年）　五五歳

一〇月、鮎川信夫との対談集『文学の戦後』刊。一二月、五人の作家の内実で演じられた悲劇を究明する『悲劇の解読』刊。この年の論考に「横光利一論」「『記』『紀』歌謡と『おもろ』歌謡」、佐藤泰正との対談「漱石的主題」、講演に「シモーヌ・ヴェーユについて」「〈アジア的〉ということ」など。
一九八〇年（昭和五五年）五六歳
三月、文京区本駒込に住宅購入。五月、「試行」で「アジア的ということ」の連載開始。六月、『世界認識の方法』刊。この年の対談に菅谷規矩雄との「表現研究は文学研究たりうるか」、高橋順一との「〈マルクス〉―読みかえの方法」、大西巨人との「〝大小説〟の条件」など。
一九八一年（昭和五六年）五七歳
一月、七〇年代後半の講演録『言葉という思想』刊。五月、「源氏物語論」起稿。七月、鮎川信夫との対談集『詩の読解』『思想と幻想』刊。一二月、大江健三郎らとの講演録『現代のドストエフスキー』刊。この年、寺山修司との「死生の理念と短歌」、小川徹との「最近の映画について」などの対談のほか、「僧としての良寛」「物語の現象論」など講演も多い。
一九八二年（昭和五七年）五八歳
一月、共著『鮎川信夫論吉本隆明論』刊。三月、「マス・イメージ論」起稿。四月、「反核」運動が過熱、「停滞論」ほかの論考で根底的な批判を展開する。「思想読本　親鸞」を責任編集。五月、連載インタビュー『「死」体験の意味』開始。一〇月、『源氏物語論』刊。一二月、「反核」運動の批判論文集『「反核」異論』刊。この年の論考に「ポーランドへの寄与」、江藤淳との対談「現代文学の倫理」など。
一九八三年（昭和五八年）五九歳
三月、二年以上にわたる「大衆文化現考」の新聞掲載開始。五月以降、三対談集『素人の時代』『教育　学校　思想』『相対幻論』刊。この年、「共同幻想とジェンダー」や親鸞、賢治、漱石についての講演が相次ぐ。
一九八四年（昭和五九年）六〇歳

四月、「柳田国男論」を起稿。六月、フーコーが死去し、「ミシェル・フーコーの死」を発表。七月、現在版の『共同幻想論』を論じようとする『マス・イメージ論』刊。八月、大岡昇平・埴谷雄高の対談集『二つの同時代史』中の大岡の発言部分に、事実無根があるとして訂正申入れを行なう。九月、女性誌「an・an」にファッションブランドを着て自宅書斎で撮られた写真が掲載される（のち、埴谷雄高との間でいわゆる「コム・デ・ギャルソン論争」が起きる）。この年の対談に梅原猛との「ロゴスの深海─親鸞の世界」、古井由吉との「現在における差異」などがある。

一九八五年（昭和六〇年）　六一歳

三月、埴谷雄高の「吉本隆明への手紙」に応えて「政治なんてものはない─埴谷雄高への返信」を書き、「埴谷・吉本論争」始まる。六月、『死の位相学』刊。七月、「ハイ・イメージ論」の長期連載開始。八月、対談「全否定の原理と倫理」で鮎川信夫と「ロス疑惑」をめぐって応酬し事実上の訣別となる。九月、評論集『重層的な非決定へ』刊。一〇月、「言葉からの触手」の連載始まる。

一九八六年（昭和六一年）　六二歳

九月、『吉本隆明全集撰』全七巻別巻一の刊行開始（三巻・別巻は未刊で終了）。一二月、六六篇の「連作詩篇」を長篇詩に再構成した『記号の森の伝説歌』刊。この年、佐藤泰正との対談集『漱石的主題』など対談・鼎談集が一〇書に及ぶ。論考に「『アンチ・オイディプス』論」「権力について」のほか、都市論、精神病理など多岐にわたる。

一九八七年（昭和六二年）　六三歳

九月、東京・品川の倉庫で講演と討論のイベント「いま、吉本隆明25時」を三上治、中上健次とともに開催（翌年、記録集刊）。テレビ時評「視線と解体」起稿。一二月、一九五九～八六年の一二四対談を収録した『吉本隆明全対談集』全一二巻の刊行開始。「試行」六七号の「情況への発言」で前年秋から相次いで死去した鮎川信夫、島尾敏雄、磯田光一らを追悼。

一九八八年（昭和六三年）　六四歳

五月、弘前大学での太宰治シンポジウムに出席。一〇月、その記録集『吉本隆明〔太宰治〕を語る』刊。弟・富士雄、工事中の転落事故がもとで死去。一二月、那覇市でのシンポジウム「琉球弧の喚起力と『南島論』の可能性」に出席（翌年、記録集刊）。この年の対談に小川国夫との「新共同訳『聖書』を読む」、江藤淳との「文学と非文学の倫理」など。

一九八九年（昭和六四年・平成元年）　六五歳

一月、昭和天皇死去し、「最後の偉大な帝王」を書く。四月、『ハイ・イメージ論Ⅰ』刊。六月、断片集『言葉からの触手』、七月、書下ろしの『宮沢賢治』、九月、都市論集『像としての都市』刊。一一月、ベルリンの壁崩壊。この年、昭和天皇論、宮沢賢治論、南島論などの対談、講演がある。

一九九〇年（平成二年）　六六歳

七月、日米構造協議が締結し、アメリカからの「第二の敗戦」として情勢論で論及。インタビュー「世界認識の臨界へ」。日本近代文学館主催「夏の文学教室」で漱石の作品論を講演。八月、遠野市の常民大学で講演「『遠野物語』の意味」。九月以降、『解体される場所』『天皇制の基層』『吉本隆明「五つの対話」』『柳田国男論集成』『島尾敏雄』など刊行。

一九九一年（平成三年）　六七歳

一月、湾岸戦争が始まる。四月、「わたしにとって中東問題とは」で、湾岸戦争に対しいち早く論及。五月、バブル景気破綻。「ハイ・イメージ論」の連載開始。一二月、ソ連邦消滅。この年、中沢新一との対談「超近代という時代」ほか、多数の講演がある。
一九九二年（平成四年）　六八歳
二月、仏教論・政治思想論としての『良寛』『甦えるヴェイユ』、日本情勢論の『見えだした社会の限界』、次いで三月、世界情勢論の『大情況論』刊。八月、「三木成夫について」で、三木の著書との出会いは「ここ数年のわたしにひとつの事件」と記す。九月、「Bunkamura ドゥマゴ文学賞」の選考委員になる。一〇月、メタローグ主宰「創作学校」で言語論を講義。この年の論考に「おもろさうしとユーカラ」、インタビューに「ポスト消費社会へ突入した日本」「消費資本主義の終焉から贈与価値論へ」、講演「わが月島」「甦えるヴェイユ」など。
一九九三年（平成五年）　六九歳
三月、『追悼私記』刊。四月、情勢論の「社会風景論」連載開始。九月、東京・八重洲ブックセンターで「思想詩人吉本隆明&吉本隆明写真展」が開催され盛況を見る。この年の講演に「三木成夫さんについて」「シモーヌ・ヴェイユの現在」ほか。
一九九四年（平成六年）　七〇歳
一月、梅原猛、中沢新一との連続鼎談「日本人は思想したか」。自伝的エッセイを集成した『背景の記憶』刊。三月、「吉本隆明と時代を読む」のシリーズ講演始まる。一一月、「試行」の「情況への発言」を集成した『情況へ』刊。一二月、「食べものの話」の連載開始。講演集『愛する作家たち』刊。
一九九五年（平成七年）　七一歳
一月、阪神・淡路大震災。二月、谷川雁死去。追悼文「詩人的だった方法」を書く。J・ボードリヤール来日記念講演会で、講演および対談を行なう。三月、地下鉄サリン事件起こる。四月、「写生の物語」の連載開始。七月、講演集『親鸞復興』刊。八月、五年余にわたる「吉本隆明　戦後五十年を語る」の連載が「週刊読書人」で始まる。九月、産経新聞がインタビュー「オウムが問いかけるもの」を四回掲載した後、「吉本隆明氏は間違っている」など、投書を含めた批判記事を連載三回で特集。それに対し知識人・マスコミ・市民主義者などの批判を通してオウム問題の思想的核心部分に論及。一一月、「わたしの主要な仕事の一里塚」と記す評論集『母型論』刊。この年は講演、論考等で大震災とオウム事件に言及するほか、講演「廣松渉の国家論・唯物史観」などがある。

一九九六年（平成八年）　七二歳

三月、インタビュー集『学校・宗教・家族の病理』が、自由価格本への試みとして話題となる。八月、西伊豆の土肥海水浴場で遊泳中に溺れる（東京の病院へ転院加療し、九月一〇日退院）。一〇月、水難事故後、初めての執筆となる「溺体始末記」発表。

一九九七年（平成九年）　七三歳

二月、親子対談集『吉本隆明×吉本ばなな』刊。埴谷雄高死去。四月、「埴谷雄高さんの死に際会して」を書く。六月、『僕ならこう考える』『大震災・オウム後　思想の原像』刊。一二月、「試行」が七四号をもって終刊。

一九九八年（平成一〇年）　七四歳

一月、「試行」の終刊にあたり直接購読者に書下ろしの『アフリカ的段階について』を贈呈。同書で「アフリカ的」概念を提起し史観を拡張しようとする。九月、自伝的な『父の像』刊。和子夫人が句集『寒冷前線』上梓。一二月、ウェブサイト「ほぼ日刊イトイ新聞」が糸井重里のインタビューによる「吉本談話コーナー」を開設し、随時掲載。この年、講演「日本アンソロジーについて」など。

一九九九年（平成一一年）　七五歳

三月、講義録の『詩人・評論家・作家のための言語論』刊。五月、自らの少年期を語る『少年』刊。七月、江藤淳自死。「江藤淳記」や談話「江藤さんの特異な死」ほかで追悼。一〇月、インタビュー「古典を読む」シリーズ開始。この年の主な対談に山折哲雄との「親鸞、そして死」、インタビューに「贈与の新しい形」などがある。

二〇〇〇年（平成一二年）　七六歳
三月、『吉本隆明資料集』の刊行開始。四月、「吉本隆明が読む近代日本の名作」が毎日新聞で、「吉本隆明TVを読む」が朝日新聞で連載開始。一〇月、三好春樹との対談集『〈老い〉の現在進行形』刊。一二月、「週刊読書人」の長期連載インタビュー『吉本隆明が語る戦後55年』全一二巻別巻一の刊行開始。

二〇〇一年（平成一三年）　七七歳
三月、『幸福論』、四月、『日本近代文学の名作』刊。六月、人生相談スタイルの談話集『悪人正機』、講演集『心とは何か　心的現象論入門』刊。九月、アメリカで同時多発攻撃事件発生。『今に生きる親鸞』刊。CD、ビデオによる『吉本隆明全講演ライブ集』の刊行始まる。この年の論考に「詩学叙説」「同時多発テロと戦争」などがある。

二〇〇二年（平成一四年）　七八歳
二月、「情況への発言」と「〈アジア的〉について」の論考・講演を『ドキュメント吉本隆明1』に発表。四月、談話構成の「吉本隆明が読む現代日本の詩歌」を毎日新聞で連載。この年、『老いの流儀』『超「戦争論」』『夏目漱石を読む』『ひきこもれ』ほか刊行。対談に加藤典洋との「存在倫理について」、インタビューに「私の文学―批評は現在をつらぬけるか」などがある。

二〇〇三年（平成一五年）　七九歳
四月、『現代日本の詩歌』刊。七月、単行本未収録の詩篇も収めた『吉本隆明全詩集』

刊。九月、『夏目漱石を読む』で小林秀雄賞、『吉本隆明全詩集』で藤村記念歴程賞を受賞。荒地詩人賞（一九五四年）、近代文学賞（一九六〇年）以来の受賞となる。一二月、森山公夫との対談集『異形の心的現象』刊。この年、中沢新一著『チベットのモーツァルト』の解説、檀一雄著『太宰と安吾』の解説、片島紀男著『悲しい火だるま　評伝・三好十郎』の序文「三好十郎のこと」、「折口信夫のこと」などの論考がある。

二〇〇四年（平成一六年）　八〇歳

一月、情勢論『「ならずもの国家」異論』刊。二月、下血で日本医科大学付属病院に入院。初期癌が発見され摘出手術（三月半ばまで入院）。七月、入院中に構想した漱石の二つの旅を読み解く『漱石の巨きな旅』刊。一〇月、インタビュー「吉本隆明　自作を語る」の長期連載が「SIGHT」で始まる。

二〇〇五年（平成一七年）　八一歳

二月、江藤淳の自死から五年、田中和生のインタビュー「江藤淳よ、どうしてもっと文学に生きなかったのか」。三月、書下ろしの『中学生のための社会科』刊。六月、芹沢俊介との対談集『幼年論』刊。一二月、「Coyote」がインタビュー記事と写真で「吉本隆明翁に会いに行く。」を特集。

二〇〇六年（平成一八年）　八二歳

一月、評論集『詩学叙説』刊。五月、自らの老いた肉体と精神を考古学的に掘りさげたという『老いの超え方』刊。一一月、「iichiko文化学賞」を故ミシェル・フーコーと同時受賞。この年、一九六〇年代末の全共闘運動について語った「教育改革運動だった」、インタビュー「吉本隆明、大病からの復活」、青年期に読んだ本の中で「心の一冊」として挙げたエッセイ「心身健康な時期の太宰治『富嶽百景』」などがある。

二〇〇七年（平成一九年）　八三歳

一月、エッセイ「おいしく愉しく食べてこそ」の連載始まる。一〇年前から解題アンソロジーとして書きとめてきたという『思想のアンソロジー』刊。二月、『真贋』刊。六月、未刊行だった『心的現象論』(本論)が初の単行本化(オンデマンド出版)、『吉本隆明　自著を語る』刊。この年のインタビューに「『心的現象論』を書いた思想的契機」「秋山清と〈戦後〉という場所」、糸井重里との対談「僕たちの親鸞体験」、野村喜和夫らとの鼎談「日本語の詩とはなにか」、講演「日本浄土系の思想と意味」などがある。

二〇〇八年(平成二〇年)　八四歳

七月、一般書籍版の『心的現象論本論』刊。「これまでの仕事を一つにつなぐ話をしてみたい」として七月と一〇月、「芸術言語論―沈黙から芸術まで」の講演を行なう。一一月、『「芸術言語論」への覚書』刊。この年、中沢新一との対談「『最後の親鸞』からはじまりの宗教へ」、談話に「『蟹工船』と新貧困社会」、「昭和　忘れえぬあの一瞬」を書いたエッセイに「一九四五年八月十五日のこと」などがある。また、五〇講演ほか収録のCDセット『吉本隆明　五十度の講演』やCDブック、DVDなどが発売される。

二〇〇九年(平成二一年)　八五歳

一月、NHKが前年七月の講演を中心にした「吉本隆明語る―沈黙から芸術まで」を放映。六月、『吉本隆明　全マンガ論』刊。現代詩手帖創刊50年祭「これからの詩どうなる」で講演。九月、第一九回「宮沢賢治賞」受賞(花巻市で授賞式)。同時に記念講演を行なう。この年は、インタビューに「文学の芸術性」「吉本隆明さん、今、死をどう考えていますか?」「天皇制・共産党・戦後民主主義」、談話「追悼・内村剛介さん　国家や主義に同化せず」「身近な良寛」ほかがある。

二〇一〇年(平成二二年)　八六歳

二月、「BRUTUS」の「吉本隆明特集」掲載を機に大型書店が共同で大規模なブックフェア企画を立て「最大の吉本隆明フェア」を開催。五月、「試行」創刊当初からの寄稿者で文芸評論家・梶木剛が死去。九月には第一評論集『文学者の戦争責任』の共著者・武井昭夫が死去。一〇月、中学生への「講義録」構成による『ひとり15歳の寺子屋』刊。この年も談話、インタビュー中心に精力的に文学論、情勢論に言及。談話に「やっぱり詩が一番」、「竹内好生誕百年」にちなむ「日本の中国認識高めた思想家」、対談によしもとばななとの「書くことと生きることは同じじゃないか」、インタビューに「資本主義の新たな段階と政権交代以後の日本の選択」「詩と境界　中也詩、賢治詩をめぐって」などがある。

二〇一一年（平成二三年）　八七歳

三月一一日、東日本大震災、次いで福島原発事故が発生。史上空前の大災害につき、五月以降、文明史、人類史の視点から談話およびインタビューに応えて独自の基本的な認識を展開する。談話では「精神の傷の治癒が最も重要だ」、インタビューに「科学技術に退歩はない」「科学に後戻りはない」など。その間の六月に、寵愛していた猫が急逝し喪失感にさいなまれる。一〇月、江藤淳との全対談集成『文学と非文学の倫理』、一二月、「試行」に発表し全一冊本となった『完本　情況への発言』が刊行される。

二〇一二年（平成二四年）

一月、福島原発事故による被害拡大で反原発・脱原発が声高に叫ばれるなか、週刊誌が『反原発』で猿になる！　吉本隆明の遺言」のタイトルで原発問題についての談話を掲載。この発言に対し、懇意の文学者はじめ知識人などからの批判にさらされる。その渦中の二二日、風邪と誤嚥性肺炎の疑いで発熱し、救急車で日本医科大学付属病院に搬送され緊急入院。二月に入り黄色ブドウ球菌感染症に罹患、間欠的な高熱に見舞われる。三月に入っても病態は一進一退が続く中、一六日午前二時過ぎ死去。死因は「肺炎」と発表される。この日は石川九楊との対談集『書 文字 アジア』の発売日であった。「吉本隆明の死」は衝撃をもって迎えられる。テレビで「吉本隆明さん死去 戦後の思想界担う」と第一報が流れ、新聞の夕刊各紙が「市井に生きた知の巨人」「大衆に寄り添った巨星」「沖縄問題 心寄せた論客」などと報じる。その後も識者らによる追悼記事が続く。一八日、菩提寺の築地本願寺和田堀廟所で葬儀。法名「釋光隆」。出席者によると「質素な葬儀であった」。六月、茂木健一郎と生前に行なわれていた対談『「すべてを引き受ける」という思想』刊。八月、宮沢賢治について三十数年にわたる全講演収録の『宮沢賢治の世界』刊。一〇月、和子夫人が老衰のため死去(享年八五)。夫人は六九歳から句作を始め句集『寒冷前線』『七耀』を上梓。吉本の生前に行なわれたインタビューが『第二の敗戦期 これからの日本をどうよむか』の表題で刊行。一二月、インタビュー集『吉本隆明が最後に遺した三十万字』(上、下)刊。上巻は代表作一八著書について言及した「吉本隆明、自著を語る」、下巻は情勢論「吉本隆明、時代と向き合う」。

三月に他界して以来、文芸誌はじめ書評新聞、週刊誌など各メディアが「追悼吉本隆明」を掲載している。文芸誌の「群像」「新潮」「文學界」は五月号で特集。総頁特集号を組んだ「現代詩手帖」はじめ、ムックの『さよなら吉本隆明』(河出書房新社)、『吉本隆明の世界』(中央公論新社)、『吉本隆明の思想』があり、「現代思想」臨時増刊号「吉本隆明の思想」があり、佐藤幹夫編集誌「飢餓陣営」が特別号を編纂。さらに比嘉加津夫編集の「脈」、栗本慎一郎・三上治共同編集「流砂」が五号、六号（翌年発行）を追悼号とし、一三年以降も安達史人発行「游魚」二号、一四年には「文學界」一八月号の「吉本隆明再読」など、おびただしい作品論や人物論が描かれる。

二〇一三年（平成二五年）

三月、最晩年に愛猫への想いを語った『フランシス子へ』刊。没後一年を迎え有志主催による「吉本隆明さんを偲ぶ会」を千代田区・如水会館で開催。追悼忌の名称が主催者により著書『最後の親鸞』で論及している親鸞の「横超」の言葉から「横超忌」と命名され、会場で出席者の賛同を得る。また、ほかにも追悼の集いがあり、翌年以降には札幌市で「北海道横超忌」が開催されている。四月、『開店休業』刊。食のエッセイ四〇の各話に娘のハルノ宵子が「追想」文を付して構成。五月、「文藝春秋」増刊号特集記事「鮮やかに生きた昭和の100人」にその一人として紹介される。

二〇一四年（平成二六年）

一〇月、『吉本隆明の経済学』（中沢新一編著）刊。吉本隆明が著わしてきた文章と中沢新一の解説等で「吉本経済学」像を出現させようと試みる。一一月、動画とテキストによるデジタルアーカイブ「吉本隆明の183講演」を「ほぼ日刊イトイ新聞」が無料で公開。一二月、『吉本隆明〈未収録〉講演集』（全一二巻）刊行開始。

二〇一五年（平成二七年）

一月、NHKが「知の巨人たち」シリーズの番組「自らの言葉で立つ―思想家・吉本隆明」を放映。『「反原発」異論』刊。科学技術と原発問題について「3・11」後の全発言とそれ以前の論考等で構成。二月、太田修によるインタビュー集『農業論拾遺―世界認識論』刊。四月、「詩歌の潮流」を語る『吉本

隆明　最後の贈りもの』刊。七月、二五年間にわたる山本哲士との対話編『思想を読む世界を読む』と、山本らのインタビュー編『思想の機軸とわが軌跡』が大冊となって同時刊行される。

二〇一六年（平成二八年）

三月、「アジア的」の構想を結集させた『アジア的ということ』刊。国家の「起源」や言語表現の「原型」を提示する『全南島論』刊。遺稿となった自序・自跋も掲載される。

二〇一七年（平成二九年）

二月、『吉本隆明　江藤淳　全対話』刊。既刊の『文学と非文学の倫理』を改題し五対談を文庫化。四月、『吉本隆明全集』刊行を機に展示会「10分で出会う吉本隆明展」が千代田区立千代田図書館で開催される。七月、『吉本隆明質疑応答集』全七巻の刊行開始。講演後に行なわれた聴衆との質疑応答を集成。

二〇一九年（平成三一年・令和元年）

一月、『親鸞の言葉』刊。「親鸞における言葉」「現代語訳親鸞著作抄」など載録。四月、新たな追悼文が増補された『追悼私記完全版』刊。七月、『ふたりの村上―村上春樹・村上龍論集成』刊。一二月、松岡祥男発行による「吉本隆明資料集」が二〇〇〇年に創刊されて以来、一九一号で完結（別冊の二冊続刊）。

二〇二〇年（令和二年）

四月、『地獄と人間―吉本隆明拾遺講演集』刊。新たに見いだされた一一講演を収録。七月、NHKが「100分de名著」シリーズの解説番組で『共同幻想論』を四回連続で放映。一〇月、『吉本隆明　わが昭和史』刊。少年期から昭和天皇の死まで主要エッセイや論考二十数篇で「吉本隆明の昭和」が描かれる。

二〇二一年（令和三年）

四月、『吉本隆明が語った超資本主義の現在

―その本質への思想』刊。既刊の『思想の機軸とわが軌跡』に未収録だった情況への発言部分を再構成したインタビュー拾遺集。七月、『吉本隆明　全質疑応答』（全五巻）刊行開始。二〇一七年から刊行中だった『質疑応答集』（全七巻）が関わっていた編集者急逝のため三巻で中断後に五巻に再編成されて刊行。八月、『吉本隆明　詩歌の呼び声―岡井隆論集』刊。歌人・岡井隆に関する論考をはじめ講演、書評、推薦文、対談を集成。『吉本隆明全集』全三八巻のうち、第二六巻(1991-1995)まで刊行される（川上春雄宛全書簡を収めた第三七巻は二〇一七年五月に刊行済み）。

没後九年、その間、生前に交流のあった文学者や関係者の死去の報も伝えられる。二〇一四年には府立化工時代の級友で五〇年におよぶ交友を『堕ちよ！さらば』で描いた川端要壽、一五年、哲学者の鶴見俊輔、一七年、「試行」創刊前から交流があった京都の三月書房前店主で評論家の宍戸恭一、詩人の大岡信、一八年、入水自殺した評論家の西部邁、一九六三年に熊本で谷川雁と講演を行なった折、渡辺京二らと懇談の機会があり、その後「親鸞論」の共著があった石牟礼道子、二〇年、高村光太郎研究家で生涯の盟友であった詩人の北川太一、「定型論争」で応酬して以来、半世紀にわたる文学上の往来があった歌人の岡井隆。そして二一年初めには、愛おしい家猫として自著にもしばしば登場していた白猫のシロミ、「大衆の原像」のインタビューなどを行なった脇地炯らの他界である。

吉本隆明著『写生の物語』（講談社文芸文庫）の「年譜」は死去した二〇一二年まで掲載されたが、本年譜は追加でそれ以降の事項を記述している。

（高橋忠義編）

著書目録

吉本隆明

【単行本】

固有時との対話　昭27・8　私家版
転位のための十篇　昭28・9　私家版
文学者の戦争責任＊　昭31・9　淡路書房
高村光太郎　昭32・7　飯塚書店
吉本隆明詩集　昭33・1　書肆ユリイカ
高村光太郎　昭33・10　五月書房
芸術的抵抗と挫折　昭34・2　未来社
抒情の論理　昭34・6　未来社
異端と正系　昭35・5　現代思潮社
民主主義の神話＊　昭35・10　現代思潮社
共同研究　転向（下）＊　昭37・4　平凡社
擬制の終焉　昭37・6　現代思潮社
吉本隆明詩集　昭38・1　思潮社
丸山真男論　昭38・3　一橋新聞部
丸山真男論　増補改稿版　昭38・4　一橋新聞部
サド裁判（上）＊　昭38・9　現代思潮社
初期ノート　昭39・6　試行出版部
模写と鏡　昭39・12　春秋社
言語にとって美とはなにか（Ⅰ、Ⅱ）　昭40・5、10　勁草書房
高村光太郎　決定版　昭41・2　春秋社
自立の思想的拠点　昭41・10　徳間書店
カール・マルクス　昭41・12　試行出版部
文学と思想＊　昭42・7　河出書房新社
吉本隆明詩集　昭43・4　思潮社（現代詩文庫）
情況への発言☆　昭43・8　徳間書店
模写と鏡　増補版　昭43・11　春秋社

共同幻想論　昭43・12　河出書房新社
高村光太郎 増補決定版　昭45・8　春秋社
初期ノート 増補版　昭45・8　試行出版部
情況　昭45・11　河出書房新社
転位と終末＊　昭46・1　明治大学出版研究会
源実朝　昭46・8　筑摩書房
心的現象論序説　昭46・9　北洋社
どこに思想の根拠をおくか＊　昭47・5　筑摩書房
敗北の構造☆　昭47・12　弓立社
和歌の本質と展開＊　昭48・4　桜楓社
詩的乾坤　昭49・9　国文社
文学・石仏・人性＊　昭49・11　記録社
書物の解体学　昭50・4　中央公論社
思想の根源から＊　昭50・6　青土社
意識 革命 宇宙＊　昭50・9　河出書房新社
吉本隆明新詩集　昭50・11　試行出版部
思索的渇望の世界＊　昭51・1　中央公論社
思想の流儀と原則＊　昭51・7　勁草書房
討議近代詩史＊　昭51・8　思潮社
知の岸辺へ☆　昭51・9　弓立社
呪縛からの解放＊　昭51・10　こぶし書房
最後の親鸞　昭51・10　春秋社
初期歌謡論　昭52・6　河出書房新社
論註と喩　昭53・9　言叢社
戦後詩史論　昭53・9　大和書房
吉本隆明歳時記　昭53・10　日本エディタースクール出版部
ダーウィンを超えて＊　昭53・12　朝日出版社
対談 文学の戦後＊　昭54・10　講談社
悲劇の解読　昭54・12　筑摩書房
初源への言葉　昭54・12　青土社
親鸞は生きている＊☆　昭55・4　現代評論社
世界認識の方法　昭55・6　中央公論社
言葉という思想☆　昭56・1　弓立社
心的現象論序説 新装版　昭56・5　講談社
詩の読解＊　昭56・7　思潮社

思想と幻想＊ 昭56・7 思潮社
最後の親鸞 増補 昭56・7 春秋社
吉本隆明新詩集 第二版 昭56・11 試行出版部
現代のドストエフスキー＊☆ 昭56・12 新潮社
鮎川信夫論吉本隆明論＊ 昭57・1 思潮社
空虚としての主題 昭57・4 福武書店
源氏物語論 昭57・10 大和書房
「反核」異論 昭57・12 深夜叢書社
素人の時代＊ 昭58・5 角川書店
教育 学校 思想＊ 昭58・7 日本エディタースクール出版部
相対幻論＊ 昭58・10 冬樹社
戦後詩史論 増補 昭58・10 大和書房
〈信〉の構造 吉本隆明全仏教論集成 昭58・12 春秋社
最後の親鸞 新装増補 昭59・4 春秋社
マス・イメージ論 昭59・7 福武書店
親鸞 不知火よりのことづて＊☆ 昭59・10 日本エディタースクール出版部
大衆としての現在 昭59・11 北宋社
戦後詩史論 増補 昭59・11 大和書房（大和選書）
隠遁の構造☆ 昭60・1 修羅出版部
対幻想＊ 昭60・1 春秋社
現在における差異＊ 昭60・1 福武書店
死の位相学 昭60・6 潮出版社
重層的な非決定へ 昭60・9 大和書房
難かしい話題＊ 昭60・10 青土社
吉本隆明ヴァリアント＊ 昭60・11 北宋社
全否定の原理と倫理＊ 昭60・11 思潮社
音楽機械論＊ 昭61・1 トレヴィル
遊びと精神医学＊ 昭61・1 創元社
恋愛幻論＊ 昭61・2 角川書店
さまざまな刺戟＊ 昭61・5 青土社

思想の流儀と原則　昭61・6　勁草書房
増補新装版＊
不断革命の時代＊　昭61・7　河出書房新社
対話 日本の原像＊　昭61・8　中央公論社
白熱化した言葉☆　昭61・10　思潮社
〈知〉のパトグラフィ　昭61・10　海鳴社
ー＊
対話 都市とエロス＊　昭61・11　深夜叢書社
漱石的主題＊　昭61・12　春秋社
記号の森の伝説歌　昭61・12　角川書店
夏を越した映画　昭62・6　潮出版社
よろこばしい邂逅＊　昭62・10　青土社
超西欧的まで☆　昭62・11　弓立社
いま、吉本隆明25時　昭63・2　弓立社
＊☆
人間と死＊　昭63・6　春秋社
吉本隆明〔太宰治〕　昭63・10　大和書房
を語る＊☆
〈信〉の構造（2）　昭63・12　春秋社
吉本隆明全キリスト教
論集成
〈信〉の構造（3）　平1・1　春秋社
吉本隆明全天皇制・宗
教論集成
書物の現在＊☆　平1・2　書肆風の薔薇
〈信〉の構造（1）　平1・2　春秋社
吉本隆明全仏教論集成
ハイ・イメージ論（Ⅰ）　平1・4　福武書店
言葉からの触手　平1・6　河出書房新社
琉球弧の喚起力と南　平1・7　河出書房新社
島論＊☆
宮沢賢治　平1・7　筑摩書房
像としての都市　平1・9　弓立社
ハイ・イメージ論（Ⅱ）　平2・4　福武書店
定本 言語にとって美　平2・8、9　角川書店
とはなにか（Ⅰ、Ⅱ）　（角川選書）
解体される場所＊　平2・9　集英社
天皇制の基層＊　平2・9　作品社
未来の親鸞☆　平2・10　春秋社

吉本隆明「五つの対話」＊　平2・10　新潮社
ハイ・エディプス論　平2・10　言叢社
柳田国男論集成　平2・11　JICC出版局
島尾敏雄　平2・11　筑摩書房
情況としての画像　平3・6　河出書房新社
良寛☆　平4・2　春秋社
甦えるヴェイユ　平4・2　JICC出版局
見えだした社会の限界　平4・2　コスモの本
大情況論　平4・3　弓立社
新・書物の解体学　平4・9　メタローグ
追悼私記　平5・3　JICC出版局
時代の病理＊　平5・5　春秋社
世界認識の臨界へ　平5・9　深夜叢書社
こころから言葉へ＊　平5・11　弘文堂
〈非知〉へ＊　平5・12　春秋社
背景の記憶　平6・1　宝島社
ハイ・イメージ論(Ⅲ)　平6・3　福武書店
思想の基準をめぐって　平6・7　深夜叢書社
情況へ　平6・11　宝島社
対幻想 新装増補＊　平6・12　春秋社
現在はどこにあるか　平6・12　新潮社
愛する作家たち☆　平6・12　コスモの本
戦後50年と私＊　平7・1　メタローグ
手塚治虫がいなくなった日＊　平7・1　潮出版社
詩の新世紀＊　平7・1　新潮社
対幻想［平成版］＊　平7・2　春秋社
マルクス　読みかえの方法　平7・2　深夜叢書社
わが「転向」　平7・2　文藝春秋
なぜ、猫とつきあうのか　平7・3　ミッドナイト・プレス
日本人は思想したか＊　平7・6　新潮社

世紀末を語る＊　平7・6　紀伊國屋書店
親鸞復興☆　平7・7　春秋社
余裕のない日本を考える　平7・10　コスモの本
超資本主義　平7・10　徳間書店
母型論　平7・11　学習研究社
親鸞 不知火よりのことづて＊　平7・11　平凡社
定本 柳田国男論　平7・12　洋泉社
尊師麻原は我が弟子にあらず＊　平7・12　徳間書店
死のエピグラム＊　平8・2　春秋社
学校・宗教・家族の病理　平8・3　深夜叢書社
世紀末ニュースを解読する　平8・3　マガジンハウス
吉本隆明の文化学＊　平8・6　文化科学高等研究院出版局
消費のなかの芸　平8・7　ロッキング・オン
宗教の最終のすがた＊　平8・7　春秋社
ほんとうの考え・うその考え☆　平9・1　春秋社
吉本隆明×吉本ばなな＊　平9・2　ロッキング・オン
僕ならこう考える　平9・6　青春出版社
思想の原像　平9・6　徳間書店
夜と女と毛沢東＊　平9・6　文藝春秋
追悼私記 増補　平9・7　洋泉社
新・死の位相学　平9・8　春秋社
食べものの話　平9・12　丸山学芸図書
アフリカ的段階について（私家版）　平10・1　試行社
遺書　平10・1　角川春樹事務所
アフリカ的段階について　平10・5　春秋社
創作のとき＊　平10・7　淡交社
父の像　平10・9　筑摩書房

宗教論争＊　平10・11　小沢書店
ミシェル・フーコーと『共同幻想論』＊　平11・3　光芒社
詩人・評論家・作家のための言語論　平11・3　メタローグ
匂いを読む　平11・4　光芒社
少年　平11・5　徳間書店
現在をどう生きるか＊☆　平11・7　ボーダーインク
僕なら言うぞ！　平11・9　青春出版社
私の「戦争論」＊　平11・9　ぶんか社
背景の記憶　平11・11　平凡社
親鸞 決定版　平11・12　春秋社
私は臓器を提供しない＊　平12・3　洋泉社
中学生の教科書＊　平12・6　四谷ラウンド
写生の物語　平12・6　講談社
だいたいで、いいじゃない。＊　平12・7　文藝春秋
超「20世紀論」（上、下）＊　平12・9　アスキー
〈老い〉の現在進行形＊　平12・10　春秋社
幸福論　平13・3　青春出版社
日本近代文学の名作　平13・4　毎日新聞社
悪人正機＊　平13・6　朝日出版社
心とは何か☆　平13・6　弓立社
死の準備＊　平13・7　洋泉社
今に生きる親鸞　平13・9　講談社
食べもの探訪記（『食べものの話』改題、増補改訂）　平13・11　光芒社
読書の方法　平13・11　光文社
吉本隆明のメディアを疑え　平14・4　青春出版社
老いの流儀　平14・6　日本放送出版協会
超「戦争論」（上、下）＊　平14・11　アスキーコミュニケーションズ

夏目漱石を読む☆　平14・11　筑摩書房
ひきこもれ　平14・12　大和書房
わたしの詩歌＊　平14・12　文藝春秋
日々を味わう贅沢　平15・2　青春出版社
現代日本の詩歌　平15・4　毎日新聞社
異形の心的現象＊　平15・12　批評社
「ならずもの国家」異論　平16・1　光文社
人生とは何か　平16・2　弓立社
母型論 新版　平16・4　思潮社
吉本隆明代表詩選　平16・4　思潮社
漱石の巨きな旅　平16・7　日本放送出版協会
戦争と平和☆　平16・8　文芸社
超恋愛論　平16・9　大和書房
際限のない詩魂　平17・1　思潮社
中学生のための社会科　平17・3　市井文学
吉本隆明「食」を語る＊　平17・3　朝日新聞社
歴史としての天皇制＊　平17・4　作品社
吉本隆明歳時記 新版　平17・5　思潮社
戦後詩史論 新版　平17・5　思潮社
幼年論＊　平17・6　彩流社
時代病＊　平17・7　ウェイツ
子供はぜーんぶわかってる＊　平17・8　批評社
13歳は二度あるか　平17・9　大和書房
詩学叙説　平18・1　思潮社
家族のゆくえ　平18・3　光文社
詩とはなにか　平18・3　思潮社
還りのことば＊　平18・5　雲母書房
老いの超え方　平18・5　朝日新聞社
甦るヴェイユ　平18・9　洋泉社
思想とはなにか＊　平18・10　春秋社
生涯現役＊　平18・11　洋泉社
思想のアンソロジー　平19・1　筑摩書房
真贋　平19・2　講談社インターナショナル

心的現象論 普及版・机上愛蔵版（オンデマンド出版）　平19・6　文化学院高等研究院出版局
吉本隆明　自著を語る　平19・6　ロッキング・オン
よせやい。　平19・9　ウェイツ
「情況への発言」全集成（1、2、3）　平20・1、3、5　洋泉社
日本語のゆくえ　平20・1　光文社
心的現象論本論　平20・7　文化科学高等研究院出版局
心的現象論 愛蔵版　平20・8　文化科学高等研究院出版局
「芸術言語論」への覚書　平20・11　李白社
貧困と思想　平20・12　青土社
源氏物語論　平21・3　洋泉社
吉本隆明　全マンガ論　平21・6　小学館クリエイティブ
異形の心的現象 新装増補改訂版＊　平21・9　批評社
ひとり　15歳の寺子屋　平22・10　講談社
老いの幸福論（『幸福論』改題）　平23・4　青春出版社
文学と非文学の倫理＊　平23・10　中央公論新社
完本　情況への発言　平23・11　洋泉社
吉本隆明が語る親鸞（DVD-ROM付き）　平24・1　東京糸井重里事務所
芸術的抵抗と挫折　平24・2　こぶし書房
書 文字 アジア＊　平24・3　筑摩書房
震災後のことば＊　平24・4　日本経済新聞出版社
「すべてを引き受ける」という思想＊　平24・6　光文社
宮沢賢治の世界☆　平24・8　筑摩書房
吉本隆明の下町の愉しみ（『日々を味わ　平24・9　青春出版社

う贅沢』改題)
第二の敗戦期 平24・10 春秋社
吉本隆明が最後に遺した三十万字(上、下) 平24・12 ロッキング・オン
フランシス子へ 平25・3 講談社
開店休業＊ 平25・4 プレジデント社
はじめて読む聖書＊ 平26・8 新潮社
吉本隆明の経済学＊ 平26・10 筑摩書房
人生を考えるのに遅すぎるということはない＊ 平26・11 講談社
「反原発」異論 平27・1 論創社
農業論拾遺＊ 平27・2 修羅出版部
吉本隆明 最後の贈りもの 平27・4 潮出版社
思想を読む 世界を読む＊ 平27・7 文化科学高等研究院出版局
思想の機軸とわが軌跡＊ 平27・7 文化科学高等研究院出版局
アジア的ということ 平28・3 筑摩書房
全南島論 平28・3 作品社
ふたりの村上 村上春樹・村上龍論集成 令1・7 論創社
地獄と人間 吉本隆明拾遺講演集☆ 令2・4 ボーダーインク
吉本隆明 わが昭和史 令2・10 ビジネス社
ひきこもれ ひとりの時間をもつということ 新装版 令2・9 SBクリエイティブ
日本大衆文化論アンソロジー＊ 令3・2 太田出版
吉本隆明が語った超資本主義の現在 その本質への思想 令3・4 文化科学高等研究院出版局
吉本隆明 詩歌の呼び声 岡井隆論集 令3・8 論創社

【全集・シリーズ】

吉本隆明全著作集　全15巻　昭43・10〜50・12　勁草書房
吉本隆明全著作集（続）　6、8、10巻　昭53・4〜12　勁草書房
吉本隆明全集撰　1、3〜7巻　昭61・9〜63・4　大和書房
吉本隆明全対談集　全12巻　昭62・12〜平1・5　青土社
吉本隆明資料集　1〜191集・別巻2　平12・3〜令1・12　猫々堂
吉本隆明が語る戦後55年＊　全12巻・別巻1　平12・12〜15・7　三交社
吉本隆明全詩集　全1巻　平15・7　思潮社
吉本隆明詩全集　全7巻　平18・11〜20・6　思潮社
吉本隆明全集　全38巻・別巻1（1〜26巻・37巻刊行、以後続刊中）　平26・3〜（刊行中）　晶文社
吉本隆明〈未収録〉講演集　全12巻　平26・12〜27・11　筑摩書房
吉本隆明質疑応答集　全7巻（三巻で中断）　平29・7〜30・2　論創社
吉本隆明　全質疑応答　全5巻　令3・7〜（刊行中）　論創社

【文庫】

書物の解体学　昭56・12　中公文庫
共同幻想論　改訂新版　（解＝中上健次　解題＝川上春雄）　昭57・1　角川文庫
言語にとって美とはなにか（I）　改訂新版　昭57・2　角川文庫
言語にとって美とは　昭57・2　角川文庫

なにか（Ⅱ）改訂
新版（解＝柄谷行人
解題＝川上春雄）
心的現象論序説 改訂 昭57・3 角川文庫
新版（解＝森山公夫
解題＝川上春雄）
世界認識の方法 昭59・2 中公文庫
（解＝栗本慎一郎）
相対幻論＊ 昭60・6 角川文庫
悲劇の解読 昭60・12 ちくま文庫
（解＝加藤典洋 年）
空虚としての主題 昭61・1 福武文庫
（解＝笠井潔）
マス・イメージ論 昭63・5 福武文庫
（解＝浦達也）
対話 日本の原像＊ 平1・9 中公文庫
源実朝 平2・1 ちくま文庫
西行論 平2・2 講談社文芸文
（解＝月村敏行 庫
案＝佐藤泰正 著）
マチウ書試論・転向論 平2・10 講談社文芸文
（解＝月村敏行 庫
案＝梶木剛 著）
高村光太郎 平3・2 講談社文芸文
（解＝北川太一 庫
案＝月村敏行 著）
吉本隆明歳時記 平4・1 廣済堂文庫
（解＝大西巨人）
源氏物語論 平4・6 ちくま学芸文
庫
吉本隆明初期詩集 平4・10 講談社文芸文
（解＝吉本隆明 庫
案＝川上春雄 著）
ハイ・イメージ論 平6・2 福武文庫
（Ⅰ、Ⅱ）
（解＝芹沢俊介）
初期歌謡論 平6・6 ちくま学芸文
庫
語りの海 吉本隆明 平7・3 中公文庫
①幻想としての国家☆

（解題＝宮下和夫）
語りの海　吉本隆明　平7・4　中公文庫
②古典とはなにか☆
（解題＝宮下和夫）
語りの海　吉本隆明　平7・5　中公文庫
③新版・言葉という
思想☆（解題＝宮下和夫）
言葉からの触手　平7・8　河出文庫
（解＝吉本ばなな）
情況としての画像　平7・10　河出文庫
（解＝橋爪大三郎・
榎本陽介）
ダーウィンを超えて＊　平7・10　中公文庫
言葉の沃野へ　平8・4　中公文庫
書評集成・上
日本篇
言葉の沃野へ　平8・5　中公文庫
書評集成・下
海外篇
宮沢賢治　平8・6　ちくま学芸文庫
悲劇の解読　平9・7　ちくま学芸文庫
（解＝加藤典洋　年）
わが「転向」　平9・12　文春文庫
（解＝大塚英志）
超資本主義　平10・1　徳間文庫
なぜ、猫とつきあう　平10・10　河出文庫
のか（解＝吉本ばなな）
日本人は思想したか＊　平11・1　新潮文庫
共同幻想論　改訂新版　平11・1　角川ソフィア文庫
（解＝中上健次　解題＝
川上春雄）
僕ならこう考える　平12・2　青春文庫
夜と女と毛沢東＊　平12・7　文春文庫
追悼私記　平12・8　ちくま文庫
少年　平13・7　徳間文庫
柳田国男論・丸山真　平13・9　ちくま学芸文庫
男論（解＝加藤典洋）
定本　言語にとって　平13・9　角川ソフィア文庫
美とはなにか（I）

(解=加藤典洋 解題=川上春雄)
定本 言語にとって美とはなにか（Ⅱ） 平13・10 角川ソフィア文庫
(解=芹沢俊介 解題=川上春雄)
私の「戦争論」＊ 平14・7 ちくま文庫
最後の親鸞 平14・9 ちくま学芸文庫
(解=中沢新一)
吉本隆明の僕なら言うぞ！ 平14・9 青春文庫
だいたいで、いいじゃない。＊ 平15・9 文春文庫
天皇制の基層＊ 平15・10 講談社学術文庫
(解=富野由悠季)
ハイ・イメージ論（Ⅰ、Ⅱ、Ⅲ） 平15・10〜12 ちくま学芸文庫
(解=芹沢俊介)
遺書 平16・5 ハルキ文庫
悪人正機＊ 平16・12 新潮文庫
吉本隆明対談選＊ 平17・2 講談社文芸文庫
(解=松岡祥男 年・著)
カール・マルクス 平18・3 光文社文庫
(解=中沢新一)
夜と女と毛沢東＊ 平18・3 光文社文庫
(解=勢古浩爾)
読書の方法 平18・5 知恵の森文庫（のち光文社文庫）
(解=齋藤愼爾)
初期ノート 平18・7 光文社文庫
ひきこもれ 平18・12 だいわ文庫
吉本隆明「食」を語る＊ 平19・9 朝日文庫
(解=道場六三郎)
日本近代文学の名作 平20・7 新潮文庫
詩の力 平21・1 新潮文庫
(『現代日本の詩歌』改題)
ぼくのしょうらいのゆめ＊ 平21・5 文春文庫

老いの超え方（解題＝森山公夫　年）　平21・8　朝日文庫
音楽機械論＊　平21・8　ちくま学芸文庫
夏目漱石を読む☆（解＝関川夏央）　平21・9　ちくま文庫
対談　文学の戦後＊（解＝高橋源一郎）　平21・10　講談社文芸文庫
書物の解体学（解＝三浦雅士　年・著）　平22・6　講談社文芸文庫
父の像（解＝清岡智比古）　平22・6　ちくま文庫
戦争と平和☆　平23・2　文芸社文庫
真贋　平23・7　講談社文庫
いまを生きるための教室＊（「中学生の教科書」改題）　平24・5　角川文庫
家族のゆくえ　平24・7　知恵の森文庫
13歳は二度あるか　平24・8　だいわ文庫
世界認識の方法　改版　平24・8　中公文庫
（解＝栗本慎一郎）
日本語のゆくえ☆　平24・9　知恵の森文庫
超恋愛論　平24・10　だいわ文庫
思想のアンソロジー　平25・1　ちくま学芸文庫
心的現象論序説　改訂新版（解＝森山公夫・三浦雅士　解題＝川上春雄）　平25・2　角川ソフィア文庫
マス・イメージ論（解＝鹿島茂　年・著）　平25・3　講談社文芸文庫
開店休業＊　平27・12　幻冬舎文庫
フランシス子へ（解＝中沢新一）　平28・3　講談社文庫
なぜ、猫とつきあうのか（解＝吉本ばなな）　平28・5　講談社学術文庫
吉本隆明　江藤淳　全対話＊（解説対談＝内田樹・高橋源一郎）　平29・2　中公文庫
写生の物語（解＝田中和生　年・著）　平29・4　講談社文芸文庫

「すべてを引き受ける」という思想＊　平30・2　知恵の森文庫
親鸞の言葉　平31・1　中公文庫
追悼私記　完全版　平31・4　講談社文芸文庫
（代＝ハルノ宵子　解＝高橋源一郎　解題＝松岡祥男）

単行本・文庫・全集のデジタルブック（電子書籍）やDVDなどのAV関連は割愛した。【単行本】には新書も含む。講演を収載したブックレット（小冊子）の類いは除いた。【全集】は著者の全集のみに留めた。／記号の＊印＝共著および対談や座談会、☆印＝講演やシンポジウムの記録集を示す。【文庫】の（　）内の略号は、解＝解説、案＝作家案内、年＝年譜、著＝著書目録、代＝著者に代わって読者へ、の収載を示す。

（作成・高橋忠義）

本書所収各篇の初出は以下の通りです。
・死の国の世代へ　「日本読書新聞」一九五九年一月一日
・憂国の文学者たちに　「東京大学新聞」一九五九年一一月二五日
・戦後世代の政治思想　「中央公論」一九六〇年一月号
・擬制の終焉　『民主主義の神話』一九六〇年一〇月三〇日、現代思潮社刊
・現代学生論　「週刊読書人」一九六一年四月一七日
・反安保闘争の悪煽動について　「日本読書新聞」一九六三年三月二五日
・思想的弁護論　「週刊読書人」一九六五年七月一九日、七月二六日、八月二日、八月九日、八月三〇日、九月六日、九月一三日、九月二七日、一〇月四日、一〇月一一日
・収拾の論理　「文芸」一九六九年三月号
・思想の基準をめぐって　『どこに思想の根拠をおくか』一九七二年五月二五日、筑摩書房刊
・「SECT6」について　『SECT6＋大正闘争資料集』一九七三年四月一〇日、蒼氓社刊
・権力について　「ORGAN《オルガン》」一号、一九八六年一一月一五日
・七〇年代のアメリカまで　「マリ・クレール」一九八八年七月号
・革命と戦争について　『甦えるヴェイユ』一九九二年二月一日、JICC出版局刊
底本として『吉本隆明全集5』『吉本隆明全集6』『吉本隆明全集7』『吉本隆明全集9』『吉本隆明全集11』『吉本隆明全集12』『吉本隆明全集20』『吉本隆明全集24』『吉本隆明全集25』（晶文社刊）を使用し、ふりがなを適宜補いました。

また、底本にある表現で、今日、差別語とされる語句がありますが、発表時の時代背景・社会状況および著者が故人であることなどを考慮し、底本のままとしました。よろしくご理解のほどお願いいたします。

憂国《ゆうこく》の文学者《ぶんがくしゃ》たちに

60年安保《ねんあんぽ》・全共闘論集《ぜんきょうとうろんしゅう》

吉本隆明《よしもとたかあき》

二〇二一年一一月一〇日第一刷発行

発行者――鈴木章一
発行所――株式会社　講談社
東京都文京区音羽2・12・21　〒112-8001
電話　編集（03）5395・3513
販売（03）5395・5817
業務（03）5395・3615

デザイン――菊地信義
印刷――豊国印刷株式会社
製本――株式会社国宝社
本文データ制作――講談社デジタル製作

定価はカバーに表示してあります。

講談社
文芸文庫

ISBN978-4-06-526045-6

講談社文芸文庫

吉本隆明
追悼私記　完全版
肉親、恩師、旧友、論敵、時代を彩った著名人――多様な死者に手向けられた言葉の数々は掌篇の人間論である。死との際会がもたらした痛切な実感が滲む五十一篇。
解説=高橋源一郎
978-4-06-515363-5
よB9

吉本隆明
憂国の文学者たちに　60年安保・全共闘論集
解説=鹿島 茂　年譜=高橋忠義
戦後日本が経済成長を続けた時期に大きなうねりとなった反体制闘争を背景とする政治論集。個人に従属を強いるすべての権力にたいする批判は今こそ輝きを増す。
978-4-06-526045-6
よB10